Arima Hirozumi
有馬弘純

漱石文学の視界

論　創　社

篤き友情に感謝を込めて――荒牧堅太郎氏へ

漱石文学の視界　目次

漱石文学の視界

漱石、その現実と文学

一

今村与志雄は「魯迅と日本文学についてのノート」という文章のなかで「漱石は、今日、ドイツ流の教養小説の主人公的解釈を加えられているが、それはきれいごとの漱石だ。魯迅の愛した漱石は、別の漱石である。町人的な、反俗的大俗人の、その後の日本文学に継承されなかった漱石である」ということをいっている。

今村のこのごくさりげない短い章句は僕の注意を強くひきつけた。今村はここでは、格別にたちいって夏目漱石についてふれてはおらず、ただ魯迅との親近性について若干の指摘をおこなっているだけだが、しかし今村の漱石についてかねがねいだいているイメージのある方向性のようなものが漠然とながら僕にも理解できるような気がした。

厳密にいって、この場合、漱石と漱石の作品を区別する必要があるようにも考えられるが、一般的に漱石はかなりの分野において誤解のなかに閉じこめられており、いまだ不分明のまま今後の研究や考察の余地が残されている領分があるのではないか、ということはつねづね僕も意識していたことであった。漱石文学の世界はたしかに巨大であり、複雑をきわめているが、それだけに単に彼の文学作品やエッセイとして表層部にあらわれている部分だけを足がかりとしてもとらえ切れない問題もあるように考えられ、こうした研究や考察の傾向が一般的に多いことからも、漱石、あるいは漱石の作品世界は根本的な大根のところでまだかなり誤解され、理解がゆきとどいていない問題が残されているのではないかということである。

ここで今村のさきのことばと同じように思い起こされるのは、中野重治が「小説の書けぬ小説家」の主人公にいわせている漱石についての次のような独白部分である。

「てめえたちはな、日本の読書階級だなんて自分で思ってるんだろう。しかしてめえたちはな、漱石の文学を読んだことなんざ一度だってねえんだぞ。手前たちにやそもそも漱石なんか読めやしねんだ。漱石って奴あ暗い奴だったんだ。ところがあいつあ、一方で、肚の底からの素町人だったんだ。あいつあ一生逃げ通しに逃げたんだ。その罰があたって、とうとうてめえたちにとっつかまって道義の文士にされちまったんだ」

中野はのちにこのような文章について修正を加えているが、それはとにかく別としても、ここでくしくも今村とほぼ同じようなイメージで漱石の全体像をとらえているとともに、その人や文学についての度し難い誤解が一般的に事実としてあることを強く指摘している。

今村は決して「キレイごと」では済まされない漱石をいい、中野は「暗く陰気で気狂いじみた」漱石を強調する。また今村が「町人的、反俗的大俗人」の漱石と規定づければ、中野も同じように「素町人」漱石と指摘する。今村が「その後の日本文学に継承されなかった」漱石という問題をとりだしてきて、その本源的な文学命脈の歴史側面的な可能性が不当に閉ざされていることを暗に示せば、一方中野も漱石が「道義文学士」にされてしまっていることの伝統的な錯誤状況をはげしく難詰している。

今村や中野のこれらの共通の発言内容に示されているものは、やはり客観的には漱石という作家に対する評価の誤解が世間的に広範囲にわたって根強く流布していることの事実であり、そしてその事実が事実としてそのまますます一般世間に強力に膾炙していく状況のなかで、それだけ漱石文学の存在に対する評価の正当性が見失なわれていくということについてのある一種の焦躁感のようなものが敏感に反応しているということである。

事実として、漱石は一面からいえばわりあいに浅く広く読まれている作家である。そしてこのことは、その読者の範囲が幼少年期層から中高年期層にいたるまでそれなりの支持を集めつつ広くゆきわたっていることからも立証される。作家としての活動期間も決して長いとはいえず、それほど例外的に多くの作品をのこしているわけでもない作家があらゆる階層生活者、年齢層を超えて全国民的な規模で読まれ親しまれているということはある意味では驚異的なことである。しかもこの場合に特に注目されるのは、これまでにいたる時代の経過に腐蝕されることもないまま、現代なおのこと新しい読者人口を吸引しつづけていることである。

これらの事実はそのまま、漱石の作品がどれだけ間口が広く、奥行きが深いかということを裏づけている。年齢、生活層の区別なく、だれでもどこからでもとりついていけるという特質があり、それだけにあいまいでなおざりな解釈がされがちだという危険な素地も多くもっていないとはいえない。

漱石はたしかにひとことやふたことでいいつくせないほど複雑で大きなスケールをもった作家である。その作品の世界にふれ、そのなかに深くはいっていけばいくほど、このことが強く意識されてくる。そして漱石の作品に対して、特に注目されるのは一つの作品をとりあげてもそのつどの読書経験のたびに新しい発見やイメージが導きだされ、それとともにおもしろさがいっこうに減じないということである。同一の作品を何度読んでもあきないしおもしろい。たとえば「三四郎」を十代の中学生時代、二十代の大学生時代、三十代の職業人時代にそのつどくりかえして読んでもあきないおもしろさをもっているということである。このことは当然に各年代にわたっての読書世代の吸引力をその作品自体がもっているということも意味している。

これらのことは一見なんでもないようなことにみえるが、事実は驚異的なことではないだろうか。たとえば日本の近代文学の歴史を見渡してみた場合でも、はたしてこれだけの読書年代のそれぞれの要求をみたし、広範な読書階層を吸収しつづけることのできる、持久性のある生命力をもった作家や作品はどれだけ見出されるであろうか。

はっきりいって、漱石の作家活動と平行してほぼ同時代にあった自然主義文学や、それ以後のプロレタリア文学、新感覚派文学などの文学運動によって生みだされた数々の作品は、ごくたまさかの例外をのぞいてほとんど現代の読者にかえりみられていないのが実情である。これらの文学運動はかつてそれぞれ一時代を画する席巻と隆盛をみせた。しかし現代の僕たちの文学的状況のなかでほとんどそれらの作品群は死んでいるかもしくは仮死状態におちいっている。

それに対し、当時の文学的状況のなかで余裕派とか二流文学とかいわれた漱石の作品群は今なお、現代文学をも凌駕するほどの勢いで陸続と新しく尨大な読者人口を獲得しつづけ、国民的規模にわたる熱心な支持層をあつめてたくましい文学的命脈をたもっている。このことは、とりもなおさず僕たちの時代的、社会的、日常生活的環境のなかで漱石文学の存在というものがもつ比重がどれだけ大きく無視できないものであるかということを意味している。そしてこれは文学、芸術の存立根拠を問う基本的な問題にもかかわってくるが、特に漱石文学の場合いえることは、それが単に文学、芸術的環境の枠のなかだけの問題にとどまらず、市民文学、国民文学としての我国ではほとんど他に類をみない形態をとっている特殊な実情にある関係からもすぐれて時代的、社会的状況との切実な関連をもっており、そのこと自体に重要な課題的意味がひそめられていると考えられることである。

そういう意味からも漱石文学についての正しい読み方、精確な評価の基準の確立、歴史的な位置づけと今後の可能的領域の追求など種々の問題をもっと掘りおこしていく必要性が痛感される。漱石は僕たちが否定しようがしまいが、僕たちの国が生んだ最大級の作家の一人として僕たちの眼の前にあり、そして現代もいきいきと生きつづけている。それは少なくとも僕たちのこれからの時代や現実の変革をおしすすめていくなかで、文学、芸術の本質的問題をさぐるうえでもそれなりに切実でさし迫られたさまざまな課題を胚胎している巨大な一つの対象世界である資格を今なお失っていない。漱石文学はそれほど身近に現実的なものとしてあり、可能性のある文学として現代もかぎりない広がりと深さをもち、新しさを失っていないと思う。

二

漱石文学の「リアリティー」という問題を考える場合、僕がつねに思いおこすひとつの文章がある。それは少し見当はずれのようだが漱石のではなく、石川啄木が大島経男にあてた有名な書簡の一節である。

「たしか一年前に私は私自身の現実の尊重ということを究極まで行きつめた結果として自己そのものの意志を尊重しなければならなくなった事、国家とか何とか一切の現実を承認して、そしてその範囲で自分自身の内外の生活を懸命に改善しようという風なことをいったことがあると記憶します。それは確かにこの私というものにとって一個の精神革命でありました。その後私は思想上、実行上でも色々とその（生活改善）ということに努力しました。併しやがて私はその革命が実は革命の第一歩にすぎなかったことを思い知らされました。現代の社会組織、経済組織、家族制度……それらをそのままにしておいて自分だけ一人合理的生活を建設しようということは、実際の結果、ついに失敗に終わらざるを得ませんでした」

以上が啄木の書簡の内容であるが、この時から啄木はひそかに社会主義的な考え方をするようになったと追記している。

誰もがすでに多く指摘していることだが、啄木はたしかに「現実」というものがある巨大なダイナミックな力をもって動き、そのなかでの「個」の存在がいかに矮小で無力なものにすぎないかということを身をもって切実に思い知り、「現実世界」と「個人」というこのような相対的関係のなかでとぐろをまく状況的な重みをそれこそ血まみれ死物ぐるいになりながら客観的な認識体系のなかにくりこみとらえ直そうとすることによって、それ自体を創造方法的なエネルギーに改組していこうとした数少ない我国の行動的文学者の一人であったということが今さらながらに強く意識される。

啄木は、しかしながら一方で僕は想像するのだが、現実社会と個人との間に切り結ばれているこのような状況的認識を切実に身につけはじめた時、彼のある意味ではそれまでの資質的結実を示しはじめていた詩歌や小説など文学世界との否応ない訣別を強いられざるを得ず、思想家としての体質形成へ自己を必然的に組替えていった、というような事情が働いたと思われる。このことは、それ以後の彼の活動が評論形式中心に移行していったこと、またその発想や創造形式的な基盤が文学的次元にもとづくというよりも政治的、社会的レベルでの発言形式をとっていた、ということからもある程度推察される。

文学・芸術に絶対の信をおくことができないというような関係にまで追いこまれたということは、そういう意味では当時の時代的、社会的状況の重みが先覚的な意識に目ざめつつあった啄木やあるいは二葉亭という文学者たちに否応なく課した大きな不幸でもあったということを示している。このことは、現代においてもその事情はほとんど変わりはないが、文学・芸術がその創造分野において常に時代や社会の大きな状況的動きについていけず、大幅に後退したところでしか細々と営為をしつづけることができないというありのままの姿をも映しだしてみせてくれている。そしてこれらの実情的関係は、啄木自からによっても「性急な思想」「硝子窓」「文学と政治」など幾多の評論によって精力的にえぐりだされてきていることでもあった。

ところで、僕は漱石をなぜ啄木が直面し反応したこのような一連の動きとの関連のなかで位置づけとらえようとするのだろうか。

それは、漱石もまた啄木と同じような時代や現実社会に対する認識的姿勢をもち、文学・芸術の存在位置と自己の立場との関係についての考え方の基本的な方向においても啄木のそれと著しい類縁性を見出すことができるからである。

啄木も漱石も決して「文学」のなかに逃げこむことのなかった作家である。啄木はそれができなかったから、その牢固としてある方法や形式の枠をぶち破ってまでも、評論や感想のスタイルをとった政治的社会的発言の場にまで行きつかざるを得なかったのである。

彼の詩歌に対するため息まじりの悲観的な感想や、同時代を席巻しつつあった自然主義文学運動にどうしても同調しきれないいらだたしさを感じていたことの裏には、当時の時代的現実と文学との関係に胚胎する妥協や虚偽、批判精神の欠如など種々の根本的な問題が働いていたことを僕たちは理解すべきだろう。啄木はしかも、他の同時代の作家たちの誰にもまして「文学」に真剣な愛情をもち、生死をかけるほどの情熱でそれと取組んでいたのだからそれだけにより悲劇的でもある。

彼が力を注いで書きついだ幾編の小説作品もほとんど時代に受けいれられるところとならなかったことの理由には、その方法や形式についての常日頃の彼の問いかけ、あるいは文学そのものの本質的な存在意味についての疑義が桎梏となってはね返っていたのではないかというようなことにも結びつけて想像されるのである。

そして僕はここで漱石のことについても語りつがなければならない。

まず僕は啄木との関係において、漱石もまた「文学」というものに対する考え方が基本的には啄木と非常に似通ったものがあるように思うのである。

周知のように、漱石の「文学」に対する根本的な考え方をもっとも簡明にあらわしたものとして、「文学論」序の次のような文章をあげることができる。

「余は下宿に立て籠りたり。一切の文学書を行李の底に収めたり。文学書を読んで文学の如何なるものなるかを知らんとするは血を以って血を洗うが如き手段たるを信じたればなり。余は心理的に文学は如何なる必要あって、此世に生れ、発達し、頽廃するかを極めんと誓えり。余は社会的に如何なる必要あって、存在し、隆興し、衰滅するかを究めんと誓へり」

僕たちはこの文章によって、漱石の「文学」に対する考え方がかねてからいかに周到に用意されたものであり、真剣な決意に満ちたものであったかということをうかがい知ることができる。漱石の英国留学中の事情はこれまでにすでにかなり明らかにされているが、彼は時々馬丁や町工場の職工たちのたむろするみすぼらしい食堂店に足をむける以外は、暗くうすぎたないロンドンの下宿の一室に毎日とじこもりきりというような生活のなかで、「文学」についての根本的なこのような疑義と応えをもとめて思いめぐらしていたのである。

そこには、たとえば吉本隆明の指摘するような自己の伝統的な文学的素養として身につけていた漢文学と、彼が留学しておいおいの接触のうちに深く知るようになった英文学とのあまりに大きな文学体質や概念の違いからくる矛盾や対立に満ちた問題についてのジレンマ、あるいはそれほど気が進まなかったにもかかわらず日本国文部省の国費を使ってわざわざはるか英国にまでおもむき、まずしくみすぼらしい生活のなかで英語研究、文学研究を課せられていることの体面、内実的な意義についての思い悩み、などさまざまな要素が働きかけていたのであろう。しかし、これらの事情とともにより根本的なモメントとしてある見過すことのできない理由は、まぎれもない一日本人としての漱石が英国という根本的に異質の生活、文化圏に属する環境世界との否応ない全的交渉の過程で経験した、おそらくはそのたびに矛盾と相剋に引き裂かれる思いをしたであろう直接、実感的な現実体験そのものにもとめられるであろう。そしてそれは、のちに漱石文学の基本的な体質、方向性を骨格づけることになった「孤独」の真の内容的意味も示している。漱石における「孤独」とは何か。それは漱石が英国留学中におそらく強烈に意識したであろうところの「境遇と生活」の断絶感によって説明づけることもできる。

ここでひとまずことわっておかなければならないのは、この論のはじめに今村与志雄の文章を引用した際、今村が漱石と魯迅との親近性について若干の指摘を行なっていると述べたが、実はこの「境遇と生活」ということばもその時今村が引用している魯迅の使用句によっているということである。そしてここで紹介すれば、今村の説明による魯迅の「境遇と生活」に関連する意味とはほぼ次のようなものである。

まず魯迅は概して「日本文学」に対して冷淡な態度を示していたということが指摘されている。彼が日本文学に注目したのは、むしろ当時世界でも有数の翻釈文学国であった我国の実情から、それの紹介としての実益性を認めていたからにすぎなかったようである。そして魯迅が日本文学に対して消極的評価をしかしなかった根本的な理由として、魯迅自身は「僕は日本の作者と支那の作者との意思は当分の内通ずることは難しいだろうと思う。まず境遇と生活が皆違います」と述べている。そして今村は同時に魯迅ほど「境遇と生活」をハッキリ見た文学者は少ないということを述べている。ところで今村はそれとともに、全体的に日本文学に対して無関心な態度をとった魯迅も、ただ夏目漱石にだけは感心して、強い関心を示していたと補足的に説明を加えている。そして今村は、魯迅が漱石文学に対して深い共感を示していた実質的な理由を推測して、しがない、みじめな生活を毎日ロンドンの素人下宿の一室で送っていた漱石とほとんど同じような境遇生活を日本でなめた魯迅の心中深いところで「同病相憐れむ」というような切実な親近性が働いていたに違いない、といっている。

ところで、それでは魯迅の留学体験の実情とはどんなものであったか、僕たちは魯迅がいうところの「境遇と生活」の断絶感、あるいは「寂莫——孤独」の典形的イメージを知るうえにおいても今村与志雄も別の章で紹介している（『魯迅思想の形成』）留学中の不幸な体験としての「幻燈事件」をとりあげることができる。

魯迅は一九〇四年、中国人留学生の一人もいない仙台医専に入学したが、それから間もなく「幻燈事件」は起こった。彼はある日、教室で講義用に使う幻燈で日露戦争の記録写真を観た。そのなかに中国人がスパイの容疑で日本軍に捕えられ、多数の中国人が呑気そうに見物する前で処刑されるシーンがあった。今村は記している。

「屈強な体格、薄ぼんやりした表情の大勢の中国人の見物のまん中で、同じく屈強な体格、薄ぼんやりした表情の一人の中国人が日本軍に処刑されるシーン。

それを戦勝国日本の、自分を低能児扱いにした学生たちと共に観る〈弱国〉の〈低能児〉である中国人学生の自分。自分の像がそのまま画面の処刑される中国人の像にかさなって見えたのではなかろうか」

そして「苦痛は、一般的に他者、とくにこの場合は日露戦争の幻燈を見てバンザイを叫ぶ周囲の日本人学生たちには伝達できないものだ。そこで魯迅は真に〈孤独〉となった」と説明している。

魯迅の「境遇と生活」の断絶、「孤独」についての意味がどのようなものであったかということを、この彼の留学中の不幸なエピソードが何にもましてよく語っている以上、僕はその上にどんな言葉もつけ加える必要はないように思う。ここで僕たちが知ることのできるのは、時代や現実というものがいかに大きく重い存在であるかということであり、このような状況のただ中での「個人の主体性」や「人間の連帯性」などというもののもつ日常性のなかでの存立根拠はいかに脆弱で空疎な内容しかもっていないままのものとして客観的世界に囲繞されているかという単純な事実である。自己の人間としての客観的世界のなかでの存在の底知れない危さ、歴史や現実社会という巨大な現象世界は決して自己に対する相対世界などという平板で生っちょろいものなんかではなく、身ぐるみにいつでもどこにでも投げとばし、運び去り、埋没させるほどの大きく深い力のダイナミズムを貯蔵した底なしの宇宙的な容器であること、このことを身をもって体験し、認識した人間こそは真に「孤独」である。そして僕たちはそのような人間たちとして、たとえばドストエフスキーやカフカ、そして魯迅などの偉大な作家たちの名をあげることができるわけである。

魯迅はこの「幻燈事件」を精神的メルクマールとして、それまで志ざしていた医学への道を捨て、文学に進むことを決意するにいたった。

建築家として身をたてようという望みをかつてもった漱石が、あたかも魯迅と同じように英国留学中に「文学」をやることについて悲壮なまでの決意をするにいたる共通の事情は僕たちにそれなりの感慨をいだかせることでもある。

生来の文学的才能も子規らとの交遊のなかで早くからあかしだてており、すでに高校在学中に一友人の進言で建築家としての望みを捨て文学に進む道をさだめていた、というような年譜的事実を無視するわけではないが、漱石が今日の作家漱石として巨大な足跡を残しているそもそもの出発としての文学に対する決意を固めたのはやはり留学中のこの時であるとみた方が至当のようである。

留学中の漱石に、はたして魯迅における「幻燈事件」はあったのか。そのような極限的状況におかれた具体的な事件は正確には今までのところ見当っていないようである。しかしそのことはさしおいても、英国に留学中の日本人漱石が、日本に留学中の中国人魯迅とほぼ相似たような「境遇と生活」的環境におかれていたことは容易に想像できるのである。

英国—日本、日本—中国という先進、後進国としての相互関係をみる場合にも、漱石が留学した年が日露戦争以前の一九〇〇年（明治三三年）であり、魯迅のそれはほぼ同時期である二年後としても前後八年間に及んでいるほか（漱石は二年間）それ以前と以後とでは対外的な国家威信の面や国内の近代資本主義工業の促進と充実の度合が画然と異なる日露戦争をはさんでいるという決定的な事情も考慮される必要があるだろう。漱石は実に東洋の一未開国としてのありのままの国情にある日本をあとにして、世界の最先進文明国と自他ともに認め、国威も世界を制圧するばかりの勢いにあった英国にはいりこんだのであり、そのおかれていた立場や事情は魯迅以上のものがあったとも想像されるのである。

事実、漱石はロンドンの二年間は不愉快きわまる二年間であり、二度ともうこんな経験はしたくないともらしてもいたし、極度の神経衰弱や狂気に近い状態にも追いこまれ、一日も早い帰国を望んでいたということである。特にまた、鷗外の場合などとちがって、立場も一研究徒であるし、金銭的な余裕もないという事情にも片方からはさみうちにあい、心理的、物質的にもかなりの辛酸をなめたらしい痕跡も認められる。

しかし、これまでにみたような「生活境遇」のなかで、漱石は一方では確実に歴史や民族、国家や人間、社会組織や芸術、文学の関係をより深く大きな視野でとらえるための認識や方法の眼を養ったにちがいない。これらのことは何もことあたらしくいわなくても「倫敦消息」や「文学論」、あるいは帰国してからのちの「現代日本の開花」や「私の個人主義」などをはじめとする幾多の講演、そして何よりも彼の約十年間にわたる作家活動によって生みだされた数々の作品そのものが証明していることであるが、しかしそれにしても僕がここで指摘したいのは、これらの一見さりげなく記録や作品となって僕たちの眼の前にあらわれている結実した表面世界の知られない背後で、漱石のはらった苦しみの代価がいかにすさまじいものであったかということである。

漱石はおそらく、あたかも魯迅があじわった「境遇と生活」の違いからくる—孤独—の辺境地帯をさまよい歩いたにちがいない。ヨーロッパの伝統的知性、文化水準、高度な経済体制、合理主義精神にもとづく倫理、道徳観、民主主義的な議会政治形態、これら見るもの、聞くものの全ての対比的世界がもたらす異和感、隔絶意識のなかで漱石は自分たちの国家理念、文化や伝統、道徳倫理など未成熟でみじめな状況についていちいち思い悩み、切実なコンプレックスにとりつかれたにちがいない。魯迅の「幻燈事件」においても、彼の「孤独」の本質的な内容を決定しているのは、中国人である自分のまわりでバンザイを叫んでいる日本人との対比状況にあるのではなく、彼の苦痛や悲しみは絶対に周囲の日本人には伝達不能のものであるということを認識したことがらの中にある。そして日本人と中国人がお互いの苦痛状況を交換し得ないという状態は国民的、民族的なことがらにかぶさっている不幸であり、そのことを客観的に切実に認識した人間にもたらされるものは、それこそ逃れるすべのない真の「寂莫」と「孤独」である。

漱石もまた、このような内容と形で「留学生活」という特異な非日常的体験を通して自己の

「寂莫」と「孤独」を完成させていったのではないだろうか。たとえば漱石は、民族や国民性の違いというか、おたがい人間相互間においても交流や理解がいかに行われ難しいものであるかということを暗に示唆して「趣味の普遍性」ということについて言及している。（「文学評論」序言）そして「趣味の普遍性」という問題において「その全部に渉って普遍性があるというのは愚昧な人の考えである」ときびしく指摘している。漱石が想定している「趣味の普遍性」という問題についての内容は決してそれほど楽天的なものではなく、むしろそれを元来本質的には地方的（ローカル）なものであり、「趣味の普遍性によって必然の暗合をなす場合は存外少ないのである」とさえ断言している。ここで漱石によっていわれている「地方的」という意味は、その社会に固有な歴史、社会的伝説、特別な制度、風俗に関して確固としてできあがったものであり、それ自体の方向的性格においても「閉鎖的」なものである。周知のようにこれらの問題が指摘されている「文学評論」は、漱石が留学中の英文学研究をもとにして後に東京大学の講義用ノートとして使用していたものをまとめあげた研究書であるが、そのような性格から我国の研究学徒がいかに外国文学を理解することが困難であるか、という前提的注意事項として漱石が前もって説いたのである。そして僕たちはここで漱石によって指摘されている、外国の風土なり、生活習慣、道徳倫理や思想、あるいは人間そのものを理解するについてどのような困難や障害が横たわっているかという問題が多分に漱石の留学中の直接的体験に根ざしたものであり、漱石にとってどれほどの重さで感じられたものであるかという実情の一端をある程度までうかがい知ることができる。漱石はかねてから漠然といだいていたとも考えられる民族や国民、生活階層の違いなどからくるおたがい人間同士の理解、交流がこの現実社会においてどのように深い所で固く閉じられたものであるか、ということを、留学中の生活体験、思想体験を通してあらためて、今さらながらに思い知らされたに違いない。そしてそのような歴史的、現実的状況のなかに現にふくまれ、生きている自己の主体的不幸を科学的、客観的に認識した時、漱石はおそらく自分が「寂莫」と「孤独」の風が吹きすさぶ荒野に立たされている位置にあることを見出したのだ。文学を志す一青年としての漱石は、その時、そもそも自己、他者にとっての文学とはそもそも何なのか、という根本的な命題を徹底的に問いなおすところから出発しなければならなかった。その事情は同じく「文学評論」にある次のような漱石のことばによっても推察することができる。

「文学は社会的現象の一つであって十八世紀の社会は文学だけで成立した者ではない。美術なり、哲学なり、社会の風俗なり、一般にいう大いなる人間の歴史の一部分として文学が出現したのであるからして、今文学史を講ずるにあたって此錯雑なる現象中から文学だけを引き抜いてみせるのは文学の歴史の筋道を知るには便宜であるが、こうすると文学と他の社会的要素と関連して、活動して世の中にでた景色が目に浮かんでこない」あるいは「文学は社会的現象の一つであるからして歴史的に其社会的要素としての価値を論ずるのである」

多くの作家はこの現実社会の苛酷な諸条件からよってきたる「孤独」から逃れるべく文学作業にいそしんだ。

漱石はあえてこの現実社会に生存する多数の人間が苦しんでいる普遍的不幸を自己の歴史的、社会的条件として主体的に受けとめるために、より徹底した「孤独」と「きびしさ」をもとめて一創作家、文学者として生きることを決意した。

漱石文学自体のもつ僕たちの受けとり方の問題のむつかしさは、ひとつには根本的にこういうことが関連しているとも考えられる。

三

漱石の作品世界がそれ自体のうちに限りない深さと広さをかねそなえているという問題とも関連して、その作品のもつ深さや広がりのために解釈や受容の多義、困難性が事実として存在し、誤った方向への受けとり方も一方では問題とされ論議もされているという複雑な実情を強いている大きな理由のひとつとして、作家漱石と彼によって生みだされた作品そのものとの関係距離が「私」世界と作品の自立的世界との無定見な混同を意識的に排除した、一定の節度ある論理的秩序空間をおいて保たれている、ということが指摘できるように思う。

このことはさながら一枚の投影図によってあらわされた実像と虚像との関係のように、作家漱石の実像をそれのみおってもその文学全体の何ほどの手がかりもつかむことができず、作品世界としてある虚像を追求しても同じような事情が働くことになる、ということを意味している。これはあらゆる文学対象世界に迫る場合でも適用される一般的な通念だが、しかし我国の文学的実情のなかでは作家即作品という密着した関係が定式化している傾向も強いことから、そのような判断規準で漱石の作品世界に迫ることはとりわけ注意したいという意味もふくんでいるわけである。

作品は作家の手をはなれた時には自立して独自の世界をきずいているとはよくいわれる言葉である。しかしこの言葉にはひとつの理想的な形態の実現を目標とした、多分に恣意的なニュアンスもふくまれている。すべての偉大な文学作品の例にもれず、漱石の作品世界も完結したひとつの自立的な価値世界をもっているといい得ないことはないかも知れない。しかし漱石について僕はもうひとつの別の判断をもっている。それは作品における漱石の偉大さというより、むしろ作家としての漱石の偉大さの評価についてである。

僕は漱石が自己の創造過程において、作品を生みだすという時間的、空間的契機のなかでおそらくは身心ともに全力的な対決を作品との間に強いられたであろう、我国の多くの作家が誰もが選ぶことを肯んじなかったひとつの革命的な道をつき進んだことを評価したいのである。

漱石が明治四十一年に、当時、全盛期にあった自然主義文学運動の中心作家田山花袋に対して「作品の虚構性」の問題について激しく論駁したのは周知の文学史上の事実である。

漱石は花袋が自分の作品「三四郎」に対し「全篇こしらえ物にすぎない」と批難したのに対し、「こしらえた人間でも生きているとしか思えず、こしらえた脚色も自然としか思えないようなできばえなら作者は創造者でありこしらえた事を誇りと心得る方が当然である」と平然と応えた。そこには漱石の「虚構」という作品形式上の問題に対する考え方についてのゆるぎない自信がうらうちされていたことを僕たちは知ることができる。漱石の作品の「虚構性」という問題に対するこのようなゆるぎない姿勢を僕たちはどのように判断すればよいのか。まず考えられることは、ひとつには作品世界のリアリティー、あるいはリアリズムというものに対する考え方が花袋をはじめとする我国の当時の多くの作家たちと基本的に異なっているということである。

漱石は、たとえば花袋におけるような、ある意味では平板な写実主義リアリズム描法ではこの現実社会やそのなかに生きる人間のありのままのすがたはとらえることはできないと考えていた。花袋のとらえる現実的側面や人間のすがたはその範囲でそのリアリズム形式のなかにおさまりかえることができるとしても、漱石が実感や認識している現実世界の構造や人間像はより深化したものであり巨視的な性質のものである。そういう意味では、漱石の場合は自己の総体的な時代や社会に対する現実的な認識把握が、その当時の文学状況に堂々と通用していたあらゆる文学形式のどれともそのまま対応できるというような客観的関係はなかったということがいえると思う。

これは自然主義文学運動もふくめてその後のプロレタリア文学運動、私小説の動きなどまでにいたる我国近代文学史の主状況を一貫して流れている問題としてとらえることができると思うが、これらの一連の動きのなかの作家たちにほぼ共通して指摘できることは自己救済→絶対信仰という図式関係で「文学」がとらえられていた傾向があったということである。このことはたとえばアウト・サイダー、生活破産者としての立場を否応なく強要された作家の歴史的、社会的状況における相関的な立場の問題と切り離して考えることはできないが、そうした要素をもふくめて僕たちはたとえば具体的な作家像として自然主義文学における正宗白鳥、プロレタリア文学における小林多喜二らをあげることができる。

これらの作家たちはそれぞれ「キリスト教」「マルクス主義」に対するそれぞれ全存在をかけた確執的関係のなかでほとんどの生涯を生き、そのような生活者としての極北の地点から幾多の文学作品を精力的に創造した人たちである。白鳥は棄教と帰信のなかにありながらも、とにかくその生涯において絶対信仰としてのキリスト教という大きな問題と切実なかかわりをもち、多喜二はマルクス主義者としての徹底的な生き方の追求のなかでその生涯を終えた。しかし僕は想像してみるのだが、白鳥はいうにおよばず多喜二においてもその当時の状況のなかでマルクス主義者として自己が生きていく過程を通して種々の深刻な懐疑や不安に苦悩したであろうことは事実であると思うのである。その時に「文学」がはたして自己救済の絶対的イメージとして側面的にも結びついた部分はなかったかどうか……。

歴史的な評価の正否はともあれ、白鳥や多喜二の場合においても、自己の絶対的信仰体系に代置される「文学」の果たしたひとつの重要な役割を僕たちは無視することができないように思われる。

啄木はそういう意味では、我国のそうした形としてある「文学」の自からの限界性を実感的に認識していた作家であるといえる。彼の「自己だけがどれだけ生活改善に努力しても、結局のところ社会全体がそうした方向に向かわなければどうしようもない」というつぶやき自体がよくそのことを証明している。

啄木は結局は「文学」の枠のなかにとどまることができず、政治的なレベルでの発言形式の方向へ自己を拉しさっていった。多喜二もまた、究極のところは「文学」の本質的な存在意味も徹底的に問うという余裕を環境的にあたえられることがなかっただけに、自己の切実な主体的課題や問題内容を作品形式との関係のなかで充分に生かし切れなかった不幸を僕たちはかいまみることができる。

この論のはじめに引用した文章で、今村与志雄が指摘している「その後の日本文学に継承されなかった」漱石という、近代文学史におけるその方向的な位相をある程度骨格づけて考えてみる時、僕はこのへんの事情が深く介入しているのではないかと推測するわけである。

漱石はさきにもふれたように、社会的現実に対する実感的認識も深い基盤に根ざしたところでつかんでおり、科学的、論理的な方法把握の必要性も切実に感じていた作家である。

漱石にとっては、「文学」は自己の生の展開をめざす方法的な場であり得ても、自己の生きる存在主体として等価値に絶対化されるような関係は切り結ばれることはなかった。漱石はそれほどにこの現実世界における歴史や状況のもつ重みをよく認識していたといえる。この巨大なコスモス的世界のなかで自己の存在輪郭や、自我の絶対意識性などという問題は小石の一粒ほどの価値や位置も占めていないこと、この大いなる世界では種々の不幸がすきまもなくおおいかぶさっているばかりか、根本的な不合理や矛盾が白昼も堂々とのさばっていること、このような状況のなかでの自己の個別的不幸や主情的不満などという問題は相対的には実にとるに足りないほどのものであること、また世界が変わらなければ決して自己のこれらの問題もいやされることがないこと、自己の主体的判断などというものは畢竟相対的な環境世界の産物にしかすぎないという成立根拠からみれば実際あやういものであること、「文学」も所謂、この世界を現につくっている「政治」「経済」「建築」「医学」などと同位置にある一構成要素にしかすぎないこと、などについての認識である。

漱石がこの現実社会というものを、いかに暗く閉ざされた、絶望的な色あいをこめてみていたか、ということは鈴木三重吉にあてた手紙の内容によっても知ることができる。

そこには、漱石が「これだけは知っておいて決して損のない事である」という前置きで切実さをこめた筆づかいのもとに、「この世の中は小供から青年期にかけてはうまいものが喰えたり、きれいな着物がきられたり、美くしい細君をもって美くしい家庭ができるものとばかり思っていたが、然る所世の中にいるうちはどこをどうさけてもそんな所はない。世の中は自己の想像とはまったく正反対の現象でうづまっている」と書きすすめている。

しかし漱石は同じ手紙のなかで一方で「そこで吾は世の中に立つ所はきたない者でも、不ゆかいなものでも、いやなものでも一切さけぬ、否進んでそのうちへ飛びこまなければ何もできぬという事である。――死ぬか、生きるか、命のやりとりをする様な維新の志士のごとき烈しい精神で学問をやってみたい」と告白している。

漱石の作家としての本質的な偉大さは、この彼自身の書いた短い文章のなかにもっとも、要約されてよくでていると思う。

漱石は全てのものがもたらす苦しみから決して逃げなかった作家である。逃げようとしなかったばかりか進んで身に受けようと立ち向かっていった作家である。同時代の我国の文学者や作家たちの誰よりも、限りなく深い実感者としての現実の認識的体験をもち、それだけに暗く絶望的な思想、生活状況に陥ちこみながら、進んでそのような矛盾と苦悩にみちた大きな壁にたちむかっていった作家であることを僕たちはあらためて認識する必要がある。

漱石は「文学」との関係においても、だから現実的な、あるいは精神的な苦しみの重みにたえかねて、それを「自我救済」の支えとする、というような妥協的な姿勢はとらなかった。漱石にとってはむしろ現に自分自身が苦しめられている、矛盾と不合理にみちたこの現実的状況の根本的原因をさぐり、本質的なすがたをありのままにとらえ、「文学」のなかにたたきこむことこそが問題であった。漱石にとっては「文学」そのものや「文学」と自分との存在関係でどう生きるかが問題なのではなくて、「現実」あるいは「現実」と自分との動き生きている関係こそが問題なのであり、それらの問題を「文学」を通して思想的、行動的な次元でどのようにうったえかけるか、明らかにしていくか、という問題においてのみ「文学」が問題だったのである。

漱石の「虚構」という創作方法上の問題がもつ意味も以上のような観点からとらえていく必要があるのではないだろうか。

しばしば引用されるが、ドストエフスキーは「リアリズム」に対する彼の考え方として「抽象的なものが現実であり、現実的なものが抽象的である」といっている。彼はまた「実際どうも何を書いたって、何を作品のなかで表現し、指摘してみたところで所謂現実とはくらべものにならない。何を描写しても現実より弱々しいものになってしまう」(『作家の日記』)と告白しているように、「現実」というものを重く視ている点で漱石と相似かよった資質的傾向が見出だされるのが注目されるが、このようにどうしても「現実世界」のもつ比重が大きいことをさけては通れない状況のなかで、ある意味では作家とはこの「現実」からいかにさし迫った課題有効性としての事実関係を抽象化してさぐりとり、それを作品自体の内容形式のなかに普遍構造化して組み替えていけるか、というところにかかっているともいえよう。

そしてこのような作家としての能力は、自己の直接身にふれることのできるせまい現実的な日常世界とかかわっているだけの閉鎖的な視野からは決して生まれることはなく、総体的な時代、現実的状況を科学的、論理的に把握できるだけの巨視的な認識力をもち、それとともに自己が生きている状況の重みを積極的、意識的に体験化し、普遍化しようとする作家的な姿勢を通じてはじめてもたらされるものではないだろうか。

僕たちに現在残されている漱石の多くの作品は、それぞれその人間像や状況世界、物語構造において、時代や現実社会の動きを包括した全体状況を広く深い認識的視野でとらえ、するどく凝縮化した抽象的、典形的な性格や形式が映しだされていることが指摘できるとともに、そのことによって限りなく広範に働きかける普遍的な力をもっていることが認められる。

結果として生みだされているこのような作品と漱石との間には、自己否定、文学の価値否定の契機を通しての、どのようにはげしく孤独で絶望的なたたかいのプロセスがあったかということを僕たちは知るように努力したい。漱石は我国の近代文学におけるこれまでの全体状況を通じて行末を見失なった方向分野で、その全ての欠落部を埋めるということはないにしてもある本質的な展望性をひそめた、まだ具体的に捉えられていない大きな文学テーマとして今もあることを僕は信じている。

最後に、まずとりかかりとしてこの論を手がけた僕の、今後果たさなければならない究極としての意図を竹内好のほぼ次のようなことばによってかえさせてもらいたい。

――どうしても日本人の文学生活の実態を明らかにすることからはじめなければならぬ。日本人の生活条件、その生活条件のなかから生まれる文学的要求と、その要求が対応する、またはしない文学の諸形式を究明しなければならない。さらに、その対応関係のなかで、どのような形式がどのような効果を生んでいるか、また国民の各階層別にしたがって、さらに歴史的にさかのぼって究明しなければならない――（生活と文学）

注

一、本稿は昭和四十四年度「新日本文学賞」評論部門佳作受賞作に手を加えたものである。
二、本稿については、今村与志雄、猪野謙二両氏の著作に教えられるところ多く、ここに感謝の意を表したい。

「三四郎」の考察

一

夏目漱石の「三四郎」の青年主人公、三四郎は自分が将来あるべき生活の姿として次のような結論を導きだしている。「要するに、国から母を呼び寄せて、美しい細君を迎へて、そうして身を学問に委ねるに越した事はない」。三四郎はこれまでに知った三つの世界をそれぞれに思い描きながら、そのどの世界も自分のものにしたく思い、結局それらの世界の調和のうえに自分の生活を築いていこうという結論に達するのである。三つの世界とはそれぞれ次のような世界である。

その一は東京にいる三四郎にとってはもはや遠くなった世界だが、しかし忘れ去ることのできない世界である。郷里の福岡の田舎にいる母親によってそれは代表されている、三四郎にとってはなかば過去に属する世界である。第二の世界は大学を中心とした広田先生や野々宮君がいる学問の世界である。現在の三四郎はほとんど毎日この世界にとりまかれており、かなり満足もしている。第三の世界は三四郎にとってもっとも近より難い姿を示している。春のように盪いている世界で、そこでは電灯が輝やき、銀匙やシャンペンが交わされ、美しい女性がいる。三四郎にとっては美禰子を通してこの世界に数少ない接触を試みただけである。三四郎は学問のために上京してきて、結局それまでの体験生活のなかでこのような三つの世界を知ったわけである。そしてこの三つの世界を重ねあわせて調和させた、そのような世界を自分の将来の生活の姿として具体的に実現させたいという夢を描くわけである。しかし考え方によってはこれは実に平凡な夢である。母を故郷から身近によびよせて、美しい細君を迎え、自分の趣好や性格にあった職業を選んで将来の生活を築いていきたい、というようなことは、その実現度の程度はどうであれ現代の多くの学生や勤労青年にいたるまで誰もが一般的にいだいているようなごく平凡な夢の内容でもある。三四郎はこのような平凡な夢をもつ一青年像として僕たちの前に登場してきているわけである。

ところでこのような性格の夢をもつ一青年として三四郎をながめてみた場合、そこに僕が一つの驚きを見出だすのは、その夢の余りの平凡さということでなくて、かって我が国の近代文学の歴史のうえで、その夢の内容からもある程度の全体的な人格像が想定できるこのような平凡な一青年像がとりあつかわれていたことがあったかということである。ひるがえっていえば、このような性格をもった青年が小説の一主人公として登場しているのは、我が国の近代文学の多くの小説の主人公たちのなかでも極めて異質の部類に属するのではないかということである。このことは、たとえばこれまでの我が国の近代文学史上にあらわれた多くの青春小説の主人公たち、二葉亭四迷の『浮雲』の文三、小栗風葉の『青年』の欽哉、島崎藤村の『破戒』の丑松、田山花袋の『田舎教師』の清三、中野重治の『むらぎも』の安吉、野間宏の『暗い絵』の進介、柴田翔の『されどわれらが日々――』の文夫、らと較べてみた場合、かなりはっきりしてくるように考えられる。これらの青春小説の青年主人公たちは、その時代の現実的状況のなかで心情的、物質的に挫折、敗北の人生を強いられていくなり、あるいは青年らしい正義、理想にもえて社会や自己の変革、超克を試みていくというような程度の差こそあれ、いずれも通常の社会や市民生活、既成の秩序から逸脱した境地に身をおいている、いわば反社会、反市民的、アウトサイダー的な人間形象であるというところに共通性が見出だされる。しかし三四郎は決してそのようにとらえられない側面をもった青年形象であるように思う。むしろ三四郎はこれら我が国の近代文学にあらわれた多くの青年像に反して極めてインサイダー的な人間、市民的な倫理意識にもとづく社会秩序体制を代表し、その形成の推進を図っていく、いわば一種の立身出世を目的とするタイプに属する人格的形象に近いものであるように思う。

二

周知のように「三四郎」は当時（明治四十一年）の東京朝日に新聞小説として発表されたといういきさつからもある程度その事情が推察できるように、適当に興趣本位の要素も盛りこまれている、むしろ明快単純な体裁と内容をもった物語小説である。一人の青年が東京の大学にはいるために九州の田舎からはるばる上京し、その東京での大学生活を送るなかでさまざまな人間や事件と遭遇体験することによって、今まで知らなかった新しく広い世界を徐々に認識していき一個の人間としての人格的成長をとげていく、というだけの簡明な筋書きをとったいわば一種のビルドゥンクス・ロマンである。それだけにこの小説でとりあつかわれている作品世界の範囲も、三四郎が学んでいる大学の生活を行動半径内とした、そのなかでの人々との交流や事件の接触が述べたてられているにすぎない、ごく限られた領域のことにしか属していないといえよう。主だった登場人物にしてからが、三四郎をはじめ、広田先生、野々宮君、与次郎、よし子、そして美禰子とわずか五指に余るほどで、また作中のほとんどの部分がこれらの人々がたがいに交流するドラマによって占められており、彼らが一様に小市民的知識人階層の人々であるという点についても、この小説の大きさという性格を考えるうえで見落とされてならないことだろう。しかしこの小説の、そのとりあつかわれている世界のせまさや、構成の単純さという面にくらべてみて、その内容というものにふみこんでいけばかなり複雑な要素が見出されることは否定できない。たとえばそのことは、この小説のドラマ的な性格というものを考えてみる時、はたしてそれが悲劇的ドラマに属するのか、あるいは喜劇的ドラマになるのか、という点についてもただちに測定をくだすことはむづかしいということによっても、ごく基本的に証明されているように思う。この点に関しては「三四郎」は漱石のあらゆる作物中においても最も微妙な性格をもっているといってもさしつかえないぐらいである。

一般にこの小説のモチーフは、我が国が近代にはいってからの主に知識人が経験するにいたった内面の苦痛状況の問題にあるように評価されている。この小説に登場する広田先生などはその典型的人間像を具現している。いったいに、三四郎を中心としてとりかこんでいる人物の配置や時代風潮の設定がそのように工夫されている。この小説のおそらくは決定的といえる主題がまず最初に具体的に情景のなかに凝縮されて描かれているのは、ある若い女の鉄道自殺事件のくだりである。三四郎は野々宮の家宅で一夜の留守居をたのまれた時、この事件に遭遇することになるわけだが、この時三四郎は自殺をとげる直前のこの若い女の「あゝあゝもう少しの間だ」というつぶやき声をはっきり耳にする。この若い女の自殺死は、漱石によって明らかに「近代死」としてのイメージがこめられてとらえられている。その死は近松から紅葉にいたるそれまでの我が国の文学の伝統のなかでひきつがれていった、たとえば義理や情実、物質利害的不幸などにからむ死のイメージとは明らかに異なるものである。それはどこといって具体的な理由、根拠もさぐりだせない新しい近代文明の時代の状況にかかわりあった人間だけが触知することになった、ばくぜんとした不安、疎外感によってはじめてあらわれでた死の型である。それは日露戦争が終結し、我が国の国家的な気運のたかまりとともに近代資本主義国家へと着々脱皮しつつあった、そのような時代的状況下にはじめてもたらされてきた新しい死の型である。漱石が、この若い女の自殺死を一つの「近代死」としてとらえようと意図していたことは、たとえばその女の死顔と広田先生（この時はまだ水蜜桃を呉れた男としか説明されていない）の「危ない危ない、気をつけないと危ない」という言葉とを連鎖的なイメージで結びつけていること、おそらくはその事件のことが報じられているに違いない翌日の新聞が、三四郎が縁側で茶を飲んでいる時のシーンと、よし子が入院している病室を訪れた時の情景に明らかに意図的にとりだされてくるにもかかわらず、不自然なほど作為的に漱石がその内容にたちいってふれないようにしていること（女の自殺した俗界人事的な原因、理由を意識的にきりすてようとした作法が目立っている）などによっても証明されていると思う。

とにかくこの若い女の鉄道自殺事件のエピソードの導入は、この小説の全体的な世界を性格づけるうえに決定的ともいえる大きな働きをしていることは事実である。

三

漱石が「三四郎」を発表した明治四十年代を境としたその前後の数年間は、我が国が内外の情勢におかれていた歴史的な位置からみても、政治的、社会的に、また文学的にもとりわけ激動の時代であったということができる。明治三十八年に日露戦争が終結するとともに我が国はまさに国家的な新気運にのって近代資本主義国への本格的な形成を目指して着々とその足固めにはいった。このような時代の流れを反映して重要な社会的事件も続発している。明治四十年には足尾銅山の暴動があり、翌四十一年には赤旗事件、四十二年には伊藤博文がハルピン駅頭で暗殺され、これら一連の政治的、社会的事件はやがて四十三年の五月にはじまった幸徳秋水を首謀者とする「大逆事件」の一斉大検挙にひきつがれていっている。文学的にみても、この数年間の時期は我が国の近代文学史上にとってエポック・メーキングな動きを画した一時代であった。中村光夫も我が国の近代が文学の上に定着しはじめた時期（風俗小説論）と評しているように、新しい文学流派の胎動や数多くの歴史的な作品があらわれている。藤村の『破戒』（明治三十九年）が世にでるとともに、自然主義文学が運動として一世を風靡しはじめたのもこの頃である。この運動流派にとどこおって花袋『蒲団』（四十年）、『田舎教師』（四十二年）、白鳥『何処へ』（四十一年）、藤村『春』（四十一年）、秋声『新世帯』（四十一年）、泡鳴『耽溺』（四十二年）等の諸作品が書かれ、また四迷の『其面影』、鏡花の『婦系図』、白秋の『邪宗門』、草平の『煤煙』、荷風の『冷笑』、潤一郎の『刺青』等が世にでている。そして明治四十三年には啄木が遂に『時代閉塞の現状』を世に問うまでにいたったのである。

このような時代的、社会的、文学的背景のもとに漱石によって「三四郎」が書かれたということは当然に注意してみる必要がある。周知のように、この小説の世界も、丁度日露戦争が終結したその当時のわずか短期間の時代的雰囲気をそのまま背景にしている。この小説の序章で広田先生は上京する三四郎を前にして汽車の中で「お互は憐れだなあ」と話しかける。こんな顔をして、こんなに弱っていては、いくら日露戦争に勝って一等国になったからといばっていても駄目だ、というのである。「しかしこれから日本も段々発展するだろう」という三四郎の素朴な質問に対して彼は一言「亡びるね」とだけいう。この広田先生は漱石が三四郎の口を通して再三いわせているように、あくまでも世の中に対して傍観者的な姿勢をくずそうとしない、徹底的に批評家的な立場を代表している人物である。その意味では、ほとんど行動性というものをともなうことのなかった我が国の知識人階層者を典型的に体現している形象ともいえる。広田先生も行動性という点については、からきし駄目な人物としてとらえられている。彼は自分の家さがしや、就職運動についても三四郎や与次郎を動員したり、手をわずらわせたりしなければその目的をとげることができないような人物である。対社会、世間的な交渉における行動性という点については赤子のような広田先生も、理屈をこねまわすことだけは実に達者である。歴史や社会の動向についても、普通人よりは数段も高みにたったところから通りいっぺん以上のうがった観察をする。

漱石は主にこの広田先生の口や目をかりて、その当時の時代的な風潮や社会の動きに対してかなりしんらつな批評を試みている形跡があることは事実である。漱石が英国留学から帰朝したのは明治三十六年、三十七歳の時であるが、英国というその当時のヨーロッパでは一、二をあらそう先進資本主義国から帰国したばかりのこの新進気鋭の英学者にとっては、まだ文明開化のなごりも払底し切れていない我が国のその当時の国情は余りにも底のあさい見えすいたものとして映ったということは想像に難くない。広田先生は必ずしも洋行がえりとして描かれていないが(「道草」の健三の気持として表わされている例からも推測できるように、漱石は留学帰りを標榜することに気がひけていたのではないかと見受けられる節もあり、また広田先生がふと自身の生いたちの秘密をもらす箇所も漱石のそれとやや類似している)その当時の漱石の国情、世間に向けたありのままの観察の目を仮託された一面の化身とみることはできる。

漱石は一般に社会的な問題には比較的関心を示さなかった部類に属する作家であるという風にみられている。あるいは必要以上の関心を示していても、それを直接的に文学作物の素材や主題にとりいれて全面的に主張展開を行なわなかった作家という風にいい直してもよい。こういう点からみればおよそこの「三四郎」などは、漱石の他作品に較べてみて、かなり皮相的とはいえ当時の時代的風潮や社会、政治の動きに関係のある時事的な問題なども適当にとりこまれていて、むしろ最も社会性のある作品と評価できるぐらいなものである。しかし今も「皮相的」といったように、我が国の資本主義産業も激しい速度で独占、植民地開発化の段階にはいり、日露戦争後の経済恐慌と物価高がつづく国内社会の動きの背景から労働者大衆の社会変革主義運動も勃興、制圧されつつあったこの激動の時代に、たとえば石川啄木の『時代閉塞の現状』や島崎藤村の『破戒』、あるいはこの当時に全盛をきわめた自然主義文学運動などによって示されているような政治や社会の動きに対して全力格闘的なプロテストを行なっている諸作品、文学流派に比較して余りにも余裕のある受感度と評価されなければならない。漱石は自然主義文学運動にかなりの親近性をもっていたとはいえ、同文学運動はもとよりあらゆる文学運動にも属さなかったし、時の権力体制支配による政治、社会的な動向に対してもそれほど積極批判的な文学活動を試みたともいえず、むしろこうした社会、政治、文学的な全体の動きを横目にみながら自分独自の文学生活を歩んでいった作家といえる。この当時の（三四郎を発表した明治四十年代前後の時代）漱石の文学生活上の模様や作家としての世間評価的な位置については、小宮豊隆、正宗白鳥の評伝、作家論によってかなり僕たちも正確に知ることができるが、たとえばここで記述されている、漱石はむしろこの当時の文壇の内外からは通俗作家、二流作家呼ばわりとしてしか評価されていなかった、という事情なども、前記のようなその当時の時代社会的な状況潮流と直接、全力的に問題意識として干渉したり、対立点を導きだすことにむしろ消極的であったとされ、一方では個別的な文学営為作業に専心するというイメージの方が較べて勝っていた観さえある漱石独自の文学的な生活実態から判断すればある意味では肯頷される面もあるのである。

もとよりこのような漱石の文学生活態度をより深く探究洞察するとなれば、そこにはたとえば漱石がすでに四十歳にもなってからようやくにして本格的な作家活動にはいりはじめたこと、社会的な地位、名誉も彼の人間的、生活的な行動基盤にかなり強固に定着していたこと、妻子をはじめ親類縁者にいたるまでの扶養中心者としての経済的、精神的負担を背負っていたこと、養家先にやられた幼少時より留学生活時代にわたって特に目立って困窮生活をなめつくした体験境遇上の問題、また作家活動にはいってからの朝日新聞社との契約を履行するに際して、小説作法上にも思想活動上にも有形無形の制約負担を課されることも推察される事情、など多くの問題要素も自然ともとめられてくるであろう。しかしここで僕がより直視したいと思うことは、現代もなお多くの普遍的読者層を獲得吸引させつづけている漱石の文学作品の全体的構造を支えているともいえる、その形成の必然の道筋におけるこうした諸要素的な問題の因果的な関係理由をたどることではなくて、あくまでもその必然の過程の結果としてはじめて成立されるにいたったその文学の歴史的、社会的な相対的位置状況における作品の全体的価値構造の意味を考察することである。

僕たちは今、かって北村透谷や石川啄木らのなかば個別的な文学主張や活動のなかにわずかにその例外は認められるとしても、時の政治や社会の動向に対するアクチュアルな抗議課題をひそめて広範に展開された自然主義文学運動や、プロレタリア文学運動の行きついたところをすでに見とどけてしまっている。これらの文学運動の歴史的な経過が示していることは、まがうことなき「政治」における余りにも悲惨な「文学」の敗北であり死であった。北村透谷や石川啄木の発言や主張にしても、それがむしろ政治的な次元におけるアンガージュの姿勢に立脚していたからこそわずかに効力を発揮したとみられないこともない。現代、自然主義文学やプロレタリア文学に属する個々の作品を考察してみても、これらの文学作品は数少ない例外を除いて、年々読者層の支持を失なっていっていることからもわかるように、ほとんど「文学的」にも死につつあるのが現状である。これらの文学作品は少なくともその当時の時代社会的な状況においては、各々の文学流派運動にとどこおって第一線の芸術自覚運動から生みだされたものとしてははなばなしい脚光と注目を集めたばかりではなく、文学作品自体としてのその時代の社会や人間に働きかける価値効用性も充分に内に蔵していたものとして、それなりの存在意味もあったことは推測に難くないのである。しかも今、そのような文学活動のはなばなしい後にあって当時二流、通俗作家よばわりされていた漱石の作品がますますその広範囲にわたる読者層の獲得、支持を広め集めていっているばかりか、その文学的、社会的な意味の新しい価値構造や性格が描出される無尽蔵の可能性に富んでいる、ということは非常に注目すべき問題があるように思うのである。

四

漱石はまさしく正宗白鳥も指摘するように、ニルアドミラリの領域でその生涯を送りつづけた作家であった。白鳥は、彼と同時代の自然主義作家である花袋、独歩、藤村らも、漱石の目からみれば傍観的、客観的な作家でさえなくて、思わせぶりな涙や、煩悶、真面目、熱烈に満ちた気障な作家に映じていたに違いない、と碣破しているが、そういう意味では理想主義とか人類愛主義からほど遠い作家存在のイメージをもっていたといえる。漱石はこの世界の現実というものをよく知っていた。そしてその現実に働きかける人間の力の及ぶ範囲にも限りのあることをなおよく認知していた。それだけにその作家としての彼の終生にいたるまでの態度は、すさまじい絶望の色にぬりたくられていたといってよい。近代という現実機構が複雑になり、奥行がふかまればふかまるほど、人間が生きることの条件的限界もそれだけ絶望的になることの歴史的な予見を、西欧的な知性と徹底的なリアリストとしての思想を身につけた漱石は、他のすべての同時代の作家よりもいちはやく具体的なイメージとしてとらえることができた。すべての作家の作品の主人公は、その作者の何らかの投影である、ということは漱石の場合にもあてはまらないことはないが、彼の場合はもう少しスケールが大きくすべての登場人物にも通じているといい直した方がよいようだ。裏を返せばそのことは主人公の性格や行動についての作者との連関イメージがそれだけ希薄であるということを意味している。僕は漱石ほど、その作品の主人公を作者としての自己の立場からつきはなして描ききった作家は、少なくとも我が国の近代文学の世界にはいなかったと考えている。

もちろん漱石のほとんどの作品の主人公は、代助にしても健三にしても一郎、津田にしても、その作家の思想や性格を受けて一様に暗く陰気な色彩に隈どられているが、そしてその生活意識や行動においても、漱石その人のアナロジカルな断片が強く感受されるが、作家としての自己の全体的人格像という位置からの主人公に対する妥協、疎通点という本質面から考えると、漱石ほどそれを頑強に拒否した作家は少ないように思うのである。そしてそのことはとりもなおさず漱石個人の、自己自身の現実的な存在基盤や、その上に成立している思想、知性、生活感覚などの人格主体に対してたえず不信、疑惑の眼を向けていなければならなかった恐ろしいほど絶望的な孤独の作家的姿勢が反映されていることを意味している。ただいえることは「それから」以後の段々後期になるに従っての作品に少しずつ作家の生活的、思想的化身としての集約度が濃密になっていっている傾向がみられるようだが、これは漱石の作家としての完成過程への推移ということのほかに、もうひとつは胃潰瘍や神経衰弱などの持病亢進や家庭生活環境の複雑性からくる心労によって作家的エネルギーが枯渇してくるとともに作品世界のモチーフも個別的、内面的な状況、素材に限定されてきた関連的な理由にもとめられるようだ。

漱石のおおよその全体的な作家活動を通観してみた場合、初期の作品ほど虚構的な性格が強いということは多くの研究家や評者によって指摘されている通りである。「吾輩は猫である」にはじまり「坊ちゃん」「草枕」などにいたるこれらの諸作品群をフイクショナル性の強い前半期とすると、「それから」以後の「門」「行人」「こころ」「道草」「明暗」などの後期に属する主な作品の世界は、漱石自身のより身近な内的、外的生活の素材、モチーフに一段と範囲がせばめられており、その告白的要素も強まっている。「三四郎」はこうした漱石の全体的な作家活動の推移のなかでは、ある意味では非常に特異微妙な位置を占めているといえる。この作品は「虞美人草」と「それから」の間の時期に書かれていることからも判るように、強いていえば前半期の虚構性の勝っている作品のジャンルに属していると解釈することができる。漱石の作家活動の時代区分でいえば職業としての本格的な創作に打ちこみはじめてからわずか一年有半たらずの頃である。漱石が学校の教師生活を極度に忌み嫌っていたことは周知の事実だが、当時の「朝日」の大々的な入社広告をみてもある程度想像がつくように、作家としての本業に踏み切ると世間にも公表した手前、そこには新しい職業生活に邁進する意気ごみということの裏に、果たして作家として世間の期待に応えられるだけの（学者が新聞社のお抱え作家になったということだけでもセーセンショナルな出来事だった当時の世相背景も考慮する必要がある）成功を収めることができるだろうか、という不安と疑惑がうずまいてつきまとっていたことは充分にうかがえるのである。（読売新聞社招聘の話のある前にも村上斉月に宛ててこの不安を打ち明けている）こういういきさつを考慮にいれると、たとえば新聞小説としての体裁をとった、それもごく初期のいわばテスト・ケースの段階にあたる「虞美人草」や「三四郎」などの作品世界に世間の一般読者に対する意識的な妥協迎合的要素や普遍啓蒙的側面が多分に反映し、それだけに全体的に虚構的な色彩が強められている結果になっている事実は否定しがたいのである。

しかしここで注意してみなければならないのは、虚構的により強度な内容性格をもっていたからといって、ただちにそのことの理由が作品全体の文学的な価値判断の基準にむすびつけられることはないということであろう。虚構性ということをどの観点からとらえるかということについても、もちろんさまざまな問題を投げかける要素があるにちがいないのだが、そしてそれはひいては大衆文学性とか純文学という規定ジャンルにも及ぶ文学価値性の重要な課題を内に蔵しているわけでもあるのだが、一般的にいって我が国の近代文学の伝統的な風土思想には、より虚構的、フィクショナルな性格の作品よりも、それに対置される写実感、リアル観に富んだ作品の方が尊重される傾向の強かったことは周知の事実となっている。このような文学風土的な土壌からはまた一方、伊藤整の指摘するような（小説の方法、認識）徹底的に外面写実のみにとどまるような作品系列とか、自己の内面的切実を告白しただけにすぎないような作家集団とか、およそ世界共通の文学、作家理念からは考えられないような奇型歪曲的な文学、作品ジャンルを、あたかも両極分解的に形成していった過程も認められるのである。しかもこれらの文学作家や作品の行動パターンやジャンルにみられる致命決定的な傾向は、自己をふくめての他者多数の文学ということでなくて、自己のためというだけの目的意識に多くは支えられていた文学活動の展開であったという点にある。読者大衆という目的対象は完全に閑却されている作家、文学的態度に根ざしていたわけである。そしてこの方がむしろ文学的、芸術的により純粋で良心的な態度と受けとられていた。

もちろんこのような文学風潮、姿勢を生んだ背景には、まだ未成熟であった我が国の文学歴史的な体験が欧米文学の積極的な輸入によって早急にそれと癒着しなければならなかった文学思想的な不幸、作家の社会階級的な秩序体制内における生活身分的な位置（他動的、自発的にせよ）や状況の問題など、さまざまな理由が相互にからみあった課題体系があることは事実だが、いずれにしてもこれらの作家の意識には職業としての作家という自覚が決定的に欠如していた観点からとらえれば、そこには彼らの作品がある一定の読者層の支持圏内でしか生息し得ない必然性、そして伊藤整もするどく指摘する「民衆の生活意識とは無関係に文学作業が行なわれていたこと、市民的読者を我々の文学はほとんどもたなかったこと」の理由根拠に説得的な裏づけをあたえる問題性は確かに存在するのである。こういう点からみれば、漱石の作家活動は、全体的に通観してみてもかなり異例であったということがいえる。漱石はある意味では「職業としての作家意識」に徹していた作家であった。彼が作家生活にふみ切った時も、そのことをはっきり自覚していたことは今日よく知られているし、「朝日」との契約の際にもでき得る限り社の期待や方針に沿うことを誓約もしている。彼はまた、このんでよく「売文業」ということばに類した意味のことを口にもしたり、書きのこしたりした。これらの事例はどこまで漱石の本音をつたえているものか、かえって疑わしい限りだが、しかし少なくとも彼が本格的な作家活動にはいるに当たって、こういう外見的な事実条件をなかば強制的に前提認識しなければならなかった状況立場におかれていたことは疑い得ないだろう。特に朝日に入社して間もない頃の漱石の作家意識には、この職業というイメージが最も色濃く反映されざるを得ない状況にあったことは充分に推測がつくのである。

すべての人間において、身のまわりのより苛酷な現実的諸条件が、それに敏感であるような反応を要求する作用をおよぼしてくる時、それに対する当事者の全体的な身構えの姿勢もおのずから異なってくることは必定である。またその当事者が、そのような姿勢的立場を自己に要求してくる全体的な状況現実に対して、その苛酷度に充分対応するだけの相対客観的な関係における認識的立場や思想を培養し深めていくのも極めて当然のことであるといえよう。しかも人間の恣向的本性として内的世界と外的現実との調和合一化が究極目的とされている限りにおいて、むしろ逆に内的自己と外的現実との対立離反的傾向が進行されているような状況的関係にあっては、その渦中におかれた人間の内的、外的な意識的現実の、それだけにすさまじい葛藤相剋に費されるエネルギーは尨大なものがある。と同時にその真に絶望孤独的な闘争の過程から自己も外的現実をもふくめた全体的世界の構造的性格をより深く、するどく見抜くだけの発見の目も生まれてくるのではないだろうか。この発見の目は自己自身の深められた目であると同時に、自己自身の存在立場を直視する状況の目でもある。作家にとって、その作品の全体世界が構築的性格を帯びはじめ、虚構の形式が一つの絶対的形式として魅力あるものになるのはこのような時ではないだろうか。

僕は漱石の全体的な作家活動の過程を追ってみた場合、学校教師としての生活のかたわらある程度余技的な自在さをもって気ままに筆をふるっていたごく前期の頃の創作過程と、作家的地位もほぼ安定期にはいりはじめ、作品世界のモチーフも人間の内的問題に比重をかけていった後年の作品範囲とのほぼ中間的な時代的位置にある、すなわち「三四郎」を書いた頃が最も作家的エネルギーに満ちあふれていた絶頂期にあったのではないかと想像するのも主にこのような理由からである。

五

小説「三四郎」の、三四郎という一人物形象に視点を集中させてみた場合、この作品の全体世界の相貌は明らかに異なった面をみせてくる。もともとこの作品は二重構造的な性格から成り立っている。一つは広田先生を中心とする野々宮、与次郎、美禰子ら知識人プチ・ブルジョアグループの内面的問題を主にとりあつかった世界で、もう一つはこれらのグループから明らかに独立しているとみられる三四郎の世界である。この作品は広田先生を中心とする知識人プチ・ブルジョアグループのさまざまの内面的問題をあくまでも表面的なドラマとして、これらの一群の人々の折りなす進行劇を三四郎が語り口的な位置にたって直接、間接的に参加していくという形式構造をとっている。もちろん三四郎と美禰子との心理恋愛劇もこの作品の成立要素に大きな比重を占めていることからも判断できるように、三四郎のこの作品世界に果たしている表面的な役割も決して無視できるものではないのだが、この作品全体の主要なモチーフを近代文明下における知識人階層者の内面的な苦痛状況を問題とした観念劇とみた場合、どちらかといえばこのようなドラマの進行過程には側面、消極的にしか参加していないような形になっている三四郎の登場人物的性格は脇役的色彩が強いことは否めない。しかしこのドラマにおける三四郎のこのような位置立場的関係が、作品全体の内容的性格により複雑さを加えているとともに現実味あるものにしていることも事実なのである。三四郎はどちらかといえば広田先生を中心としたグループに対して傍観者的な立場にいる。しかしこのことは単に小説形式上の手続的な問題ということだけを意味していない。そこにはもっと複雑、現実的な問題がかくされているように思う。三四郎はもともと広田先生らを中心としたグループとはあらゆる面において異質的な存在形象である。郷里の先輩である野々宮や学友の与次郎を一応別にしても、この作品の一方の中心的人物である広田先生や美禰子との対比的な関係においてこのことは著しい。

三四郎は、かなり浪漫的、夢想的な性格傾向が強い広田先生や美禰子らにくらべて極めて現実的な生活感覚や考え方の持主である。彼は九州の片田舎の、おそらくは小地主程度の農家出身者としてとらえられている。父親を早くから失い、母の手一つで育てられている。月々まず充分の送金を受けているといっても、金銭的な面についてかなり神経を使っていることなどは郷里との手紙の内容からも判断できる。三四郎は、今年の米は今に価格がでるから売らずにおく方が得だ、ということを郷里に指示したりしているし、母親も三四郎が追加の送金を無心すると、三十円もあると四人の家族が半年喰っていけるぐらいの額なのだから心して使うようにと訓戒をあたえたりもしている。三四郎の性格が広田先生たちとかなり鮮明に対比的にとらえられているのは菊人形見物の情景である。広田先生、美禰子、野々宮兄妹、それに三四郎の一行が大観音の前にさしかかると、そこに一人の乞食がいる。その前を五人は行過ぎる。その時広田先生が三四郎に「乞食に金をやったか」とたずねる。三四郎が「いや」と応えると、よし子が後を受けて「やる気にならない」という。すると美禰子が「ああ始終焦っついていては、焦っつき栄えがしないから駄目だ」と評する。広田先生は「場所が悪い。山の上の淋しい場所なら誰でもやる気になるだろう」というようなことをいって、この情景の会話は終わりとなるが、この時三四郎は心の中で、その乞食に対して一銭も投げてやる料簡が起らなかったばかりか、むしろ不愉快な気持を感じていたことを反省しつつも、自分よりも彼等四人の方が己れに誠であること、また己れに誠である程に広い天地の下に呼吸する都会人種であるという点について、自分とはっきり違うということを強く意識する。この情景場面や、それにひきつづいて一行が迷子に逢着するシーンでもそうだが、これらの挿話で描きだされている広田先生たちの姿は、あるところまでは理解したり同情する徳義的な態度を示し得ても、決して問題の解決に具体的に迫り得ることのない近代知識人階層者の自己欺瞞性に対する漱石の諷刺がこめられているわけだが、このような漱石の批判的な視点はそのまま三四郎に受けつがれていっているばかりでなく、それがいったん三四郎の眼に移し変えられた時には、より対極的な思想的、感情的反撥、異和感を生む反応地点にまで引き伸ばされていっている。

広田先生たちにとっては一人の目の前の乞食は、自己のエゴイズムの領域で処理し切れないと同様に、社会的他者のエゴイズムにもまかせ切れない問題の性質をもつがゆえに、それぞれに良心の痛苦を感じざるを得ない立場にたたされる。近代以前の封建体制時代には身分秩序階層も判然としていたし、それに従って個々人の責任分担範囲も明確であったから利己、他利の目的性に根づく行動識別も人間の主体的な選択範囲に委ねられるケースは比較的少なかった。近代文明の移植は、人間の思想、社会的階位性など多くの面に自由というファクターを課したがゆえに、それが新たな苦しみを個々人にあたえることになったのは事実である。社会的には階級構成も以前より複雑巨大な体質に変わって再編成されてきたし、人間の存在内部や連帯意識にも近代疎外という課題条件が生みだされてきた。こういう歴史的な事実条件を最も早く触知する立場におかれていたのは、やはり論理的な思考性に馴らされている知識人階層者であったことは当然である。当時の代表的知識人としての位置にあった漱石も、そのことは痛いほどにかみしめていたに違いない。しかもこのような状況を前にして、当時の知識人階層者は、余りに複雑巨大な近代という時代の壁に何ひとつ働きかけることのできない自己の行動的無力をいやというほど知らされねばならなかった。その当時の多くの社会改革者や文学作家に代表される良心的な知識人が挫折、転向を強いられていったことはこの事実を裏書きしている。英国留学から帰朝したばかりの漱石には、むしろこのような知識人の辿ったひとしなみの運命は、より先験的な歴史的判断のもとに、すでに必然的なプログラムとして洞察されていた、ということは充分に推測できるのである。

漱石独自の虚無的、ペシミスティックな人間観、世界観もこのこととの関連を抜きにしては考えられないだろう。広田先生の設定は、自己をもふくめたこういう一般の知識人階層者の内部的な苦悶と、行動的無力性に対する批判、という観点からされたものであろう。しかし漱石は、このような知識人一般に対する考え方とは別に、いよいよ資本主義社会も完成期に移行して、次の時代の国家的体制を築くうえに主導的なエネルギーとなる指導階級者の原型的イメージも見抜いていた。それはある意味では、周囲の社会体制秩序や時代思想的状況にも適度に順応、超克していけるだけの強い生活者的な論理基盤をもち、それだけにたくましい地方人的な肉体、精神的健全性も身につけた、主に中産ブルジョアジー以下の階級地盤を出身圏内とする立身出世型の形象パターンである。三四郎はこのような新しい指導階級者の原型イメージを最も典型的にあらわしている人格形象である。彼は、その当時の時代的、思想的状況を写した若い女の近代死的な自殺事件に行きあわしても、それを客観的事件としてとらえるだけの余裕性をもって、ほどほどにすり抜けていく。美禰子との恋愛交渉が不首尾に終わっても、致命的な心の傷を負うことは決してなく、ただ「迷羊《ストレイシープ》」とうそぶいて事をすましてしまえるだけの現実主義者的な人格面ももっている。彼は広田先生のグループともたえず一定の距離を保って交渉を行なっている。（美禰子も広田先生に対してはある程度客観批判的な位置にいるが、そこに三四郎と接触していく心理共感的な伏線があるとみられる）このように三四郎は、小説の中でしかけられているいくつもの危険な罠を要領よくすり抜けていく。彼のこのような着実な生き方を極めて明瞭にあらわしているのが、「国から母親をよびよせ、美くしい細君を迎え、身を学問にゆだねる」ということであり、現実認識をたえず強制されるような階級的位置、境遇にある三四郎の究極の目標がここに行きつくのもむしろ当然のことといえるのである。

六

この小説「三四郎」が、生活者としての論理的なたくましさをもっている三四郎の視点を通しての物語的な文体形式をとっている、ということも注意してみる必要がある。なぜならそこに、この作品のもつ根本的な文学価値性についての重要な課題要素がひそめられているように思うからだ。この小説の一方の主要登場人物である広田先生に漱石のある一面の自画像的な反映を感じとることができると同様に、この青年主人公三四郎にも同じ作者のきびしい姿勢が写しとられていることに僕たちは気付かなければならない。漱石が四十歳にもなってこのような青年主人公を設定したということは単なる偶然のことかも知れないが、やはりこういう因果をもつそれだけの応えは三四郎の形象にもはっきり認められるのである。三四郎と漱石の間は思いのほか非共感的な関係にあったのではないか、というのが僕の第一の推測である。漱石はこの社会の現実的な構成、実生活者としての思想、俗世間的な交渉や生きる方便を余りによく知っていたがゆえに、それだけ激しく反発や軽蔑、憎悪的な傾向を示した作家でもあった。漱石の全体的な作家活動を通観してみても、人間の現実的なエゴと永遠悠久的な宇宙自然界との調和的関係をもとめて、その振幅のなかでゆれ動く人間の危い苦悶の姿が主要なモチーフとして描かれているケースが多いことからも判るように、人事、利害的な問題については特にするどい反応を示した作家である。しかも漱石は自己の実生活上でもこの人事、利害的な問題については終生苦しみつづけた作家でもあった。三四郎は、漱石のこのような思想的、実生活的体験を多少とも背景にして生みだされてきた一青年像である。

漱石は実生活的な功利思想や、世俗的な人事交渉を心の底で憎悪、軽蔑しながらみつづけてきたかも知れないが、このような思想や行動エネルギーが現実世界で、知識人階層者が描く観念的、非現実的な世界観をおしのけて、はるかに実効力をともなった力をもつものであることもよく認知していたに違いない。このような現実的な力を力として三四郎によって認めたところに漱石の、それだけに苦渋的な姿勢を感じるのである。この作品が、三四郎の視点を通しているその文体において、市民的、実生活的論理観の強固な裏づけがみられる、ということも、このような漱石の作家的作業との関連性においてはじめてとらえられることだ。「三四郎」が新聞読者を対象として、その目的に沿って成立した作品であるだけに、漱石も自己の存在的位置を極北の地点まで押し拡げる方法的必要にも迫られたことは推測できるのだが、それだけにこの作品に費された作家的エネルギーの量質も必ずや尨大なものがあったに違いないのだ。逆からいえば、漱石が作家としてこのような状況的必要に迫られたからこそ、その作品の文体の上にも実生活的、市民秩序的論理感覚が強く反映し、多くの普遍的読者層に支えられつづけてきたともいえる。漱石はしかし、「それから」以後徐々に、作家的エネルギーの後退とともに、自己のより卑近な内部的な状況世界のなかに閉じこもる度合をふかめていった。

「事実」を視る思想——夏目漱石

秋風のひとりを吹くや船の上　漱石

一

昨年の暮に近いある日、私は思い立って雑司ヶ谷にある夏目漱石の墓所をたずねて行った。私はかねてから一度でよいから漱石のお墓をたずねて行きたいと思っていた。しかし生来の無精と思い切りの悪い性格のためか、心にはいつもそのことがひっかかりつづけながら実行できずにきてしまった。

私がなぜ漱石の墓をたずねてみたい気持ちになったのか、その理由を説明するとなるとなかなかにむずかしい。

ただ私の気持の動きの事実の経過だけについて言及すると、年々その気持のたかまりが強くなってきたことだけはたしかで、そこにはことさらの作為や意識的な意図はなく、ごく自然な気持の動きによって、そうしてみたいという願望をもつにいたっただけなのである。

その日は朝から爽快に晴れ渡った初冬の一日で、私は午前の比較的早い時間に家をでて山手線を経由して池袋まで行った。そしておよその見当をつけておいた方角を目指して、駅前の広い大通りを歩きつづけ、もうぼつぼつと思って、目にはいった「カメラ」店の主人にたずねてみると「雑司ヶ谷の墓地なんぞは知らない」という。少し不安にはなったが、自分の方向勘を信じてなおもどんどんと歩いて行くとやがて都電の路線にでて「雑司ヶ谷」という小さな駅があり、その裏手一帯に比較的広いその墓地があった。

正面にまわると「東京都雑司ヶ谷霊園」というプレートがかかっている。

管理事務所に行き漱石の墓の所在をたずねると「漱石のお墓だけでよいのか」ときく。事務所の人の説明によると、この墓地には柳北、八雲、荷風、鏡花、泡鳴、抱月などの文人のほか、漱石とは関係の深い草平や大塚楠緒子の墓もあるという。

夏目漱石の墓は「一種一四号」という区画にあった。想像していたより大きくて立派な墓である。私はしばらくその墓碑の前にたたずんでぼんやりとそれを眺めていた。

周囲には人の気配はない。冬日のうすい陽光が射し、墓所を囲んで立ち並んでいる樹木では小鳥がさえずっている。

墓碑銘には「文献院古道漱石居士」の戒名がある。並んで左側には「園明院清操浄鏡大姉」とあり、これはおそらく鏡子夫人であろう。とりあえず墓碑に向って合掌する。

私にとって、かつて生きそして今は葬られている一人の人間の墓に向って、それなりにある種の感慨をこめて手を合わせるという行為ははじめての経験である。人生の半ば以上を過ぎようとするこの年齢にいたるまで、このような経験がかつてなかったということが果たして恥ずかしいことなのか、そうでもないことなのか自分には判断がつきかねるが、ただふいに、たとえば「こころ」という作品のなかの、この雑司ヶ谷の墓地で「先生」が「私」に向って「あなたは死という事実をまだまじめに考えたことはありませんね」と諭す情景を思い起こしたことは事実である。

漱石は私がこの世に生を享けるより以前に、すでにこの世を去っていた作家である。けだし、漱石が生きてこの大地の空気を呼吸したのと同じ大気を瞬時ともともに呼吸したこともなく、ある意味では我々の世代とは絶縁した時代にあった作家ともいえる。

私が漱石を知るということは、だからその残された小説作品やエッセイ、そして漱石に師事した幾人かの人々の書き物によってしか知る以外は方法的手だてが残されていないということはいわば当然のことである。

私は漱石の作品の研究者やその生涯についての探究者や解説者ではない。ただそれなりに漱石の小説作品や随筆類、生涯についての記録的文献について特別な関心をもって交渉をたもってきただけの人間にすぎない。

十年以上も以前のある時から、私は突然に思いもかけない強い力で漱石という人間と、その作品世界に引き入れられてしまったのだ。引き入れられてしまったというと、いかにも主体性がなく、他動的だが、事実はまさしくそういう状態で私をおそったのであって、私もその呪縛から抜けでようと一方ではもがきながらも、結局は今だにその強い影響の力から逃れられないでいるのである。

だから私にとっての漱石は、やはり時代を超えた存在としての親近性と切実感のこめられた意味をもっているように思われる。

漱石は大正五年に四十九歳で死んだが、私も漱石がこの世界から去ったその年齢に近づいてくるに従って、状況に閉されたなかで苦悩の生涯を送った漱石のその生活感情や、外的世界に向けての倫理的、思想的内容の輪郭がより鮮明化し、親近度を増して受けとめられるようになったのを感じる。

とりわけ、私にとっては最近に漱石の晩期の作品のひとつである「こころ」について若干の考察を試みた経験（「早稲田文学」一九八二年十一月号、本書「「事実の論理」—漱石「こころ」について」）から、漱石と「死」のイメージとの関係を中心軸としたその思想的、人間的な全体像について強い関心がそそられるようになった。

「こころ」の先生は遺書のなかに「記憶してください。私はこんなふうにして生きて来たのです」という文章を書きつけているが、私は漱石の墓碑銘の一字一字を眼で追いながら、この言葉によってもたらされる一人の人間の現実的な運命としての重い意味を考え合わせていた。

漱石と「先生」とは同一人物でないことはことわりないが、しかし「先生」の像のなかには漱石自身の理念的な形影が少なからずこめられているであろうことは推察でき、そして「先生」によってもたらされている「記憶してください。私はこんなふうに生きてきたのです」という、切迫した息づかいにつつまれた「先生」の死にのぞんでの最後のメッセージは、そのままさしく漱石の自己の「運命としての事実」に対する切実な認識的姿勢を感じさせる。

　私は漱石について、かつてある知友がさりげなく言った言葉を思い起こしていた。

「漱石という作家は彼が生きた時代をたった一人で生きた人間なんだよ。そういう意味で、猛烈に孤独で淋しい人だったと思うよ」

　私も事実としてたしかにそう思う。

　私は最近になって時にふと考えるのだが、たとえば「こころ」に描かれている「先生」の像のある一面の輪郭は、漱石が自分自身がそうありたいともとめていた一人の知識人の理念像を思いなぞったものではないかということである。

「こころ」の「先生」は、たしかに親友を裏切ったという過去の罪の意識に苦悩する孤独で不幸な知識人として設定されているが、このような内容的な問題はともあれ考慮の外におくとした場合、「先生」の知識人としての行動様態は、あり得べき知識人としてのほぼ理想的な形式を完了していると判断できるのである。たとえば「先生」が仮に、過去に親友を裏切ったという罪をもたなかったとしても、先生は充分に孤独と悔恨にみちた淋しい生涯を送らなければならなかったであろうということを我々に予感させる。

　そしてそれは「先生」が遺書のなかで自分自身で明らかにしているように「私は倫理的に生ま

れた男です。また倫理的に育てられた男です」という理由に多くは由っているからだ。

少なくとも知識人として完成した姿にある晩年期の「先生」の人間像は、ひたむきに純粋で誠実であり、禁欲的で俗心のかけらもない、求道的な宗教者にも似た形姿を具現している。

この宗教者にもたとえられる理想的な人間像の形成は、当然に「先生」がこの世界の「現実界」と交渉をもっていないところからきている。

先生はほとんど世間人とは交わらず、物質的生活を支えるための職にも就かない、なかば隠遁者の生活を送っている。貯わえた智識も積極的に活用するような卑俗な行為にはでず、無用者の境遇をそのまま素直に肯定して、それに従っている。

これは知識人の形態として、ある意味では純粋究極的に往きついた一つの理想形であるには違いない。

しかし漱石自身はこのような「知識人」としての生活を実際には送ることはできなかった。

漱石は知識人としての形成の過程からして、大学を出てから松山中学、五高の教師で生活の糊口を得なければならなかったし、国費で英国に留学し肉体、精神的に辛酸をなめながら帰国後、国家有用の学問人として大学で教職の位置に立たなければならなかった。その後も、大学の職をほうり、家族や一族の生活を支えるために、もっと収入の多い新聞社のお抱え作家としての生業に就くなど、何よりも「現実世界」と相わたって生きていかなければならなかった。

そういう漱石の知識人としての現実的な像と、「こころ」の「先生」の抽象的な知識人としての像とを重ね合わせてみた時、当然そこに大きなへだたりがあることを認めざるを得ない。

しかし、漱石は基本的には「こころ」の「先生」と同じように「倫理的に育てられた」人間の不幸と運命を背負っている知識人であることも事実なのである。


「こころ」の「先生」は、この現実世界とそのなかで生きる人間の運命の事実を少なくともするどく深く認識していた。その意味で「先生」は単なるこの現実世界からの逃避者、隠遁者ではない。先生は自分の運命としての現実世界を誠実に受け入れ、生きたのであり、それだけに遂には自殺するにいたるそのドラマの悲劇性は重く切実である。

しかし、漱石は「先生」と同じ倫理観、運命としての現実観を所有しながらも、ついに自裁し果てることなく、延々とこの現実世界とあいわたり、戦いつづけながら生き抜かなければならなかった。それだけに漱石の生きてきた道は、ある意味では「こころ」の先生より壮絶で地獄的である。なぜなら、基本的には人間の「生」を肯定し、正当化すべきいかなる根本命題も見出し得ないこの現実世界において、人間が生き抜くという条理哲学は必然的に悲劇性とともに喜劇的意味も背負わされていることは自明であり、漱石は自動的、他動的たるを問わず結果としてこの喜劇性としてのドラマをも彼の人生に受けいれたからである。

漱石は特にその晩年の時期において「死」を常に強く意識し、その対比における「生」の意味を絶えず問いつづけていた。

漱石は己の身辺雑記をつづった随筆的小品「硝子戸の中」でも、「不愉快に満ちた人生をとぼとぼたどりつつある私は、自分のいつか一度到着しなければならない死という境地について常に考えている。そうしてその死というものを生よりはらくなものだとばかり信じている。ある時はそれを人間として達しうる最上至高の状態だと思うこともある。——死は生よりも尊い——こういう言葉が近ごろでは絶えず私の胸に往来するようになった」とあからさまに自己の「生」に対する感想をのべている。また、たとえば林原耕三に宛てた書簡にも、自分は自殺はいやだと主張しながらも、それは生に執着しているためではなくて無理に生から死にうつる苦悩を厭うためだといっており、死を自分が選ぶのは生に対する悲観からでなく厭世観からだと述懐している。

漱石はまさしく自己が生きることの、その基底においてたえずその「死」への渇望をいだきながら「生」を否定しつづけ、「こころ」の先生と同じように「死んだ気になって」生きてきたのである。

しかし「こころ」の先生は、自己の生に対する倫理的、運命論理的な認識の追求の果てに「自裁」という形をとって、その形而上的、純粋観念的ともいえる生涯を完結に導いた。漱石は生き身を赤裸にこの現実世界にさらして、そのたたかいの記録としての多くの作品を遺してこの世を去った。

二

人生や現実に対する漱石の思想にふれるということは決して自分（私自身）にとって「しあわせ」なことではなかったと思う。

漱石は何よりも「条理」の作家である。漱石はこの現実世界が「条理」の世界以外の何ものでもないことを確実に認識していた。

この自分の生きている世界にロマンや幻想は決して存在しないこと、自分の生の意味や充足についての期待や願望の成就もついぞ訪れることは決してなく、ただ歴史的な時間が、日常的な事実としての現象の羅列をともなって、ただたんたんと流れ去って行くに過ぎないという認識である。そういう意味では漱石は現実主義的な作家であった。

たとえば現実主義的な作家という意味で、漱石と非常に思想的な資質が近似している文学者に中国の魯迅が想起される。

近代中国の生んだ偉大な作家魯迅は徹底して現実主義的な作家であった。魯迅が一九二三年に北京女子高等師範学校で行なった有名な講演「ノラは家出してからどうなったか」で、魯迅は言っている。

「人生でいちばん苦痛なことは、夢から醒めて、行くべき道がないことであります。夢を見ている人は幸福です。もし行くべき道が見つからなかったならば、その人を呼び醒まさないでやることが大切です」

すでに目醒めたノラは家を出てから実際にはふたつの道しかなかった、堕落するか、そうでなければ家に帰る、と魯迅は言っている。なぜならノラは覚醒した心のほかに何をもって家を出たのか。ショール一枚ではまるきり役に立たない。もっとほかに、何か持っていなければならない。ハンドバックのなかに用意がなければならない。はっきりいえば「金銭」が必要である。以上のような魯迅の仮借ないほどの徹底した現実認識の根底を支えているのは、やはりこの現実世界は「条理」であるということを信じて疑わない思想であると思う。

魯迅はこの講演のなかでまたこうも言っている。

「もちろん、自由は、金で買えるものではありません。しかし、金のために売ることはできるのです」

金銭というこの言葉、魯迅自身も言っている、「高尚な君子たちからは、ばかにされる、上品ではないこの金銭という言葉」この言葉の現実世界に占める重味を漱石ほど強く認識していた作家は少ないのでないかと思う。

　自由を金のために売ることはできる、ということは、通常、世間一般の人間がいくばくかの生計を得るためにそれぞれの「職業」に従事している行為にもあてはめることができようが、たとえば漱石は「道楽と職業」という、明治四十四年に行なった講演で「金銭の問題は道徳問題ではない、事実問題である」ということを指摘している。

　漱石によると「職業」というものがもつ意味は、専門分化している近代においては基本的に「自分のためにする事は、すなわち人のためにすることだという哲理をふくんだ形式」になるという。それを方程式流に言い替えると「己のためにする仕事の分量は人のためにする仕事の分量と同じであり、人のためにする仕事の分量が多ければ多いほど、己のためになる結果を生じ、この関係を簡単にかつ明瞭に現わしているのが金である」と指摘している。

　ところで、ここで漱石が言っている「人のためにする」という意味は、人を教育するとか導くとか精神的、道義的行為を指しているのではなく、人の言うがまま、欲するがままというか、とにかく人の御機嫌をとるとか、お世辞を使うとか、そういう意味で使われていることに注意を留める必要がある。

　たとえば漱石は、漱石自身と芸妓とをひきくらべて一流の芸妓ほども人の気に入られない自分より、人に好かれる芸妓の方が職業的には有徳なのだから高価な指環でも気安く買えるような贅沢ができる、と説明している。こういうことから「人のためにする」という意味は、一般人の弱点嗜好に迎合するということで、この大きな事実的意味からすれば高尚で偏狭な意味で「人のためにする」という道徳は、事実の一部分にしかすぎないと判断をくだしているわけである。

芸妓と指環という観点から、たとえば仮りに紅葉の有名な小説『金色夜叉』を連想してみると、（この場合、鴫沢宮は芸妓ではないが………）富力のために許婚をうばわれた間貫一が高利貸となり、金力で女や世間に復讐しようとするドラマの構図自体を支えているのは、やはりここで漱石の言うような「事実」の契機ではなく、「道徳」的意味がモメントとなっているように考えられる。なぜなら間貫一が高利貸という職業を選ぶ、その貫一と職業との関係は、鴫沢宮という許婚との人格的関係と等価であり、この場合の金力は従って金力自体が目的でなく手段となっているからである。貫一はいわば「自己本位」に金力、職業と関係を結んでいるということになる。

漱石は、職業というものは「人のためにする」という根本義において、どうしても「他人本位」にその性格を置かざるを得ないと定義している。己を曲げて人に従わなくては商売にならず、しかしこの自己を曲げるということは商売の成功には不可欠であるが、心理的には嫌悪の感情をよびこむものであり、商売となると何でも厭になるという理由はここに存在すると言っている。漱石の結論をきこう。

「要するに職業と名のつく以上は趣味でも徳義でも知識でもすべて一般社会が本尊になって自分はこの本尊の鼻息をうかがって生活するのが自然の理である」

一般社会が本尊になっていることを認めるということ、すなわちこの現実社会は「条理」の論理で仕組まれた世界以外の何ものでもないこと、これが作家を業として生きた漱石の切実な認識的思想の内容であったと考えられる。

自己を曲げて生きて行くということは、すなわち魯迅のいう「自由は金のために売ることはできる」ということとほとんど同義である。魯迅は一方では「自由は金で買えない」といっている。しかしここではすでに、金では買えない「自由」という言葉の意味と、金のために売ることができる「自由」という言葉の意味内容は違う。少なくともその意味は変換され等価ではない。ノラは大いなる「自由」を求めて家庭という籠から飛び出したが、結局のところ、その「自由」は彼女が生きるためには小脇にかかえているハンドバックのなかに入ってしまうのである。

己を曲げて人に従い、自分の自由を他人のために売って商売の成功を成り立たせる、という漱石の職業観は、誰でもが気付き体験していることであり、月並で平凡な観察内容かも知れない。しかし月並で平凡な観察内容であるにせよ、漱石の以上のような論理に現実的な力をあたえているのは、実はこのような観察によって導きだされた結論にあるのではなくて、観察内容をこの我々が生きている現実的世界の厳然たる前提的事実として認め、受けとめている姿勢にある。

この場合、文学作家に限定していえばもちろん漱石をのぞく他の多くの作家も、世間に牢固として網をめぐらしているこのような論理的事実の存在を知らなかったわけではない。けれどもそれは、この現実社会の不正義、擬制、虚偽の存在としてこれを認め、知っていたのであり、漱石の言葉でいえば、事実問題としてではなく、道徳問題として受けとめていたのである。

しかし、漱石のいうように現実には道徳問題は事実問題の一部分にしか過ぎないという論理的前提からすれば、この人間社会に対する事実認識の出発からして彼らは漱石とはまったく異なる道に足を踏みだしていたのであり、当然に客観的状況や日常的現実に対する見方、とらえ方も違ってくることになる。

彼らの多くは、この一般世間の条理的現実の存在は知り、認めながらも、ある作家はこれを軽侮し、別の作家はこれに反抗、挫折し、他の作家はこれから身をかわして逃避し、「芸術的金字塔」と称する文学的営為の、孤立的な逼塞状況のなかで呻吟をくり返し、あるいは自我の全体的自由の温存を図り、勝手気ままな各自の主題歌をうたったのである。

このような唄が、いかに歴史的時間に対する耐久力、生命力のダイナミズムを欠いていたかは、我国の明治以降の近代文学史における自然主義、社会主義、浪曼主義など各流派の文学作品における今日の現状と位置を一べつすれば明白である。

漱石には挫折がなかった、最後まで作家的挫折がなかった、と荒正人は発言している。(『座談会「明治文学史」』岩波書店)

そして荒はつづいて、それは物の見方においても、作家としての態度でも、リアルな精神に終始したからだと指摘している。

漱石に作家的挫折がなかったということは、漱石が「芸術的金字塔」としての文学的営為のなかに逃げこまず、閉じこもらなかったからであり、「文学」と自分との存在関係でなく、「現実」と自分との関係のなかでこそ「文学」を問題にしている考え方や姿勢に由っていると思われる。

荒が指摘する漱石の「リアルな精神」とは、単純に解釈すればこの人間社会は「条理」世界以外の何ものでもないという果敢な判断力をともなった思想のダイナミズムであり、この現実世界の「事実」に対する漱石個有の認識的、方法的姿勢である。

しかし、この「リアルな精神」の所有者であった漱石の思想の運命は、それだけにいっそう絶望と孤独にぬりこめられた、受苦的な軌跡をきざみつけていったといえる。

三

漱石の中期の作品「三四郎」のなかに、広田先生、野々宮、美禰子、よし子、それに三四郎の五人が菊人形見物にぞろぞろと出かける場面がある。

一行が大観音の前にさしかかると一人の乞食がいる。その前を通り過ぎてから広田先生がとつぜん三四郎に「あの乞食に銭をやったか」という問いを発する。三四郎が「いいえ」と応えると、ほかの四人が、せっついているからやる気にならない、とか場所が悪いからだとか口々に批評する。その四人の批評を聞いていて、三四郎は自分の道徳観念が傷つけられたように思い、自分より彼ら四人の方が自己に誠実な人間であるという感想をもつ。私は最近この場面を読み返してみて、フト今まで思いいたらなかった考えに気づいたのだが、それは三四郎が受けとっているような単なる道徳上の問題ではなくて、特にこの場合は広田先生なる人物の存在の不幸の問題がとりあつかわれているのではないかということであった。

この場合は、三四郎をはさんで他の四人の一人の乞食に対するさまざまな批評がとびかうわけだが、問題はそれらの批評を生みだす契機となった、三四郎に対する広田先生の「問い」にあるということである。

一人の乞食の前を多くの菊人形の見物人が無関心に、あるいは幾人かは銭をあたえて通りすぎるが、広田先生は「問い」をあたえて通りすぎざるを得ない性格の不幸をもつ人物として設定されているということである。

広田先生は人ごみのなかで乞食に銭をあたえることに自己欺瞞を感じ、さりとてそれを無視して通過することには心理的な痛苦を受けとらざるを得ない。だから問いを発することによって、この複雑な心理的圧迫から逃れ出ようとし、「人通りが多すぎるからいけない。山の上のさびしい所ならだれもやる気になる」というような説明を行なって自己撞着の解決を図ろうとしたりする。

広田先生はこの作品のなかでは、一種謎めいた登場人物として、しかしユニークなキャラクターとして重要な位置を占めているジレッタント的な知識人だが、この作品のなかで唯一ヵ所だけこの人物の不幸な生い立ちの秘密がさだかでない焦点レンズでほのめかされている。

それは三四郎が広田先生を訪ねて行き、昼寝の夢から覚めた広田先生と会話をするところだが、三四郎が先生に「なぜ結婚をしないのか」という周辺の問題にさぐりをいれると、「ハムレットも結婚しなかったし、あれに似た人間はたくさんいる」と前置きして、他者の話に擬してあらましの事情をほのめかす。――たとえばここに一人の男がいて父は早く死に母一人をたよりに育つ。その母が息を引取る間ぎわに、その子供が会ったこともなく知りもしない誰某の世話になれと指名する。しいてわけを聞くと、実は誰某がお前の本当の父だという。そういう母を持った子がいるとすると、その子が結婚に信仰を置かなくなるのは無論だろう――

三四郎はこの作品では、無性格の立身出世型のプラグマティストだが、その三四郎と対比的に広田先生の像を置いてみると、「偉大なる暗闇」と命名されているように、生活無能力者で、余計者意識者のようなところもある、つかみどころのない茫洋とした人物として浮かびあがってくる。しかし、一方ではプラグマティストたる三四郎に対してさえ「僕は君よりはるかに散文的にできている」と自評するように、先生の知見、識見は歴史や社会の動きに対して沈着にして正鵠を射ており、事件や雑事にも動ずる気色すらみせない、合理主義者的な側面もそなえている。それだけ自己の内部矛盾の振幅が大きい複雑な性格の人物といえばいえるが、そうした先生の暗く悲劇的な生い立ちがかいまみられると、それなりに作品の中である種の実在感をもった人物としてクローズ・アップされてくるように思える。

生い立ちからして人間社会からすでに裏切られた存在者としての前史をもった先生が、その全体の人格のなかに暗部を背負い、シニシズムや懐疑的志向から抜けきれない不幸な性格を有した人物として設定されていることは当然であるが、このような広田先生の人物像から容易に連想されるのは「三四郎」から幾作かをへだてて発表された「こころ」の先生である。

「こころ」の先生も幼少時に早く父母に死に別かれ、もっとも近い血族者である叔父に財産を横領され、裏切られるという前史をもっている。

「こころ」の先生は広田先生とタイプとしてはまったく相似て共通した性格の人物像である。「こころ」の先生も広田先生も生活者としての意識能力は稀薄で、傍観者、世捨人的知識人である。しかし世間や人間に対する観察眼、批評眼は広田先生と同様に「こころ」の先生もきびしくするどい。

「こころ」の先生も、若い「わたし」に向かってある質問をする。

「君の家には財産がよっぽどあるんですか」

先生の質問の内容を要約するとこうである。「わたし」の父が生きているうちに財産のことはよく始末をつけておかなければいけない。君の兄妹は善人かという質問に対して、君は別に悪い人間というほどのものはいないと応えたが、悪い人間という一種の人間が世にあると思っているのか。そんな鋳型に入れたような悪人は世にあるはずはない。平生はみんな善人なのだ。少なくともみんな普通の人間なのだ。それがいざというまぎわに急に悪人に変わるから恐しいのだ。油断ができないのだ。

「わたし」は先生に逆に質問する。

「人間はいざというまぎわにだれでも悪人になる、それはどういう意味か」

するとと先生は応えるのである。

「意味といって深い意味はない。つまり事実なのだ。理屈じゃないのだ」

そして先生はいざというまぎわというのはどんな場合を指すかということについて、「金さ、金をみるとどんな君子でもすぐ悪人になるのさ」という。

このような人間に対する考え方を通して、我々は漱石の「事実」についての認識的内容をかいま見ることができるような気がする。

漱石はさきにのべた「道楽と職業」のなかで、道徳問題は事実問題の一部にしか過ぎない、ということを指摘しているが、これはつまり「この世の中は理屈じゃないのだ。理屈なんぞは通用しない。金の力や物質の力、事実のもつ力が支配しているのだ」という一般世間で流通している常民論理にほぼ符合している考え方である。この「事実」のもつ力が支配している世界がすなわち「条理」の世界でもある。世間の一般の生活者は、それが職人であるにせよ、勤人であるにせよ、商人、技術者を問わず誰でもが観念でというよりは肉体自身で理屈を介することなく、そのことを熟知している。

たとえば先生の指摘する「人間はいざというまぎわには悪人に変わる」という事実は、世間一般の生活者の論理にとっては、自明の前提である必然的な事実である。

しかしここで一つの問題が起こることは指摘できる。たとえば大工は大工で、靴屋は靴屋で彼の人格と職業は分離されている。彼が他人が目をひそめるようなあくなき利益行為の追求者でよしありつづけても、それは多くの場合、彼の職業行為の範囲内で妥当化され、彼の職業行為をはなれた日常生活レベルの人格まで強い相関関係をもち、中傷や指弾をよびこむようなケースはまれである。

しかし、ここに一人の知的職業の従事者がいるとすると、問題はやや別種の趣きを呈し、複雑さを加えることになる。一口に知識人といっても、あらゆるジャンルの職業に従事しているが、本来的に知識人としての原義的意味から考えると、その原義的意味に近づけば近づくほどその知識人の全体的存在は彼の職業的領域でより人格的領域で立場を問われるということがある。

このことについては漱石も「道楽と職業」のなかで当然にふれている。

それは科学者、哲学者、それに芸術家のような特別の一階級とでも見なすより仕方がない、どうしても他人本位では成立たない職業があるという指摘である。漱石によるとこれら「道楽本位」の科学者、哲学者、芸術家はその立場からしてすでに職業の性質を失っており、割に合わない報酬しかうけていないことからもそのことは明らかであるといっている。要するに職業的原理からすれば「物質的に人のためにする分量が多ければ多いほど物質的に己のためになる」ということとはまさに対蹠的な意味で、彼らの立場は「精神的に己のためにすればするほど物質的には己の不ためになる」ということである。

そして漱石がここで指摘している問題範囲から敷延すれば、自己の知識人としての個的立場に誠実に執しようとすればするほど彼の人格と生活者の論理的関係は密接にむすび合わされてくると考えられる。このことから彼が生活者として生きて行くためには自分の人格的存在を切実に裏切っていかなければならないという関係が生ずることになる。漱石の作品世界に登場する広田先生や「こころ」の先生が当面しているのもこういう問題である。広田先生や「こころ」の先生だけではない。このことは多くの知識人や芸術家の当面した問題でもあった。広田先生はこの問題に当面して傍観者的、第三者的な立場に退き、その代わりに自分の生活は捨てた。「こころ」の先生は自己の倫理的潔白性を全うし、自死を決行した。そして多くの知識人、芸術家もこの現実的問題に対して妥協するなり、逃避するなりの道を選んだ。

しかし、漱石はそのいずれかの道を選ぶことはなく、自分だけの苦難に満ちた、孤立無援の行程をつき進んだ。漱石は自己の知識人、文学作家であることと、実生活者であることの根底的意味を表現行為者として生き抜く決意のなかに切実に問いつめながら、人間や人間と人間との関係、人間と生活や社会との関係における普遍的、論理的事実を追求した。そして漱石がこのような「事実」を追求しようとする姿勢の認識的背景には、この現実世界は「条理」の世界であるという強固な思想的確信があったと思う。

四

漱石の作品は多くの読者に愛され、それなりに理解されつづけている。その大きな理由のひとつは、漱石の作品はわかり易いからである。なぜわかり易いかといえば、作品の文体が明晰であるからである。なぜ漱石の作品の文体が明晰で明解なのか。それは漱石がこの人間社会の現実は「条理」であるということを切実に認識していた、いわば「条理」の作家だったからである。

漱石の作品がわかり易いというのは、あるいは誤解を生む、皮相な見方かも知れない。たしかに漱石の作品に深く接すればするほど、その作品世界は複雑で謎に満ちてくる傾向があることは否定できない。しかし、このような場合でも作品世界の根底的認識を支えているのはやはり「条理」の思想である。作品世界が複雑で謎に満ちているのは、その作品世界に描かれている人間社会の現実なのであって、漱石の認識的思想ではないからである。

漱石の作品でもっとも複雑でわかりにくい作品は一般的には最晩年期の「明暗」だといわれている。それはひとつには、漱石の死によってこの作品が未完のまま途絶したことにも由っているようだ。

辰野隆はこの「明暗」は後味の悪いイヤな気のする小説で、不ゆかいな人間ばかりがでてくると感想をのべている。

また小宮豊隆もこの作品の解説で「虚偽、虚栄、打算、我執、嫉妬、支配欲、放漫、粗野、驕漫、無反省など、行住坐臥に現われる、あらゆる人間の悪をほじくり出してみせた小説」とのべており、これは漱石の書いた「百鬼夜行之図」で、読者は「明暗」を読んで、おそらくいい気持はしないに違いない、と指摘している。

たしかに、この「明暗」という作品は、登場するそれぞれの人物、それらの登場人物が織りなす人間の関係、そしてそれらの人間の関係が形成している世界のすべてが、辰野隆や小宮豊隆の感想にみられる通り不健康で不ゆかいな色彩にぬりこめられている。

漱石のそれまでの作品にも「それから」の平岡や「道草」の島田のような、この現実社会から落魄した、どちらかといえばアンモラルで不健全な人物が登場しているが、この「明暗」のように津田とお延の夫婦、妹のお秀、友人の小林、津田の上司の奥さんである吉川夫人などほとんどすべての登場人物が自己欺瞞と虚栄、独善と通俗に堕ちた不ゆかい極まりない人間として描きだされているのははじめてのことである。

漱石自身もこの「明暗」を執筆中は、自分の頭のよごれを洗いそそぐために、さまざまな方法で気分転換をはからざるを得なかったほどだ、と小宮豊隆はその楽屋裏を明かしているが、不健全で不ゆかいなのはこれらの登場人物だけでなく、これらの登場人物によって織りだされる作品の世界全体も虚偽や打算、敵慨心と利己主義のいりみだれた葛藤に糊塗された、まさに「百鬼夜行」の図として存在している。

漱石が自分の死をすぐ後にひかえて、何故に突如としてこれまでの作風をガラリと変化させた「明暗」のような世界に創作的情熱を注ぐことになったのか、これはこれで非常に強い関心がそそられる問題であるが、その背景にある理由の一つとして推測できることは、やはり漱石の創作意欲のなかに、「条理」としてあるこの現実世界の「事実」のありのままの正体を徹底的に追求してみようとする強い衝動が働いていたのではないかということである。

「明暗」のなかでは、さきにあげたようなエゴイズムや偽善にまみれた様々な人物が登場するが、彼らの関係が結ばれている基底には常に経済問題、つまり金銭問題が存在している。漱石は自分の作品世界のなかで金銭問題を重要な課題として凝視しつづけた作家であるが、この「明暗」という作品のなかでほどこの問題に大きな役割を背負わせたことはなかったといえる。この作品の隠れた主人公は「金銭」であるといってもよいほどで、まさにこの作品に登場するすべての人物は「金しばり」の状態にあるのである。

ただ、津田夫婦やお秀、吉川夫人などは、知識階層者、中産生活階層者としての体面や矜持を保つ必要性から、この「金銭」問題を直視する姿勢を意識的に避け、ここから彼らの偽瞞性や虚飾性を要因とした心理的、行動的な対立ドラマが生まれるのだが、この彼らの偽瞞、虚飾に満ちた生活、行動、感情意識を遠慮会釈なく露骨にあばきたてるのが生活落伍者として登場する小林である。

この小林という人間像は、漱石の作品世界にこれまで顔のだすことのなかった、きわめて特異な登場人物として注目される。

この小林という人間像には多くの評者が指摘するように、明らかにドストエフスキーの作品世界の影響があることは認められる。漱石がドストエフスキーの作品に接するようになったのは、森田草平を介したというのが通説だが、それはともかくとして、「明暗」では小林が現実にドストエフスキーの名前を会話のなかに出し、友人である津田に議論をせまるシーンもある。「小林とは何だろうか。小林が生きて動く世界は、津田周辺の世界と別のものであり、この作品の半面ぐらいをかたちづくっている。小林を無視して＝明暗＝は論じ切れない」と桶谷秀昭はその「明暗」論で記している。

小林はこの作品の中では津田の友人であり、社会主義者的な言辞を弄するインテリ敗残者として登場するが、桶谷秀昭はこの小林という人物に対して漱石は、社会的落伍者としてのルサンチマンを、下層階級への連帯感で大義名分化している単に感傷的、道化的な役割を課しているだけでは決してなく、津田と彼をめぐる女性たちの「余裕階層者」に対する倫理的批判者として立たせていると指摘している。

たしかに、桶谷秀昭が指摘するように、小林は単なる道化役、アイロニカルな人物としてというだけでなく、上層階級への客観的、論理的批評眼もある程度は具有した、ある種のリアリティー、実在感のある人物として、この作品のなかでも大きな位置を占めている。明るいところから暗いところは視えないが、暗いところから明るいところはよく視える、という意味のことをブレヒトは言っているが、この人間社会の陽の当たる場所から置き去りにされた、底辺を這いずりまわっている階級者である小林のルサンチマンとしての怨念や憎悪のこめられた、上層階級者への批判の舌鋒は仮借なくするどくはげしい。

そして、彼なりの階級観を支えている、いわば情念的な論理のたしかさを保証しているのは、たとえば津田と対した時の次のようなセリフにある。

「君は僕がきたない服装をすると、きたないと言って軽蔑するだろう。またたまにきれいな着物を着ると、今度はきれいだといって軽蔑するだろう。じゃ僕はどうすればいいんだ。どうすれば君から尊敬されるんだ」

この小林の、自己がおかれている階級的立場における相剋、矛盾に満ちた現実的問題を切実に吐露するセリフのなかには、たしかに強烈なリアリティーがこめられている。

漱石はこの小林を作中で時には卑劣、陋劣な無頼漢、ある時には感傷的、自己撞着的な狂言者として操っているが、そのように複雑で矛盾に満ちた小林の言動を通して語られる、現実社会や人間に対する折ふしの観察眼には漱石自身のするどい眼光がこめられていることも事実である。

サルトルは「フロベールにおける階級意識」という文章のなかで、「じっさい、社会的現実を自己の外に発見するには、この現実に苦しめられるだけでは十分でない。そのためには、他人の目を通じて自己を見ねばならないのである」と述べているが、まさに漱石は「小林」という他人の目を通じて、社会的現実の核心問題を衝いているのである。

津田は小林のセリフを聞いて、ただ苦笑し腕をこまねくだけであるが、小林も津田のそうした態度を前にして、すぐに提出した問題を撤回してしまう。それは津田にとっては理解不能な問題であり、小林にとって切実な問題であればあるほど、津田にとってますます遠ざかっていく問題であり、それぞれ異なった階層社会に生活する両者間の人間的関係を押し拡げていくだけにすぎないことを小林は悟ったからである。

津田の妻であるお延と小林との関係にも同様の事情が成立することになる。

「奥さん、僕は人にいやがられるために生きているんです。わざわざ人のいやがるような事を言ったりしたりするんです。そうでもしなければ苦しくってたまらないんです。生きていられないのです。僕の存在を人に認めさせる事ができないんです。いくら人から軽蔑されても存分な讐討ができないんです」

ドストエフスキーの作中人物を彷彿とさせるような小林の言葉を前にして、お延はまるで別世界の人間がしゃべっているような心理状態にとらわれる。世界中の誰もが例外なく愛し、愛されるように仕向けていかなければならない、ということをお延は信条として信じ切り、つゆうたがっていないからである。

「じゃ、私をいやがらせにきたのか」というお延の質問に対して小林は「自分はこれで天然自然のつもりだ。奥さんよりはよほど技巧は少ないと思っている」と応える。

津田やお延を前にした小林のこれらのセリフには、少なくとも小林という登場人物の人格的範囲を超えた、この人間社会に否定しようもなく存在する「事実」が語られている。

　この「事実」は津田やお延の生活や存在の基底を支えているし、いずれは彼ら夫婦も対面させられることになる「事実」だが、ただ彼らは気がついていないか、気がつかないふりをしているかだけのことである。だから小林はところどころの場面で理解を強要したり、技巧、偽瞞だと批難の挙にでて、ジレンマにおちいる。そして、小林は津田との最後の会話において、象徴的ともいえるセリフを投げつけてとどめをさそうとする。

「よろしい。どっちが勝つかまあ見ていろ。小林に啓発されるよりも、事実そのものに戒飭《かいちょく》されるほうが、はるかに覿面《てきめん》で切実でいいだろう」

五

「事実」ということに関連していえば、この作品の最終部に具体的に登場する清子という女性の存在が小林とともに注目される。

　清子はこの未完に終わった作品世界に登場している範囲内においては、他のすべての登場人物と違って不ゆかい、不健康な印象を読者にあたえることのない唯一の人格形象である。作品が未完に終わり、清子の登場する場面も限定されているため、彼女の性格や存在、かつての津田との具体的関係やその結末、清子自身の作品世界に占める位置などは不分明で謎めいたところもあるが、我々読者の眼の前に現実に姿をあらわす清子は、物事にこだわりをみせず自然のままに順応し、津田自身によっても説明されているように「せせこましくなく、おっとりとした」気質の、むしろ好感をもてる女性としての印象をあたえる。そして清子の人間や物事に対しての関係の反応の仕方のなかで、特に注目をひくのは、「事実」についての認識的姿勢である。

津田が湯河原温泉まで赴き、温泉宿で清子と対面する時、「津田は縁側に面して日を受けてすわっていた。清子は欄干を背にして日にそむいてすわっていた」という構図がとられ、その構図そのものも「明暗」という作品の題名と考え合わされ何やら象徴的だが、結局のところ津田は陽光につつまれた女性としてある清子と対面的な位置をとらざるを得ない、不自然と塵芥の世界に住む人間ととらえなければならないといえるだろう。しかしその津田でさえ、清子を前にした時、過去の記憶が蘇生してくる状態のなかで伸び伸びとした感情をもつにいたるのである。

津田がその前夜に、待ちぶせしたような形になって宿の廊下で清子と偶然遭遇した失礼をわびるところから会話ははじまるが、その時、津田が待ちぶせしていたと疑っているのではないかという質問をあびせたのに対して清子は次のように答える。

「だってそりゃしかたがないわ、疑ったのは事実ですもの。その事実を白状したのも事実ですもの。いくらあやまったってどうしたって事実を取り消すわけには行かないんですもの」

この清子の答えそのものはむしろ単純で素朴なものかも知れないが、その答えの内容にこめられている意味は重要である。

津田は清子のこのような答えに対して、事実についての理由の詮索や説明を執拗に追いもとめる。しかし、清子からは津田の執拗な質問に対しての明瞭な答えはなかなか返ってこない。それはある意味で当然の成り行きでもある。なぜなら清子は「事実」はとり消すわけにはいかないものだといっている。いいかえれば、清子の「事実」に対する認識のなかには、かつて「こころ」の先生が若い「私」に向って「事実」について「それは意味や理屈ではない。つまり事実なのだ」と諭したように、詮索や説明で決して置き代えられるものではない、という思想が行き渡っているからだ。これに対して津田は「事実」は、それはかつての過去の「事実」であっても、その事実の生起するにいたった因果や理由をつきとめれば、事情が変貌する可能性もあると考えている。津田はすなわち、漱石の言葉でいえば「事実」を事実問題としてでなく、道徳問題として認識している人間なのである。

津田はそれでもなおも執拗に喰い下がって、清子が疑いをもったという「事実」の理由を無理矢理に清子の口からひきだそうとする。すると清子は津田の質問の意味をやっと納得したという風に「ふに落ちた」という顔付で、「それならそうと早くおっしゃればいいのに、私隠しもなにもしませんわ。そんなこと。理由はなんでもないのよ。ただあなたはそういうこと（待ち伏せ）をなさるかたなのよ」とこともなげに言うのである。

清子は津田との人間関係において、津田は「そういうことをする」人格であるという事実認識だけをこの場合の津田との会話における根拠にしている。しかし、その理由を問いただした津田は、その当然の結果としてあたかも道徳的制裁を受けたかのような立場におとしいれられ呆然とするのである。

津田と清子はかつての過去に信頼と平和の強いきづなで結ばれていた関係にあったことが津田自身の回想によって暗示されている。

しかし清子は津田自身の説明によると「宙返り」を打つようにして彼を裏切って彼から去っていったことになっている。

だが、再会後のこの二人の会話の調子や推移を追って行くと、裏切ったのは津田に対する清子ではなくて、清子に対する津田ではなかったのかという疑いが強くなってくる。

清子は昔に変わらず、その「事実」を見つめる眼は真直ぐで清浄であるが、津田は「事実」を直視するエネルギーを徐々に失い、偽瞞と打算の氾濫する世界に居を移し変えたのではないかとも想像できる。なぜなら津田は「事実」を視る勇気よりも「道徳的制裁」をおそれる人間として漱石によってとらえられているからである。

六

漱石が明治三十九年十月二十六日付で鈴木三重吉に送った有名な書簡がある。

その書簡で漱石は、只一つ君に教訓したき事がある。これは僕から教えてもらって決して損のない事である、と前置きして次のように書いている。

「僕は小供のうちから青年になるまで世の中は結構なものと思っていた。旨いものが食へると思ってゐた。綺麗な着物がきられると思ってゐた。詩的に生活が出来てうつくしい細君がもてて、うつくしい家庭が出来ると思ってゐた。もし出来なければどうかして得たいと思ってゐた。換言すれば是等の反対を出来るだけ避け様としてゐた。然る所世の中に居るうちはどこをどう避けてもそんな所はない。世の中は自己の想像とは全く正反対の現象でうづまってゐる。

そこで吾人の世に立つ所はキタナイ者でも、不愉快なものでも、イヤなものでも一切避けぬ否進んで其内へ飛び込まなければ何も出来ぬといふ事である。（後略）」

漱石のこの書簡にのべられている言葉には、自己の人生や現実に対して果断に宣戦を布告するがごとき、すさまじい気迫と決意のひびきが充溢しているが、それとともに、この人間世界のあらゆる既成の価値観に拘束されまいとする、ひとつの確固たる「生の理念」への意思が息づいているような気がする。

漱石の「生の理念」とは何か。それは最も直截的な意味でいえば、「事実」を視つづける思想である。

漱石は「条理」の作家である。「条理」とは「事実」であり、「事実」に対する視方の内容である。

ここでいう「事実」とは、この現実世界に生起し連続する可視的な事象や現象のことでは必ずしもない。漱石が視つづけようとし、視つづけていた「事実」とは、事象や現象の氾濫として顕在するこの現実世界の基層に胚胎し蠢動しているより根源的、原質的な世界である。

漱石は終生にわたって「モラル」と「事実」との相剋的な関係のなかで苦しんだ作家である。正岡子規が『墨汁一滴』で早い時代（明治三十四年一月）からその本質をすでに見抜いて指摘しているように「漱石最もまじめの性質にて」という人格をもち、ことのほか倫理感、徳義観の強い作家であった。

しかし、一面からいえば倫理や道徳という、自己に課した戒律が強ければ強いほど、その人間社会に影響をあたえ、作用する力の意味を深く、するどく認識していたということも指摘できる。

また漱石はこの人間社会の倫理観を支えている精神的、物質的なあらゆる土壌に、たえず懐疑的な眼を向けつづけ、そのような価値観の世界のなかで個的存在としてある、自己の自立的な「生」を保障するいかなる究極的な命題や目的を所有することもできなかった。

漱石はこの人間社会の表層を全体的におおっている価値意識世界の、その存在や意味を拒絶されているより原質的でより赤裸な時間の流れのなかに全身をさらし、そのような時間を生きることを自分の個的存在の運命として選びとり、精力的に作品化、思想化しながら生き抜いた。

そして、魯迅もまたそうであったように、漱石の人生も真に「寂寞」と「孤独」にとじこめられる運命の軌跡をたどることになった。

漱石は作品「明暗」の新聞連載原稿に一八九回目のナンバーを書き誌し、そのまま大正五年十一月二十二日に死病の床につき、十二月九日に死んだ。


漱石の墓碑には、はやくも翳りをおびはじめた初冬の午後のうす陽が墓所を囲む樹木の間を通してひっそりと射していた。

私は墓碑に向かってもう一度合掌をし「記憶してください。私はこんなふうにして生きて来たのです」という「こころ」の先生の遺書のなかの言葉をつぶやきながら都電荒川線の駅の方に向かった。

「不可能性」の文学

一

小林秀雄は「世間は広い。文学なんか屁とも思わない冷酷な教養をもった勤勉な青年がいくらいるかわかりはしない」とどこかに書いているというが、さしずめこれは小林秀雄の一流のレトリックで、世間が広いなどと大袈裟に考えなくても、ごく身近なせまい世間のなかでそういう青年はいくらでもいるのである。小林秀雄が生涯のピークを生きた時代と、二十世紀の終わりに近い現代と、客観的な事情が余程ちがってきているということもいえるかも知れないが、もともと「文学」などというものなんぞはまっとうに生きようとする青年たちのやることではなかったというのが我が国での昔からの通り相場になっている。

それをことあらためて文章の達人がコメントを呈し、印象の強いレトリックとなり得ているところに、我が国の「文学的意識」の悲劇的なバロメーターがあらわれているが、この我々の居住する文化国家にたとえ一〇万人もの真摯な文学愛好青年がいたとしても、それに一〇〇倍する文学非愛好青年がいることも間違いようがない事実なのである。

もっとも小林秀雄のコメントでは、文学なんか屁とも思わない「冷酷な教養をもった勤勉な青年」というところにアクセントがおかれているが、これはおそらく国家機関の少壮官僚や大企業の中枢にはいる養成幹部などを主に指しているのかも知れない。

しかしこういう階層にいる青年たちにとっては、「文学なんか屁とも思わない」どころか、まったくの軽蔑と嘲笑的揶揄でもってむくいているのが実情であって、それ以上でもそれ以下の位置にでも文学があるとは思えない。

こういう点からいえば、エリート官僚から文学の世界に横すべりした三島由紀夫などは異例中の異例のケースといえるだろう。それがまったくの異例であるという証拠に、明治以来からの我が国の文学者をざっと通観してみても、こうした経路をわずかでもたどった作家は、かの文豪森鷗外をのぞいてはほとんど存在しないに等しいのである。

一般的な市民社会における「文学」のこうした相対的な位置は、もとより何も我が国だけの実情ではないであろう。

この前もH・E・ノサックの講演集をパラパラとめくっていたら、ある作家の仕事部屋の賃貸料が税金の控除の対象になるかどうかという話がでていた。

学者や銀行家、エンジニアが仕事部屋をもつ権利に誰も異議は唱えない。しかし税務署員はその作家に対して「どうしてそんなものがいるのか」という訳である。作家という仕事は余暇の時間を持続的に行なっているにすぎなく、まともな公民はそんな暇がないからこそそんな仕事はしないのだ。そもそも作家連中はいつ仕事をするのか。彼らは終日家に閉じこもって仕事をしているのだと称している。夜はおそくまで明かりがついているが、しかし何をやっているか知れたものではない。何もかもとらえどころがなくうさんくさく、社会的に疑わしい、といった具合である。

そもそも一時の僥倖による当てにならない収入、一種の投機による収入家ともいっている。

二葉亭四迷が「文学は男子一生の事業ならず」といったのは有名だが、一方では生涯にわたって「文学」の根本義についての懐疑に苦しめられた作家でもあった。二葉亭の代表的作品に『浮雲』があるが、周知のようにこの小説には内海文三と本田昇という二人のまったく性格の対蹠的な青年が登場する。

内海文三は誠実で内省的な青年として描かれている。しかし彼はこうした性格面からの当然の帰結であるが現実生活上では要領を得ず無能力的な人間である。対して本田昇は立身出世型の人間である。女性関係においても抜目がなく、生活人としての智恵を身につけ、上役にもやすやすととりいってわるびれるところのないキャラクターの持主である。文三が夢想的、ロマン的人間のタイプなら、昇は現世的、実際家的タイプの人間である。

中村光夫の解説によると、四迷は『浮雲』の人物は当時（明治二十年代）の日本の青年たちについてもった「抽象的観念の具体化」で、その狙いはこれらの作中人物の劇を通して当時の彼がいだいていた倫理の観念の現実社会における姿を見究めることにあったという。その意図や方法はまさに科学的である。

現実生活のなかで文三は昇のまえに敗れ去り、「人間は社会に立つには卑賤でなければならぬのか。四迷がこの小説で提出した根本の疑問がこれであった」と中村光夫は評釈している。

当時の四迷は全青春を賭けてこの疑問に苦しんでいたというが、果たしてこのような精神的境遇に四迷があったが故に『浮雲』は未完成に終わった。

もともと日本の小説世界では、本田昇のような立身出世主義のタイプをもった青年は主人公になりにくい。四迷が作中で自からこの人物を紹介するに、「いわゆる才子で、すこぶる智恵才覚があって、弁舌は縦横無尽」としている。「事務にかけてはすこぶる活発で他人の一日分たっぷりの事を半日で済ましても平気孫左衛門」ということになる。

下等官職を免職になった文三と対比的に一等級をすすみ、月給もあがる。これも文三の立場からいわせれば、彼（昇）が「課長の腰巾着……奴隷」として社会に立つに卑賤でなければならない「法則《ルール》」に従容として、これにはげんだからである。

この小説の女性主人公である「お勢」を中心とした文三と昇の恋愛ゲームは、どちらが勝者、敗者ともなるところまでいかずに途中でブッ切れてしまっているが、「お勢」の母親「お政」は昇とお勢との結び付きを望んでいるのは文脈からも明きらかである。

しかし当の作者である四迷の立場はどうもはっきりしない。誠実で内省型の文三のお勢に対する煮えきらないウジウジした態度にも何やら批判的な筆使いを時には挿さんでいる。何でも四迷の心づもりでは、文三はお勢にもお政にも裏切られて最後には発狂し、一方昇はといえばお勢を捨てるにいたり、さっさと上役の妹か何んぞと一緒になって着々と出世街道をつき進んでいく、というような結末にこの小説をもっていくというようなことになっていたらしい。

考えるに、二葉亭四迷という作家は、文学に対するにも非常に真剣で誠実な態度でもってのぞんだ人のように思える。

彼が書き残した雑文には、日頃彼がいだいていた我が国の「文学」の在り方に対する懐疑的な思いや苦衷の内部をのぞかせている言葉が多い。

たとえば「私は筆を執っても一向気乗りがせぬ。どうもくだらなくて仕方がない」という文句がある。「要するに書いていてまことにくだらない。（中略）………真実のことは書ける筈がないよ。よし自分の頭には解っていても、それを口にし文にする時にはどうしても間違ってくる。真実のことはなかなかでない」。

またこういう言葉もある。「人が文学や哲学をありがたがるのは余程おくれていやせんかと考えられる。第一それらがありがたいというなら偽のありがたいんだ。何となれば、文学、哲学の価値をいったん根柢から疑ってかからなけりゃ、真の価値はわからんじゃないか。ところで日本の文学の発達を考えてみるに果たしてそういうモーメントがあったか、あるまい」。

以上は、二葉亭が死の前年の四十五歳の時に書いた「私は懐疑派だ」の中の文章だが、日本の近代文学の歴史のなかで、こういう、ある意味では悲劇的なまでに真剣で誠実な人生態度をつらぬき通そうとした作家は、四迷とそれからもう一人、夏目漱石を措いてほかにあまりいなかったのではないかと想像される。

二

漱石もまた生命がけで文学をやろうとした作家である。英国に留学し、文学、思想上の数々の難問に逢着して身心をきりきざまれるような苦労をなめた果てに、文学に対するにどのような課題と姿勢をもってするかの一結論を導きだした。

それが「文学論」序にある周知の一節である。

「余は下宿に立てこもりたり。一切の文学書を行李の底に収めたり。文学書を読んで文学の如何なるものなるかを知らんとするは血を以て血を洗うがごとき手段たるを信じたればなり。余は心理的に文学は如何なる必要あって、此世に生れ、発達し、頽廃するかを極めんと誓えり。余は社会的に文学は如何なる必要あって、存在し、隆興し、衰滅するかを究めんと誓えり」

一切の文学書を行李の底に収めた漱石・夏目金之助が果たして文学の根本的存在理由についてどのへんの深層まで究明のメスを切りいれ得たかはとにかくとしても、これほどのすさまじい決意と真剣さをもって文学の存在的意義に対して決する姿勢を示した作家はほとんどいなかったのではないかと考えられる。

そして、漱石の文学に対するこのような姿勢は、帰国してから発表された数々の作品の世界のなかに巾広いふくらみと無限の深さをもって結実している。

漱石が時代や各年代を超えて、なぜ現代にいたるまであれだけの読者層を獲得しつづけているのかという問題について割合に無頓着な傾向があるが、これは決して見過すことのできない重要な課題だと思う。

広く大量の読者に読まれれば、その作品や作家は存在的な意味がそれだけ大きいということには決してならないだろうが、必要条件にはならなくても充分条件の一つにはなる。

太宰治は「鷗外の作品、なかなか正当に評価せられざるに反し、俗中の俗、夏目漱石の全集、いよいよ華やかなる日常、涙出ずるほどくやしく思い……」と或る小文でなげいてみせているが、現代の「太宰治の全集、いよいよ華やかなる世情、涙出ずるほど……」果たしてどう思っているか、なかなか興味のあるところである。

たしかに太宰治のいうように、漱石の文学はその作品が発表された当時から俗流文学視されていた一面もあった。正宗白鳥などにしても、漱石のある作品に対しては「通俗小説の型を追って、しかも至らざるものである」というような酷評をくだしているほどだし、やはり白鳥によれば岩野泡鳴のごときは漱石を完全に「二流作家」よばわりしていたそうだし、主に自然主義文学派ということもあるが白鳥の仲間たちの間ではそれを肯んじる空気もあったという。以上のような事情が示されている白鳥の『作家論』は後代の昭和にはいってから著わされたものだが、ここでのべられている白鳥の次のような感慨も興味のあるところだ。

「人間の栄枯盛衰、毀誉褒貶の定めがたきことは、ここにもよく現はれているので、漱石の作品は死後年を追うて、ますます世上にのさばり返って、泡鳴の作品は、この頃たやすく手に入れることのできないくらいに埋没されている。それは、作品の真価のもたらす自然の結果なのであろうか。私は断じてそうは思わない。私自身の好悪を別にして、漱石の蔚然たる大作家たることは否定し得ないのであるが、しかし、泡鳴が漱石などとは異った素質をもったすぐれた作家であったことも否定し得られないと思う。泡鳴の作品は今日の一般の読者に認めらるべく、あまりに深いところを持っているのではあるまいか。」

白鳥がここで指摘していることは一面の事実であろう。しかしこの白鳥の文章で感じられることは、やはり漱石に対する、あるいは漱石文学に対するある種のわだかまりをこめた消極的な評価の姿勢であり、逆に泡鳴のそれに対する思いいれの強いことである。

太宰治は「俗中の俗」といい、正宗白鳥は「世上にのさばり返る」と評言しているが、もともと漱石の作品に対して偏見をもっていた太宰は自然としても、白鳥においてもこのような評価の姿勢がかいまみられるのには、その底流にひとつの事情が働いていることに気づく。それは多数の読者にかえりみられるのは「低級、低俗性」の強い作家や作品であり、少数の読者においても高度の理解や共感性を獲得でき得れば「高級、純粋性」の強い作家や作品であるという、我が国の古くから馴致化されている文学的常識である。

白鳥のいうように、泡鳴は漱石とは異なった資質をもった「すぐれた作家」であったことは相違ないであろう。しかし、また白鳥のいうように、当時の読者に認められ得るに、「あまりに深いところ」をもっていた作家であったか、どうか。少なくともこの文脈では漱石と対比せられて、漱石より深いところももっていた作家に解して無理はないが、そのような白鳥の評価の仕方が果たして妥当であるかどうかは疑問である。

漱石の作品は現代の時代だけでなく、その作品の発表された当時からたしかに広く読まれた。それは漱石の作品が主として「新聞小説」の体裁をとっていたことにも大きな理由があるように考えられる。全国に広範な読者をもつ「朝日新聞」という有力紙にその作品が掲載されたこともその根拠のひとつであろうし、何よりも「新聞小説」という体裁をとるからには、全国津々浦々の老若男女、多数の読者の期待と興趣を満たし、つなぎとめることができるような簡明平易でドラマ効果の高い形式と内容をもった作品である必要性にせまられていた事情も働いていたといえる。しかし、当然のことながら単にこれだけの理由で漱石の作品が広く読者を獲得していることの説明にはならない。古今東西、世評にのぼり満天下の読者の支持を得た新聞小説は数多くあるが（たとえば菊池寛の『真珠夫人』大仏次郎の『帰郷』など）その当時は評判をよんでも、ある程度の時間が過ぎ去ってしまえばほとんど省りみられなくなっている。もともと読者受けを第一の目的とする「新聞小説」は、またこうした宿命にさらされるのが当然といえば当然の帰結なのだ。

漱石の代表作と目される「三四郎」や「それから」や「こころ」「道草」「明暗」などの作品もすべて「新聞小説」として発表された。大学の教師を止めた漱石は売文業に徹して生きる一大決意をし、かなり勢いこんだ姿勢で「新聞小説」の連載にのぞんでいる。大学教師の職を放ってまでして、小説書きになったのだから、連載がはじまると世間の評判を気にすることもしきりだったという。幸に世間には好評をもってむかえられたから、小説家としてやっていける大きな自信も得たと思うが、当時は帝大の先生が小説を本業にしはじめたというので、そのことも評判になった。しかし漱石の内部では別に不自然でも理不尽でも何でもなく、小説家として生きていく一直線のイメージで統一されていたと充分考えられる。

漱石はかつての時代に文学とは一体なにか、ということを究極まで問いつめようと真剣に考えた作家である。そうした考えはその後も終生にわたって彼の脳裏を去ることはなかったにちがいない。心理的に、社会的にいかなる必要性があって文学は存在するのか、漱石は英国留学から帰朝して後、十八世紀英文学を中心テーマとして研究成果を大学で講じてもいる。

シエイクスピアやスイフト、デフオーの文学などを吟味し、論じることによって、漱石はおよそ当時の作家や文学者たちがもっていた文学的通念から二歩も三歩も先んじた独自の文学観を持するにいたったと考えられる。

漱石が主に文学理論について論じた「文学論」を私はついに通読し得ずに終わったが、最近目にした篠田浩一郎の夕刊紙に載っていたエッセイによると、「文学論」の冒頭でのべられている「文学的内容の形式はF＋fである」という有名な公式は、漱石から半世紀後にデンマークの言語学者が理論的端緒をつくり、さらにその後にフランスの構造主義者であり文芸理論家である一人によって定式化された内容とまったく同じだということである。文学的表現の形式は人間の意識の動きをどのようにして言語の操作によって追い求めるかにあるとする漱石の生みだした公式は、あまりに内容の時代的先駆性の故に（難解さもあったというが………）当時の我国の文学的土壌に受け容れられるところとならず、漱石も英国での意気ごみと辛苦とがあまりに報いられるところのすくないわが国の現実に失望した面があったにちがいないと篠田浩一郎はのべている。しかし漱石は「文学評論」や「文学論」で研究吟味し論じた理論を作家として転生を図ったあとの数々の実作のなかで方法論として応用し、生かそうとしたことは疑い得ない。

漱石の「三四郎」について「全篇作者のこしらえ物にすぎない」という田山花袋の批判に対して「こしらえ物を苦にするより、活きているとしか思へぬ人間や、自然としか思えぬ脚色をこしらえる方を苦心したらどうか。いくら事実を実際の人間をその通りにとらえ描いたとしても全ての点で存在を認めるに足りぬ現象なら駄目である」と自信に満ちたするどい一矢を自然主義文学派に放った漱石のいわゆる「こしらえ物」論争は有名だが、漱石は実作における「こしらえ物」の理論的、方法的実践に強固な信念をもっていた。この信念は漱石自身の英文学研究の精魂をかたむけた努力の成果に裏づけられていたことは疑い得ないが、ここで漱石がいう「こしらえ物」についてのイメージも当然に単なる「虚構」「フィクション」と同質同位のものではないことは言をまたない。

一体に作品における「虚構」「フィクション」とは何か。

三

わが国の近代文学の伝統的状況のなかには一般にいわれる「通俗文学」「大衆文学」に対して「純文学」「純粋文学」と称されるジャンルがある。「純文学」にはたとえば明治以降の自然主義文学を源流としての「私小説」的世界や、新感覚派文学、プロレタリア文学などの種々雑多な歴史的ジャンルをひきつぎ混合して現代にまでつづいている流れである。単純に割り切ることは誤解を生むことになるが、おおざっぱに言ってわが国における「純文学」の内容についてのイメージは「虚構的世界」に対立するものである。（谷崎潤一郎や芥川竜之介などによる一連の虚構的作品はとりあえず問わない）わが国における虚構的世界を構成する作品ジャンルはしたがって一般にいわれる通俗文学、大衆文学によって代表されることになる。（もちろん、通俗、大衆小説においても私的生活、世俗的生活を素材にしている作品もある）

わが国の「純文学」と称されるジャンルは、読者の獲得数の如何は問わず、文学史的には「正統派」、「本流」の位置を占めている。

文学作品には「虚構的世界」の構築を必要条件とする漱石の作品は、こうした意味からは「異端派」的、「傍流」的位置にあるといえなくもない。当時の自然主義文学流派を中心とした作家たちに「二流文学」「俗流文学」よばわりされた事実も、一概には故なしとはし得なかったと考えられる。しかし、結果として漱石の文学は「二流文学」「俗流文学」のままで決して終わることはなかった。明治から大正、昭和の時代にかけて現代まで第一級の文学の位置をたもちつづけて、なおかつ「国民文学」と称されるほどに「正統」「本流」の道程を歩んできた。

ある新聞社が毎年秋期に実施している全国の読書の世論調査においても、ここ数十年にわたって漱石の作品はたえず最上位の位置をたもちつづけているが、その周辺のやはり上位にランクされている作家や作品はその時々の人気作家や作品で、松本清張や吉川英治、五木寛之など三〜四人の例外をのぞいてたえず入れ替わり立ち替わっている。松本清張や吉川英治、五木寛之や司馬遼太郎などにしても、やはり「当代の作家」といわれるべき人達であり、そうした意味からも漱石の作品の群れを抜いて息の長く、活力に満ちた生命力についてあらためて注目せざるを得ない。

ここ何年来、たえず上位ランクの位置を維持しつづけている松本清張や吉川英治など「当代の人気作家」が、それでは漱石と同等、もしくはその位置を超え得るような文学史的命脈をもってこれからの時代を生きつづけていくかということになるとやはり疑問符をつけざるを得ない。

たとえばこの世論調査では、「好きな作家」という項目によるランクづけと、「この一年間に読んでよいと思った作品」という項目によるランクづけが行なわれているが、前者の項目におけるランクづけでは、松本、吉川と最も上位に位置づけられていながら、後者のランクづけては低下位レベルか、あるいはランクづけの枠のなかにその作品が見出だされないという事実となってあらわれている。

はからずも、全国の各階層にわたる読者はやはりその読書経験において、「好きな作家、作品と良い作家、作品」との弁別をおのずから行なっているということになる。

漱石の作家としての資質的評価と作品評価（ここでは「こころ」という作品が圧倒的多数を占めるが………）は、いずれも最上位にランクされており、こうした例はほかのいかなる作家にもみないものである。

「好きな作家」であればその作家の作品は上位にランクされず、「良い作品」であればその作品の作家は上位にランクされない。このデータにあらわれている構図はそのまま端的に我が国の文学状況の不幸な構図をあらわしている。それは「大衆文学」というジャンルと「純粋文学」というジャンルの画然として成立していることの疑いようのない事実であり、一般読者のそれに対する明確な識別現象である。

「大衆文学」という命名は、さきごろ物故した白井喬二によるものだともいうが、彼はあるエッセイのなかで「純文芸的作品が一種の元素を圧搾して作った錠剤であるならば、大衆文芸はそれを溶解して飲み易くした水薬といったところに目的がある」といっている。大衆文学の展望にある種の可能性を確信していたともいえる白井喬二が、「元素」という名の同じコンテクストのうえに「純文芸」と「大衆文芸」を考えていたというところが面白いが、白井喬二自身の「富士に立つ影」や中里介山の「大菩薩峠」など古典的作品はいざしらず、果たして多くの大衆文学作品が「水薬」としての効能をもっているかどうかははなはだ疑問で、むしろ気休め的な「煎じ薬」とでも形容した方が妥当ではないかと思われる。

ところで「純文学」「純粋文学」といわれる「錠剤」もこれはなかなかのどを通らない奇形薬品である。近代文学史の研究や解説のなかでもすでに「奇形児的文学現象」として幾度となく言及されているが、一言でいってこれは「不可能性」としての文学である。

明治文学以降の歴史的道筋をたどれば種々の問題がでてくることも自明のこととされているが、それにしても現代文学の時代に移行して以降も実作的に「軌道修正」の方向付けが真剣に、本格的に試みられたことがあるのか考えこまされるほどである。特別な文学愛好家をのぞき三十歳、四十歳を過ぎて現代の「純文学」ジャンルに属する作品を作品として正当に向きあって交渉をもつことのできる作家は果たして何人いるだろうか。中野重治、石川淳ら十指にも満たない数字に限定されるだろう。

チャールズ・ラムはシェイクスピアについて「シェイクスピアの読み方には幾通りもの読み方が成立する。少年期の読み方、青年期の読み方、壮年期の読み方、老年期の読み方という具合に……」と書いているそうだ。

これとまったく同じことをたしか誰かが漱石の文学についても書いていたように記憶するが、実際にこういった性質や構造をもった作品でないかぎり、四十、五十歳の壮年期の男子がはにかみもなく、まじめにつきあえる気がしないのも当然なのである。その結果として彼らは史実小説や剣豪小説、産業小説や情痴小説など、その場限りではあるとしてもバラエテイや迫真力のある、いわゆる「大衆文学」のジャンルに流れこんでいく。

「現代文学」においてもっとも不足しているものは何か。大見得を切って一口でいえば、それは内容的には「歴史的、社会的体験時間の多大の欠乏」であり、形式的には「構成力に対する方法的認識不足」である。ところでこの二点に関しては、むしろわが国の大衆文学作品の方が充足していると指摘できるかも知れない。

もう十幾年も前にある作家の講演をきいたことがあるが、やはりその作家がわが国の作家たちの「社会的生活の体験不足」にふれて、しかし自分は予備校の教師をしているから幾ばくかでも社会生活の経験にふれているといえなくもない、と冗談とも皮肉ともつかず真面目な顔付をして言ったので思わず失笑してしまったことがあったが、考えてみれば事実として真面目な冗談でもなんでもないのである。そういう意味では、むしろ大衆文学ジャンルに属する作家の方が絶対数として多いかも知れないし、作品構成面についても筋道を複雑にしたりドラマに起伏を設定し、面白おかしくするために大きなエネルギーや配慮をはらっているといえる。

しかし問題の範囲は類似しているとはいえ、問題の本質はやはりそこにはない。

漱石に対して強い敬愛の念をもっていた中野重治は、彼の作品「小説の書けない小説家」の高木安吉という主人公を通して次のようなことをいっている。

「てめえたちはな……日本の読書階級だなんて自分で思ってるんだろう？　しかしてめえたちはな。漱石の文学を読んだことなんざ一度だってねえんだぞ。てめえたちにやそもそも漱石なんか読めやしねえんだ。漱石って奴あ暗い奴だったんだ。陰気で気狂い見てえに暗かったんだ。ほんとに気狂いでもあったんだ。ところがあいっあ一方で、肚の底からの素町人だったんだ。あいっあ一生逃げ通しに逃げたんだ。その罰があたって、とうとうてめえたちにとっつかまって道義の文士にされちまったんだ」

中野重治がここでとらえている漱石、あるいは漱石文学についてのイメージは、一般に我が国の読書階級が漱石、漱石文学についてもっているイメージとはかなり異なったものである。陰気で気狂いじみて暗い漱石、逃げて逃げて逃げとおした漱石。たしかに漱石の生涯を追ってみた時、出生から死ぬまでにわたってこのようなイメージに全体が隈どられているのは事実だ。しかし中野重治は魯迅について言及したある文章のなかで次のようなこともいっている。

「私は一人の日本人として魯迅を読む。また一人の文学を仕事するものとして魯迅を読む。読んで何を感じるかといえば、自分もまたいい人間になろう、自分もまたまっすぐな人間になろう、どうしてもなろう、という、漱石を読んだ場合と同じものをむろん感じるが、もう少しちがったものをも同時に私は感じるように思う」

ここで問題にされている魯迅のことはさておいて、中野重治は漱石についても魯迅についても感じたのとほぼ同じような、「自分もまたいい人間になろう、自分もまたまっすぐな人間になろう」という強い感情をもっていることを告白している。

暗くて陰気で気狂いじみた漱石、そうした漱石のイメージが一方の極にあり、もう一方の極には、自分もまたいい人間になろう、まっすぐな人間になろうということを感じさせる漱石の像がある。この「暗くて気狂いじみて陰気な」漱石という一方の極にあるいわば原質的な人間像としてある漱石と、もう一方の極にある、表現者として完了型にある人間像としての「いい人間、まっすぐな人間」である漱石。この二極の間を軌跡を描いて展開する世界にこそ、漱石がいう「虚構的世界」の内容がこめられているといえないだろうか。

漱石の作品で感じられることは、作品の主人公や主要人物によって仮託される世界ではなく、作品全体が漱石の世界であるということである。このことによって漱石は凡百の「私小説的作家」の範囲から超えでている。

また漱石の作品の全ての登場人物において、漱石自身の存在が強く隈どられているという意味からも、空疎で内実のともなわない登場人物が連なっている、大半の「大衆、娯楽文学」のカテゴリーから抜けでている。

この前、シェイクスピアのドラマ紹介のテレビを観ていたら、シェイクスピアのドラマが初輸入された明治初期はまず歌舞伎によって演じられたそうで、それがまた大好評を博したそうである。もっとも、現代でも「リチャード三世」や「ベニスの商人」など多くの作品がむしろ商業演劇場において大観客を前に興行されているが、一方では純粋の芸術演劇の主要レパートリーとして世界各地で絶えず演じられており、そのドラマ世界の巾の大きさを当然のことながら感じさせる。シェイクスピア在世中の英国本土での上演の折も、野外劇場で昼間に興行されたため「夜」とか「星」とかのセリフを必要性からチリばめたり、二階や三階の桟敷席からは役者の表情や仕草もろくに見とどけることができないため「心で泣いて顔で笑う」式の説明的セリフも随所にとりいれられなければならなかった、というようなエピソードもはじめて知った。

こうした芝居仕立が日本古来の歌舞伎芝居のパターンに合致しやすかったのかも知れないが、それとは別にやはり観客に対するサービス精神が旺盛なことも印象深かった。そこには作品の「純粋完成度」などというケチで狷介な了見のはいりこむ余地のないシェイクスピアという作家の自信に満ちた度量の大きさを感じさせる。もちろん、必要で止むに止まれぬ事情もはたらいていたのも事実だろうが、そのことによってシェイクスピアのドラマの構築的世界がいくらかでも傷つけられるという気配も感じさせず、ビクともしない骨組をもっているということの方にあらためて注目させられるのである。

私は今、シェイクスピアの芝居とは対比的に、たとえば現代の前衛芸術芝居の代表作といわれるサミユエル・ベケットの「ゴドーを待ちながら」を想起するのであるが、これは類いまれなる芸術的才能にめぐまれた独創的な一作家の存在を全世界に明示するものであるとしても、この作家の表現行為の結果として生みだされた作品世界においてどれほどの創造的な空間や時間を見出だすことができるかという点については消極的な評価におちいってしまう。というのはこの演劇空間から我々観客が見出だせるのは、ウラジミールとエストラゴンという相似形の二人の登場人物によって対話される、おそらくは作家ベケットの、彼が向きあっている状況世界に対する内的葛藤や対立運動のストレートな独白であり、それが高度で複雑な感覚性に満ちた言いまわしや場面設定によって人間存在や状況の不条理性を暗示し得たとしても、我々がその舞台でもっとも明確で具体的な像として見出すのは暗い背景のなかで一人の猫背の男が寒々と立ちすくんでいる「作家の像」である。

しかし我々は作家の像をその「作品世界」にもとめているのではない。「作品世界」そのものをもとめているのである。

かってT・S・エリオットは「芸術家の進歩というのは絶えず自己を犠牲にしてゆくこと、絶えず個性を滅却してゆくことである」といったが、こうした言葉はもう一度、現代の不毛な文学的状況のなかであらためて問い直してみる必要があるのではないだろうか。

ベケットはあるいは別の方法意識のもとに「ゴドー」を産みだすべきだったのかも知れない。ベケットにはそれができ得なかったのであろうか。

現代の時代や状況、それがベケットをしてそれを不可能ならしめているほどに肥大、複雑怪奇化してきているとするなら、現代の文学は大いなる「不可能性」に閉ざされているといわなければならない。

「関係」の問題とレアリテについてのデッサン

S・スペンダーはT・S・エリオットの「カクテル・パーティ」についての文章のなかで、たとえば次のようなことを指摘している。

――シーリアはエドワードの愛人であり、彼は劇の冒頭で妻のラヴィニアに去られてしまった。ラヴィニアが去ったのでシーリアは、自分とエドワードとの間のあらゆる問題は解決し、公然と同居することになると思いこんでいる。けれどもエドワードはこのような見方をしない。シーリアは、エドワードの見地からみれば彼の彼女との関係は、彼がきちんと結婚していて、愛していない妻が眼につくところにいることに依存しているという、不愉快な真実に直面しなければならない――

男と女の関係のみならず、人間と人間の関係の間に、実は冷厳にしきつめられているのはこうした「現実」である。問題は常に関係の間にあり、相対するA人物にもB人物にも帰属しない。問題は人格化されることは決してなく、問題を人格に帰属させることによって、あらゆる倫理観、価値観の意味を導きだすものではないということである。

ことを男女との関係に限っていえば、ドストエフスキーも同じような場面に遭遇した。シベリア流刑につづく兵役期間中、彼はイサーエフ夫妻の友人となり、彼の最良の友の妻マリヤ・ドミートリエヴナに夢中になる。

夫イサーエフの病死後、ドストエフスキーはマリヤに結婚を申しこむが、彼女は拒否しなかったものの、実はヴェルグノフという若い男を愛していることを打ち明ける。ドストエフスキーは例によって、自己犠牲的で私心のない共感と憐れみの情がたっぷり盛りこまれた、彼一流の論理を極端に押し進め、二人の男は一人の女をはさんで「友情と連帯」を誓い合い、泣きながら互いの腕のなかにとびこむ。しかし、ドストエフスキーの「彼女を気が狂うほどに愛している」情熱は決しておさまることがない。なぜならドストエフスキーの情熱はマリヤのヴェルグノフへの熱中によってますますかきたてられるという関係に依存しているからだ。彼はついにマリヤと結婚することになるが、しかし状況は根本的に変わってしまう。彼は結婚したあとのマリヤに無関心になってしまう。ルネ・ジラールは「この無関心は結婚以前から誰ももはやマリヤ・ドミートリエヴナの所有をめぐり、自分と争う者はいないという確信を得たとたん、ドストエフスキーを支配したのである」（『地下室の批評家』）と指摘している。

「カクテル・パーティー」で、エドワードが直面した「不愉快な真実」も、ドストエフスキーが強いられることになった「無関心」も、それは人間と人間との関係に位置する問題がひきおこした「現実」である。それはエドワードの罪でなく、ましてラヴィニアのそれでもなく、マリヤやドストエフスキーの罪でもない。

Ｅ・Ｈ・カーは『ドストエフスキー』の中で、このシベリア流刑時代のドストエフスキーの恋愛事件をドラマチックに、熱情こめて語っているが、おそらくドストエフスキーにとっても、彼が人生の前期に出会った最大のドラマとして、銃殺事件とともにあげられるのかもしれない。彼は少なくともこの恋愛事件を通して「現実」というものの、人間の関係に働く構造をよく視る能力を醸成したのに違いない。

ルネ・ジラールはカミユの『異邦人』を論じた文のなかで「我々が生きている世界は本質的に合理的であるので、合理的に解釈される必要があるのだ」いっているが、エリオットにしても、ドストエフスキーにしても、その「現実」を視つめ、とらえる思想の根本的理念としてあるのは、この世界は「条理」であるということである。

人間の存在や人間と人間、人間と状況との関係世界が「不条理」である、という理屈はあまり信用できない。

エリオットはシェイクスピアの『オセロ』を評した文章で、オセロがデスデモナを絞め殺したあとの、その最も非劇的な瞬間にも自分のことをよく思われたいという自己正当化を希う欲望から逃れられなかったということを指摘したあとで、それは彼が現実から逃れたいのでデスデモナのことは忘れ自分のことだけを考えているからであり、このことからも私（エリオット）はシェイクスピアほどものをありのままでなく見ようとする人間の意欲を明確に描破したものを知らない、とのべている。

一般にいう「不条理」の思想とは、このエリオットのいう「ものをありのままでなく見ようとする人間の意欲」が、自己正当化の論理的、倫理的根拠を他者や状況に依存して得ようとする、あまい認識と結びついた性質のものである。

我が国で最も切実に「現実」を透視する眼をもっていたと思われる芭蕉や漱石は、この世界が間尺に合わない、不整合で不条理な内容に満ちている、などといったたわ言は一言もいったことはない。そういう意味で、ドストエフスキーも芭蕉も漱石も勇気のある思想家であり、作家であった。かの太宰治ですら、少なくとも状況に甘えるということだけは決然と最後まで拒否した、健康な精神の持主であった。

漱石はたしかに「不愉快きわまる人生」「腹だたしい現実」ということはよく言っている。しかし、漱石がそういう場合に視ている自分の人生や客観的現実は、自からその内容にこめられている意味が違う。漱石は人間と人間、人間と状況との間に隙もなく張りめぐらされている「問題」の所在をはっきり視つめてそういっているのであり、自己を正当化の根拠と客観的状況における価値観とが条件化するというような甘い現実認識のもとにそういっているのではない。

漱石の「明暗」に次のような情景がある。それは主人公の津田が湯河原温泉まで赴き、彼の過去の女性である清子と対面する場面で、津田がその前後に、待ちぶせしたような形になって宿の廊下で清子と偶然遭遇した失礼をわびるところから会話がはじまるが、その時、津田が待ちぶせしていたと疑っているのではないかという質問をあびせたのに対し、清子は次のように答える。「だってそりゃしかたないわ。疑ったのは事実ですもの。その事実を白状したのも事実ですもの。いくらあやまったってどうしたって事実をとり消すわけに行かないんですもの」。津田は清子のこのような答に対して、事実についての理由の詮索や説明を執拗にもとめる。しかし、清子からは明瞭な答はなかなか返ってこない。それはある意味で当然の成り行きであって、なぜならば清子は「事実」はとり消すわけにいかないのだといっている。いいかえれば清子の「事実」に対する認識には、「こころ」の先生が若い私に「事実」について「それは意味や理屈ではない。つまり事実なのだ」と諭したように、詮索や説明で決して置き換えられるものではない、という思想が行き渡っているからである。これに対して津田はそれはかっての「事実」であっても、その事実の生起するにいたる因果や理由をつきとめれば、事情が変貌する可能性もあると考えている。津田はすなわち、漱石の言葉でいえば「事実」を事実問題としてでなく、道徳問題として認識している人間なのである。

津田はそれでもなお執拗に喰い下って「事実」の理由を無理矢理に清子の口からひきだそうとする。すると清子はやっと「ふに落ちた」という顔付で「それならそうと早くおっしゃればいいのに。理由はなんでもないのよ。ただあなたはそういうこと（待ち伏せ）をなさるかたなのよ」とこともなげに言うのである。

清子は津田との関係において、津田は「そういうことをする」人格であるという事実認識だけを津田との会話における根拠にしている。しかし、その理由を問いただした津田は、その当然の結果としてあたかも道徳的制裁を受けたかのような立場におとしこめられ、呆然とするのである。

津田が「事実」を視る勇気よりも「道徳的制裁」をおそれる人間として漱石によってとらえられているのが、『オセロ』をとらえているエリオットのそれと共通しており、それなりに印象が深い。

漱石文学についての覚え書的感想——UN HAPPY LIFE

この前、テレビジョンを視ていたら、夏目漱石の孫という人が祖父がかって若き日に下宿していたロンドンのアパートの一室を訪ねているシーンが出てきて、その時、その部屋に現在居住している若い夫人がその孫の人に向かって「あまり幸せな人ではなかったんですってね」と呟くように言った。

私はその時、その夫人が英語でしゃべる言葉を聴いていて、なにか妙に切ない気持にとらえられた、という強い印象をもっている。

よく紹介されているように、漱石は「文学論」の序で「倫敦に住み暮らしたる二年は尤も不愉快の二年なり」といっている。「ロンドン留学日記」の中でも、当時、彼が住み活していたこの英京の大都会について、陰気で殺風景で不愉快極まりないと悪態の限りをついている。生活費も切りつめるような苦労をした留学生活をおくっていたこともあるのだろうが、彼地の気候的風土や生活習慣や人間もふくめてすべてが馴染めず、精神的、肉体的にも脅迫的に追いつめられるような強い痛苦を受けていたようだ。

私もつい近年に、真冬のロンドンにほんのしばらく滞在したことがあるが、陰気で暗く重くたれこめるどんよりとした天空をあおぎ見ながら、時には、このロンドンで二年近くも生活をおくっていた漱石の境遇や心情を思いやったりしたものだ。
このように苦しく辛い生活を毎日このロンドンで送り活した漱石だが、この英国の若い夫人がいう言葉には、必ずしもこのような生活にあえいでいた漱石の英国での状態を指し示すということだけではないように思える。彼女はおそらく、このロンドンのこの部屋でかって留学生活を過した漱石の窮状を知悉しつつも、なおかつ、この異国の有名な文学者の、文学者、作家としての全生涯が決して「あまり幸せな人ではなかった」ということをふくめて、そういったのであろうと思う。

そして、そういう内容をふくんだ言葉として私は受けとめ、それが私に何か切ない気持を起こさせたのであると思う。

多くの人が漱石について、そういっているのだし、格別に目新しい指摘でもないが、私も常々、漱石の文学やその生涯にふれた記述に親しんだ経験を通して、この作家は決して幸せな生涯を送った人ではないなあ、という素朴な感想をもっている。その不幸せの内容には、何かこの人固有の「根本的な不幸」という複雑で得体の知れないものの持主であることを感じさせる。アナトール・フランスは老年にいたるその生涯において「私はただの一時間だって、ただの一瞬だって、私を幸福だと感じたことはないよ」という自分の人生に対する、あの悲しい告白をしているが、漱石についても私はこれと似たような感想をいつももっている。

私は漱石が「硝子戸の中」で書いている一節の文章が忘れられない。

――不愉快に満ちた人生をとぼとぼたどりつつある私は、自分のいつか一度到着しなければならない死という境地について常に考えている。そしてその死というものを生よりは楽なものだとばかり信じている。ある時はそれを人間として達しうる最上至高の状態だと思うこともある。「死は生よりも尊い」こういう言葉が近ごろでは絶えず私の胸を往来するようになった――。

私が生まれる二十余年も昔に死んだ漱石がどんな人間であったのかは当然のことに私は知る由もない。彼の書いた作品や、彼の生涯にふれた文章でわずかにその人物の輪郭像を想像するより以外にない。かって三十年ほど以前、私は朝の早いうちに一人で雑司が谷の漱石の墓に出かけて行ったことがある。周囲に誰一人いないその墓石の前にたたずんで、私はしばらくぼんやりとしていた。そして、突然、衝動的に朝早く家をとびだし、今、何故、ここにいるのかということをしきりに考えだした。結局のところ具体的な答えは見出せなかったが、やはり漱石自身の人間像が他者に対して示しもつ「親しみ」「なつかしさ」のようなイメージが私をその場所に誘い出したのではないかと思っている。少しでもその人間像、輪郭像に近づきたかったのである。

高等学校から大学まで漱石に英文学の教えを受けた中勘助は、漱石が死んで間もなくの大正六年に発表した文章で、自分は先生の周囲や作物の周囲にまま見かけるような偶像崇拝者になることは出来なかったと前置きしながら、「唯先生は人間嫌いな私にとって最も好きな部類に属する人間の一人だった」と述懐している。

ちなみに中によって活写されている漱石の風貌は、身のまわりに気をつけているらしい割には、洋服の時も和服の時も風采はあがらず、背が低くて体の貧弱な割に顔が大きくひねていたとある。

そして額の広い割合に顎が短く、皮膚が黄色くて弾力を欠き、うすいあばたがあったが、しかし顔だけとってみれば真面目で知的な立派な顔であった、とその印象を述べている。

漱石は数多くの若い弟子たちに敬愛され、彼自身も時にはカンシャクを起こしながらも大きな愛情と誠意をもって彼等に接していたが、そうした生活を送りながらも、彼自身の精神的、思想的な内奥には自分自身でも決して律することのできないおおきな闇、芭蕉でいう「風羅坊」をかかえこんでいたのである。

芭蕉の「風羅坊」とは、周知のように『笈の小文』にみられる言葉で、人体である百骸九竅《きうけう》、すなわち自分の体のなかに何か得体の知れない狂的な魔心が住んでいて、それを芭蕉は仮りに名づけて「風羅坊」とよんでいるのだが、その「風羅坊」がやはり漱石の心の奥深い内部に居ついていたのだろう。そしてそれはおそらく同時代人の作家であるドストエフスキーや魯迅等にも居ついていたのと同類、同質の物であったに違いない。

英国の若い女性は、漱石を指して「あまり幸せな人ではなかったんですってね」といったが、それは漱石をあながち「不幸な人」といっているというよりは、むしろ根本的な意味においては

「幸せになろうとしなかった人」というニュアンスが強いようにも私には受け取れた。それが私を何か妙に切ない気持ちにさせたのである。

もう三十年も近い昔、ある真夏の暑い日に私は半裸体をさらして身もだえしながら、部屋の中央に寝ころがり、何の本でもよいからと後ろ向きに手を伸ばしてその指先に触れた一冊の古ぼけた文庫本をひっぱり出した。こういうのを英語でアトランダムにひっぱり出したというのだろう。その文庫本が漱石の「三四郎」だった。私は何気なく、その本の活字を眼で追いはじめたのだが、しばらくすると身をこがすような暑さも忘れ、熱中して読みはじめた。

そして読み終わったあと、暮れなずむ夕方のうす暗い部屋のなかで、昔かって読んだことがあり、今さらながらに再度出会ったこの小説の中味がなぜこんなに面白いのだろうとぼう然としたあとで考えはじめた。そのことについてはかって「三四郎の考察」という文章で書いたので、ここでは精しく語らないが、単刀直入にいうと、この青春小説の主人公である三四郎が俗にいう立身出世型の人物に近い形象であったからである。三四郎のそれからの人生を処して行くための三つの理想とは、要するに国から母を呼び寄せて、美しい細君を迎えて、身を学問にゆだねるに越したことはない、ということである。

私は丁度その頃、内田義彦の『日本資本主義の思想像』という本を熱心に読んでいたのだが、そのなかでとりあげられていた久保栄の『火山灰地』の雨宮という力作型知識人としての成年像と、その像と対比しての二葉亭四迷の『浮雲』に登場する内海文三という内省型の青年知識人の問題のとり上げ方に強い関心をもっていたことが関係していたのかも知れない。いずれにしても、おおざっぱに言えば、自分たちが読書体験として関係をもってきた明治の近代文学以降の青年主人公たちは全てといってよいほど内海文三の系譜をひいた「内省型」「挫折型」の人間たちであり、そういう意味からいえば三四郎という青年のキャラクターは、こうしたタイプからはなれている位置にある青年像であることに新鮮さを感じとったのかも知れない。三四郎は決して内田義彦がとりあげている雨宮のような「力作型」のタイプではないが、かなり浪漫的、夢想的な性格傾向が強い広田先生や美弥子らにくらべて一線を画した極めて現実的な生活感覚や考え方の持主である。

彼は九州の片田舎の小地主程度の家庭の出身者としてとらえられており、父親を早くから失い、母の手一つで育てられている。東京で学生生活を送りながら「今年の米は今に価格が出るから売らずにおく方が得だ」ということを郷里の母に指示したりしているし、菊見人形見物の情景では、乞食に遭遇する場面で自分が広田先生や美弥子たちのように己に誠である人種とははっきり違うということを意識したりしている。

「三四郎」が世に出たころ、これに対抗して書いたともいわれている森鷗外の同じような青春小説『青年』の主人公である小泉純一との対比においても、純一が三四郎と同様に地方から文学を志して東京に出てくるが、先輩作家の大石の問いに応えて、自分は資産のある家の一人息子に生まれて、パンのために働くには及ばない身の上だと返事しているように、三四郎とは明らかに境遇の違いや、従って考え方の違いがあることも明らかにされている。

文学的な作品評価はとりあえず問わないことにしても、鷗外の『青年』に比し『三四郎』の方が当時からこれまでにいたるまでより多く興味や関心をもって読みつがれていることは事実と思われるが、これはひとつには三四郎は単純な青年像としてとらえられているのに対して、『青年』の純一はある種の複雑な性向の持主として描かれており、そういう意味では作品の主人公像として三四郎の方が典型となりうる素地が多くあらかじめあたえられていたことに起因していたからかも知れない。しかし、それとともにやはり主人公の三四郎が平凡だが生活者としての論理的なたくましさをもっている人物として、そのような人間の視点を通しての物語的な文体形式をもっているということにも注意してみる必要がある。漱石が四十歳にもなって、このような青年主人公を設定したということのなかに、やはりそういう因果をもつそれだけの応えを三四郎の形象にはっきり認められるような気がする。三四郎と漱石の間は思いのほか疎隔的な関係にあったのではないかという推測である。漱石はこの社会の現実的な仕組み、実生活者としての思想、俗世間的な交渉や方便を余りによく知っていたが故に、それだけ激しく反発や軽蔑、憎悪を如実に示した作家である。この世の人事、利害的な問題については特に鋭い反応を示し、自分自身の実生活でもこれらの問題について終生苦しみつづけた作家である。三四郎は漱石のこのような思想的、実生活的体験を多少とも背景にして生み出されてきた一青年像である。漱石は実生活の功利思想や、世俗的な人事交渉を心の底で、憎悪、軽蔑しながらも、このような思想や行動エネルギーが現実世界で、知識人や文化人階層者が描く観念的、非現実的な世界観を押しのけてはるかに実効力をともなった力をもつものであり、このような現実的な力を力として三四郎によって認めようとしたところに漱石の姿勢をかいまみることができるような気がするのだ。

「三四郎」という作品のなかで登場する広田先生は、当時の一高のIという名物教授をモデルにしたといわれているが、漱石自身の自己像も多分に盛りこまれている人物像だと思われる。

三四郎が上京するとき、汽車のなかでこの広田先生と遭遇するが、二人で水蜜桃を食べながら、三四郎は広田先生をずいぶんつまらないことをいう人だと思う。

子規は果物がたいへん好きで大きな樽柿を十六食ったことがあるが、自分などはとても子規のまねはできないなどという話をする。

そして「好きなものには自然と手がでるもので豚などは手が出ないかわりに鼻が出る。豚を縛って動けないようにして、その鼻のさきへごちそうを並べておくと、動けないものだから、鼻の皮がだんだん延びてきて、ごちそうに届くまで延びるそうだ。どうも一念ほど恐ろしいものはない」といってにやにや笑っている。漱石のユーモアの真骨頂は本当はこういうところにこそあるように思う。漱石は英文学の講義中に片手のない学生に向かって、それとは知らずに注意を促し、返答にせっぱつまって「自分もない知恵をしぼり出して講義をしているのだから、君もない手を出したまえ」といったというが、何かこういう漱石独自のユーモアがもつ実際の人柄に通じるようなものを感じさせる。漱石は英国でしこたま英文学の知識や、その文学がかもしだす英国流のユーモアやペーソスの醍醐味を仕込んできただけに、本当はこういう嗜好をベースにして作品を書きたかったに違いないと思ったりする。しかし、結局は広田先生をして「日本は亡びるね」というセリフをはかせなくてはならないような境地に身をおかねばならなくなった。広田先生の境遇についても、この作品のなかで読者をしてドキリとさせるような場面をつくっている。

三四郎が広田先生になぜ結婚しないのかという疑問をいだきながらそれを遠まわしに本人にただすのに対して、人間には生まれついて結婚できない不具もあるし、いろいろ結婚のしにくい事情を持っている者がいると前置きして次のような話をする。

たとえばここに一人の男がいて、父は早く死に母一人をたよりに育ったとする。その母がまた病気にかかって、いよいよ息を引き取るという間ぎわに、自分が死んだら子供が会ったこともなく知りもしない人を指名して誰某の世話になれという。そして実は誰某がお前の本当のお父さんだとかすかな声でいう。そういう母を持った子がいるとすると、その子が結婚に信仰を置かなくなるのは無論だろうという。広田はハムレットは結婚したくなかったんだろう。ハムレットは一人しかいないかもしれないが、あれに似た人はたくさんいる、ともいうが、どうも広田は自分もハムレットの身上的境遇に擬していた悲劇的人物像として造形されている形跡が認められる。

漱石の晩年の作品「明暗」に登場する、ドストエフスキーの作品人物像によく見られるような小林という人間も、私にとっては非常に強い印象を残す人格像である。

事実、小林は友人の津田に対してドストエフスキーの小説をもちだすが、そのあとで津田に対して次のようなセリフをいって追いつめる。

「君は僕がきたない服装をすると、きたないといって軽蔑するだろう。またたまにきれいな着物を着ると、今度はきれいだとかいって軽蔑するだろう。じゃぼくはどうすればいいんだ。どうすれば君から尊敬されるんだ。後生だから教えてくれ。僕はこれでも君から尊敬されたいんだ」

自分の置かれている過酷な境遇や状況ににっちもさっちもいかないほど強くしばりつけられ、どこにも逃げ場のない人間が発する苦痛に満ちた必死の叫びである。

私は人間の運命ののがれようのない限りなく暗い深淵をのぞき見してしまった漱石の深い孤独感と悲劇性をこういうセリフのなかに見出してしまう。

漱石のいわゆる三部作ともいわれる「こころ」「それから」「道草」にも、それぞれの作品の主題やモチーフには、いわば人間の運命や境遇に存在する悲劇的で不幸な「核」といったものが設定されている。そしてそれらの人間像や人間関係に生じる悲劇や不幸は、具体的には「金の問題」や「女性の問題」としてあらわれる。しかし、これらの具体的問題はいわば人間や人間関係の「悲劇」や「不幸」を形成する条件であり、必ずしも決定的要因ではない。

たとえば「こころ」の先生が青年の「私」の「人間はだれでもいざという間ぎわに悪人になるんだという、その意味はどういうことか」という問いに対して「意味といって、深い意味はありません。——つまり事実なんですよ。理屈じゃないんだ」という応えに隠されている先生の人間や人間社会に対する絶望的な深い孤独感。

「金」や「女」の問題は「意味」であるかもしれないが、そうした問題に感応したり、とりこまれたりする人間や人間社会の運命の必然性をこそ漱石はするどく感知していたのであり、それを「先生」の「生きていることの淋しさ」で表そうとしていたのであると思う。

先生は父の死を目前にした「私」に向かって、財産があるのなら、今のうちによく始末をつけてもらっておかなければいけないと注意する。「私」はそんなことはちっとも気にかけていない。別に悪い人間というほどのものはいないと反論すると、先生は「悪い人間という一種の人間が世の中にいると君は思っているのか。みんな普通の人間なのだ。それが、いざという間ぎわに、急に悪人に変わるんだから恐ろしいのだ」とさとすようにいう。

漱石の人間や人間関係についての見方で特長的なことは、人間の関係の間で生起する問題を、その属性の問題として決して人格化せず、人格的モラルの問題におきかえなかったということが指摘できる。問題は常に人間の関係の間にこそ存在しているのであり、これをはっきり認知していたからこそ、その所在する問題の性質は「意味」としてとらえるわけにいかず、必然的に導き出される「事実」としてしか受けとめられなかったのであり、そうしたとらえ方が核となって漱石の倫理感を形成していたのではないかと思う。

自分という人間は、いざという時には途端に悪い人間に変わるのであり、その変化する可能性は絶対的な可能性としてすべての人間にとりついている不可避的な前提条件として具有されていることを漱石は自分自身にも認知していたのであり、それが逆に「良い人間」に変化したとしても、それを人格的価値として転位して認めることを拒んだのである。

人間や人間社会はある意味ではこの世界で設営されている道徳律や倫理観という規範に主導され保持されて日常的生活が営まれている。その軌道から逸脱した時、その人間をその人間の人格的な価値観として移封し閉じこめるのである。

「明暗」の終章近くで、偶然に清子を津田が待ち伏せする形になった場面で、津田がそのことについて清子に釈明する時、清子は津田にその行為を疑ったのは「事実」で、いくらあやまったってどうしたって、その「事実」はとり消すわけには行かない、と言う。そして津田が清子がいう事実は半分か三分の一であり、こういう「理由」があるから、そういう疑いを起こしたのだといってくれればいいのだと、なお強く詰問するのに対して、清子はこともなげに「理由はなんでもないのよ。ただあなたはそういうかたなんだからしかたがないわ。うそでも偽りでもないんですもの」という。

こういうチグハグな津田と清子の会話を設定することを通して、漱石はこの一組の男女が決して交りあうことがないであろう不幸な関係を鮮明に描き出している。

清子は疑いをもたれるような行為をする破目になった津田を格別に人格的に責めている訳ではない。ただ疑いをもったのは「事実」だし、それが「事実」である限りは、絶対に取り消せないものである、ということを自分に課した倫理感として強く認知し、それほどに自分の生き方に潔白な女性なのである。

しかし、津田は「事実」よりも「理由」にこだわって生きている人間であり、「理由」が明らかにされれば、自分の人格的潔白性が保証されると信じている。津田は要するに、この社会の道徳的、倫理的規範に全的に依存し、保守すれば自分の人格的存在が保証されていると考えているのである。しかし清子は津田との過去の経緯はとにかく、津田がそういう価値観の世界に生きていることを本能的に見抜いており、だから「うそでも偽りでもなく、私の見るあなたはそういうかたなんだからしかたがないわ」と一蹴するのである。

スピノザは人間のいかなる愚行も自然の必然的現象であるから、これを嘲笑したり侮蔑したりすべきでなく、ただこれを認識し、理解すべきのみである（エチカ・畠中尚志解説）といっているが、清子は津田をその愚行らしき行為によって侮蔑したり非難しているのではなく、ただその行為とその行為につながるであろう人格的存在をありのままに事実として認知しようとしているだけなのだと思う。しかし、この人間社会において清子のような考え方のもとに生きている人間は境遇的には不幸な人生や生活をたどらなければならないだろうと思う。この「明暗」の登場人物である清子が、その作者である漱石という人間の実像のある一面を具現しているととらえることができるとすれば、漱石最晩年の終章に登場する人物像として何か象徴的なものを感じさせる。この未完の小説のこの章で筆を置いて、漱石は死の道に旅立ったが、小宮豊隆によると臨終の床で人事不省に陥る直前に非常に苦しみ出して、自分の胸をあけて「早くここへ水をぶっかけてくれ、死ぬと困るから」といったという。人間は矛盾に満ちた存在だから、どうとも判断がつきかねるが、果たして「死ぬと困るから」という最後の言葉が漱石の本音であったか、どうかは知るよしもない。

漱石と天下茶屋についてなど

長谷川如是閑が「初めて逢った漱石」という文章を書いているが、このなかで漱石が立ち小便をする話が出てくる。

漱石が満州帰りの途中に寄ったとかで、漱石が満州に渡ったのは明治四十二年（一九〇九年）の九月～十月にかけてのことで、詳しい年譜で追ってみると、十月十四日に下関に帰着し、大阪天下茶屋の如是閑宅を訪れたのは十月十五日のことになっている。

如是閑はその当時大阪朝日新聞社につとめており、天下茶屋に住していたので、その居宅を漱石が訪れたのである。

電話だか電報だかで社からよびもどされた如是閑が自家に帰ってみると、玄関のところに漱石が腰をかけて待っており、やがて二人でどこかに見物に歩くことになって外へ出た時、漱石が突然往来の反対側に立って小便をしたというのである。

天下茶屋というのは、大阪の南郊というよりは中心部に近い今では家も櫛比しているどちらかといえばゴミゴミとした庶民的といわれる大阪でももっとも庶民的な雰囲気をただよわせた町だが、さすがに漱石が訪れたその頃はまだ未開の部分もある土地柄だったらしくって、漱石が立ち小便をひっかけた側は家並はなく、崖の下は植木畑で、その向うには田圃も眺望できる、というような風景であったらしい。

天下茶屋は漱石の作品では「行人」のはじめのところに出てくる。二郎が梅田の停車場につくや、すぐに俥をやとって訪ねるのが、そのあと二〜三日滞在することになる岡田の家であり、その岡田の居宅が天下茶屋にあることになっている。着いた最初の夜に、岡田と二人で浴衣がけで岡の上を散歩する情景があるが、この岡の上というのは、おそらく天下茶屋の東南部に位置している、現在も小高い岡の上にある聖天山公園のことだろうと推察している。

この岡の上から眺められる当時の天下茶屋の情景は「まばらに建てられた家屋や、それを取り巻く垣根が東京の山の手を通り越した郊外を思い出させた」と二郎の眼を借りて描写されている。少し肩すかしを喰ったような、あっけない描写ともいえるが、多少はその当時の天下茶屋の情景がしのばれるのは事実だ。

それから一日ほど経って、岡田夫婦と二郎が、佐野という男に「ある一件」のことで会うために、大阪近郊の浜寺に出かける情景がある。そしてある料理屋の座敷で四人で膳に向かいながら話し合っている時に、二郎は棟の違う高い二階の手すりの所に十六七の小僧が出てきて、きたないものを容赦なく庇の上へ吐いているのを眼にする。すると同じぐらいな年輩の小僧が出てきて、しっかりしろとか、こわがるにおよばないとか、と大阪弁のセリフでやり出す。こうした二人の様子を遠望しながら、二郎ら四人は吹き出してしまう。

実はこれらの情景は、如是閑が漱石と浜寺へ出かけた時の情景がそのまま写し出されたものである。

漱石が立小便をしたあと、如是閑の文章によると二人で浜寺へ出かけたことになっている。そしてある一軒の大きな宿屋の二階座敷に通される。漱石はタカヂアスターゼを飲みながら、出る料理を次から次へと無頓着に食したらしい。その時に「向かい側の広間の二階廊下に若い商家の小僧のような身なりの男が出てきて、手摺につかまって二、三度身体をのめらしたと思うと猛烈に嘔吐をはじめた。すると同じような装をした少し年上らしい若者がよろめきながら出て来て、吐いている男の背を撫でてやる。夏目君は此方の座敷からそれを見て『見給え、アレで介抱しているつもりなんだぜ』といって、頻りに『面白いナァ』『面白いナァ』と繰返した」と如是閑は書いている。

如是閑がこの文章を書いたのは、天下茶屋や浜寺のこうした一連のエピソードが生まれた漱石との実際の邂逅があった一九〇九年から七年ほど経た一九一六年のことである。

漱石が「行人」を書きはじめたのは一九一二年（大正元年）だから、如是閑の文章に先立つこと四年ほどだが、「行人」の冒頭部の情景は、如是閑との以上のような大阪での交遊体験から生まれたものであることは間違いない。漱石は浜寺で遭遇したエピソードが非常に印象深かったらしく、帰京後の同年十月三十日付長谷川萬次郎あて書簡にも、「浜寺では御馳走になりました。あの時向坐敷の小僧が欄に倚ってはく処は実に面白かった。ここに御礼として浅草海苔二罐を小包にて呈上す」としたためている。

ところで、この浜寺の一場で漱石と文学、政治の話などに興じながら如是閑が観察している漱石のその時のプロフィールも面白い。

如是閑は漱石と話を交えていて、漱石からある種の気六《原文ママ》かしさを感じるのだが、その気六かしさは自分（如是閑）にも馴染の多い気六かしさで（如是閑は東京深川生まれである）本場の江戸ッ児に共通のものであるというのである。

そして、これはせんじつめれば江戸ッ児の町人が、封建的階級制度に対する反抗からきたひとつのスタイルで、武士階級に対する腕力の反抗が不可能だから、漱石は機智と滑稽味を加えながら、智的屈辱をこれに与えて自ら慰めると断じている。

だから大学教授の職につくことを嫌ったり、博士号を馬鹿にしたりするのは、漱石ほど大きな力をもった人間にはことさら必要でもない反抗であるのに、何らの力のない人のするのと同じ反抗方法をとる。そしてこれが純江戸趣味を受継いだ人間の通例であるというのが、おおよその如是閑の意見である。

如是閑は深川木場の材木商を営む商家の生まれであり、江戸の名主の生まれであるとはいえ、やはり町人階層に属する生活圏を出身とする漱石の人間体臭を瞬時にして察知したのかも知れない。

中野重治も「小説の書けぬ小説家」の主人公のセリフを借りて、漱石は一方では肚の底からの素町人であったというするどい一べつを投げかけているが、また「漱石について」というある講演のなかでも、漱石の文学は山手でない東京の町の人の言葉、しかも縁台でバタバタうちわをあおっているような、一等下の町人《マチビト》として生きている生活圏の言葉を文学の言葉としたところにひとつの特長がある、ということも指摘している。

漱石が立小便をしたからといって、それがことさらに意味があるというほどには受けとっていないにしても、如是閑や中野重治がそれぞれに指摘している、町人気質というか、庶民気質というか、そういう漱石の人柄の上に重ねて、このエピソードを眺めてみることはそれなりに面白い。

昭和三年版の漱石全集月報に梅垣きぬという女性が「漱石先生」という談話記を寄せている。この梅垣きぬという女性は、磯田多佳とともに京都の祇園で文学芸者として知られた老妓金之助である。

漱石は大正四年に「硝子戸の中」を書き上げたあと、三月に京都に遊んだ。その時、津田青楓らの案内で「一力」の大石忌に行き、多佳や金之助に会ったのである。

この金之助は、西陣でちゃんと商売をしていた父親が極道の果てに祇園のたいこもちにまで身を落とした時に一人娘として生まれ、十六の時に芸妓に出され、男に裏切られ、捨てられたりした不幸な境遇の持主だが、漱石が「ほととぎす」に「吾輩は猫である」を発表した時以来からの、その作品の心酔者となった。漱石の作品を好きになった契機が、小説のなかに惚れたはれたということがひとつもなかったからという説明が面白い。（そういえば、私も漱石文学に親しむ契機となったのは、その作品のなかに、ほとんど涙とか、泣く情景がなかったという単純な事実に負っている）

金之助は漱石の書いたもののなかに、「人にたよられても、自分は人をあてにするな」という教訓哲学を見つけだし、それが心底に沁みついて以来、神様、仏さんは拝まなくても漱石だけは夏目神社だと思うほどに、漱石を崇拝すること非常なものがあったのである。その漱石にどうにかして一度だけでも会いたいという思いが、大石忌で会いその願いがやっと十年目にして叶えられただけに、金之助の湧きあがる感動は想像に絶する以上のものがあった。

金之助の談話記によると、矢もたてもたまらず漱石の宿泊先である「大嘉」へ野村君《きみ》と押しかけ、せめて声だけでもよいからと都合をきいてもらい、「上ってもだんない」という返事をもらうと、津田青楓と磯田多佳が同席していた二階の漱石の座敷におそるおそる通った。金之助によると、親しく近くに招じいれてくれた漱石は、日本語の上手な西洋人のおじいさんという印象だったという。金之助は、あんなにうれしかったことはなかったと述懐しているが、その時の話が「どだい下品な汚ないことばっかり」で、何かの話のつづきで漱石は「おいどの穴が乾いたら、ほろほろ粉が落ちる」といい、金之助もそうではないかと問いかけたという。

金之助は「へえ、まあ、そうどっせなァ」と応えた。

月報のこの梅垣きぬの談話記は集中でも白眉で、地元生まれだから当然といえば当然だが流暢で情密度の高くつややかな京ことばの自在な駆使のもとに、嘱目の情景として、漱石のなかなかに知られざる側面を見事にとらえている。

金之助はこの邂逅以来、漱石の滞京中に連日のように漱石のもとに御座敷のひまをぬすんでは通いつめて、いろいろ世話もやいているが、この間に漱石の胃病の急変にも出会い切実に気をもんでいる。

金之助のこの間の消息のことについては、漱石の日記断片にもつたえられているが、大正四年三月二五日の日記には、「金之助の便秘の話し。卯の年の話し。先生は七赤の卯だという」などの記載がある。

七赤の卯については金之助は「先生はあれで七赤どっしゃろ。一白、二黒いうて、あたし教へてお上げした事がありますの。そしたらそれも、ちゃんと本にお書きやしたやろ。なんせあたしは、好きで好きでたまりまへんよって、先生がうんこにでもお行きやしたら、ついて行っておいど拭いて上げたいと思ふぐらいどすのやわ」と言っている。

漱石は三月十九日に京都に来て、四月十六日に鏡子夫人とともに東京に帰ったが、帰京以後、梅垣きぬに三通（うち二通は野村君と連名）磯田多佳にも三通の書信を送っている。梅垣きぬに宛てた書信のなかには、滞京中に三味線を弾いてくれたり歌を唄ってくれたり、打ち明け話に感心してきいたりしたお礼の意をこめた手紙、それに依頼された画帖を小包で送った由をつたえる手紙などがある。

漱石は自身の表現によると「大変時間がかかりました。出来栄丈では労力の程度はわかりません。いくらまづくても非常に手数のかかったものと思って下さい」と打ち明けているほどの手間ひまをついやした画帖を三冊一諸に送っている。

この画帖については梅垣きぬも大事にしたらしく、値をつけられたら一万円でも手離せん、一生も二生も大事に、大事にせんなりまへんわ、と述懐している。馴染客に即金で千円で是非売ってくれといわれたこともあったのである。

磯田多佳に宛てた手紙のうち、大正四年五月十六日付の長文の書信は、周知のごとく文学史的にも有名であるが、小宮豊隆は、そんな約束をした覚えがないと空とぼけている多佳を強く指弾しながらも、「私にはあなたの性質の底の方に善良な好いものが潜んでいるとしか考えられないのです」という漱石の言葉について、相手に対する高い愛がなかったら、漱石は必ずこんなことは言わなかったに違いないと断じている。漱石は手紙のなかで、あの事以来（多佳が漱石を北野天神へ連れて行くといって、その日に断りなしに馴染客と宇治へ遊びに行ってしまったこと）私はあなたもやっぱり黒人《原文ママ》だという感じが胸のうちに出て来ました、と指摘しながら、自分が多佳が空とぼけているということが事実でないと悪人となり、もし、それが事実であるとすると、反対に多佳の方が悪人に変化すること、そしてそこが際どいところで、そこを互に打ち明けて悪人の方が非を悔いて善人の方に心をいれかえてあやまるのが人格の感化であり、自分の親愛する人に対してこの重大な点において交渉のないのを大変残念に思うとともに、これは黒人である大友の女将の多佳にいうのではなく、普通の素人としての多佳に素人の友人である自分がいうことである、と切々とさとしている。

約束した方も、約束された方も、それが反古になったからといって、それをいちいち気にも止めず、あてにもせず、忘れてしまっても、これが粋の筋というのが花柳界のおおよその常識だろうが、漱石はたとえそういう世界に身を置き、稼業している、いわば玄人筋の人々に対しても、その是非を徹底的に問いつめ、倫理上の人格といった問題を執拗にたださなければ気が抜けなかったのである。

というよりも、多佳や金之助に対する以上のような接応の仕方からみると、むしろこうした遊行の巷に生きる、いわば社会の底辺域に属する庶民階層の人々に対してこそ、漱石の真摯で深い愛情がひたむきに向けられているようにも感じられる。

だからこんな手紙をもらった多佳も、意表をつかれまごつきながらも、やはり漱石に信頼の感を寄せるだろうし、金之助にも人生の神様と頼むほどに崇拝の念を起こさせるのだろう。

漱石に「道楽と職業」という講演録がある。修善寺大患の翌年である明治四十四年八月に明石で講演したものの記録である。

ちなみにこの明石の講演の模様については、内田百間が「明石の漱石先生」という文章でくわしく書いている。

百間は暑中休暇でたまたま郷里の岡山に帰省しており、漱石が「聴いてもらいたくもないから、わざわざ出かけてくるにおよばない」とことわりの返書をやっているにかかわらず、のこのこと押しかけて行ったのである。

百間の報告記によると、この時の講演は西日のかんかん照りつける猛烈な暑さのなかで行なわれたにかかわらず、鳴りやまぬ聴衆の拍手のうちに大成功に終わったということだが、この講演のなかで漱石は、芸妓《げいしゃ》のことに話題としてふれている。

漱石の述べるところによると、芸妓というものは指環を買うにしても千円とか五百円とか高価なものの中からよりどりして買いもとめる余裕がある。自分（漱石）はここにニッケルの時計しかもっていないが、高尚な意味からいったら芸妓よりも自分の方が人の為にする事が多くはないかという疑もあるとしても、どうも芸妓ほど人の気に入っていないこともたしからしい。つまり芸妓は有徳な人だからああいう贅沢ができる、というのである。もちろん、ここで漱石が述べていることには、漱石一流の諧謔と諷刺的意味が効かされており、額面そのままに受けとるわけにはいかないだろうが、漱石の考え方の基本的側面がいい表わされていることも事実だと思う。

漱石はこの講演のなかで、職業の性質というものを、人の為にしてやったその報酬として、つまり自分の金になってかえってくると規定している。

そして、ここでいわれている「人の為にする」という意味を間違ってはいけないと注意を促している。

これは人を教育するとか導くとか、精神的、道義的に働きかけて、その人の為になるということではない。

「人の為に」というのは、人の言うがままにとか、欲するがままにという、いわゆる卑俗の意味で使っているのであり、だから世の中には徳義的に観察すると怪《け》しからないと思うような職業があり、そういう職業を渡世にしている人間は自分たちより余程いい生活をしている。しかし、一面からいえば道徳問題としてみれば怪しからないし、不埒であっても、事実からいえばもっとも人の為になることをしているから、もっとも贅沢をきわめているともいえる。これは道徳問題でなく、事実問題であるということから、前述の芸妓の話題にふれているのである。ここで漱石は道徳問題は事実の一部分に過ぎないということも指摘している。

漱石はもちろん芸妓の方が作家としての自分より、世につくすことに功があり、えらいと主張しているわけではなかろう。あくまでも留保条件つきである。その留保条件とは、つづまるところ、「職業」というものは自分を曲げて人に従わなくては商売にならないこと、人のためにする結果が自分のためになるのだから「他人本位」であるということが根本義にならざるを得ないということである。

ただ、漱石は自分の職業、すなわち文学者としての芸術業、作家業はどうしても「他人本位」ではなく「自己本位」でなければ成り立たないという精緻な由縁を漱石は一方では対置して、この講演のなかで展開しているわけだが、いずれにしても、こうした「職業」観を根底にすえて認識している漱石の考え方からすれば、たとえ相手が芸妓という「徳義的に観察すると怪しからないと思うような」職業に就業している人間に対しても、自から彼女たちに対する世間の一般的な見方とはまたちがった対処、対応の仕方があったととらえられる。

漱石・雑記——「明暗」についての覚え書的雑感

この前、若いときに読んだきりなので「虞美人草」と「彼岸過迄」を、何十年ぶりかで読み直してみた。

ここにも甲野さんとか松本とか「高等遊民」が登場する。

「虞美人草」はたしかに正宗白鳥がいうように「私にはちっとも面白くなかった。読んでいるうちは退屈の連続を感じた」という評言がそのまま当たっているように思った。この小説は漱石が新聞小説作家として初めてのスタート台に立った時に作ったということもあるのだろうが、妙に肩に力が入り過ぎていて、才智豊かで絢爛とした文章が全面に張り巡らされている割には、内容的には空疎で、登場人物の応待や動きも空廻りしているように思った。

何より、新派の芝居仕立てのような大袈裟でことさら悲劇じみた全体のつくりがよくない。登場人物も殆んどのそれが何か不愉快な側面をもっている。

この作品で大きな顔をして出しゃばっている「正義」とやらの正体も、何となく青二才的で不愉快感を感じさせるのである。

一種の高等遊民として出てくる哲学者の甲野さんも、事あるごとに「この家も財産も藤尾親子にやる」という切り札をちらつかせるのが嫌味である。現代と余程世情が変っているのかもしれないが、処世の手だても講じようともせず、物欲にまみれるのを潔ぎよしとしないにしても、宗近の家に転がり込んでどういう生活をしようとしているのかさっぱりわからない。ヒロイン藤尾に引かれ、恩師の娘小夜子を捨て去ろうとする小野という博士志望の人物にも好感をもてない。彼は最後に宗近の説得によって改心するが、人間がこんなに簡単に改心するということにも説得力が乏しいし、婚約問題についてだけ改心したとしても、この男の素性、性格の全体像というものは絶対に変化しないもので、改心すること自体に便宜的なものを感じさせ、さらに嫌味な人間にみえてくる。この小説は、内容的に何となく勧善懲悪的な思想が張りめぐらされているが、そうした場合、悪者側の人間として登場する藤尾親子の境遇や応待のされ方にむしろ同情する。甲野さんや宗近親子に「正義」「正義」でがんじがらめに包囲攻撃され、これも大時代的とはいえ、藤尾の悲劇的な結末を迎えた瞬間、彼らがお題目のように唱えている「道義」「正義」が「不道義」「不正義」に大変化するように感じられる。しかし、甲野さん、宗近君などは何ら悪びれることなく、恬淡としている。そういう無神経さがこの作品に感じられ、これ以後の漱石には考えられないような作者としての失態があるように思える。

これに対し、「虞美人草」にくらべ、「彼岸過迄」は余程に面白い。

この作品はすでに「三四郎」や「それから」「門」など、代表三部作を発表した後の明治四五年、漱石四十六歳の時に書かれたものだが、話の前半分は学校出たての書生である田川敬太郎を中心とした探偵小説じみた仕立てになっており、意表をつかれる思いをするものの、後半部の

「雨の降る日」「須永の話」にさしかかってくると、にわかに人生の真実味を帯びた、しみじみとさせられるお話になってくる。須永市蔵と千代子との男女間の複雑で微妙な愛情の心理的葛藤を主題にした「須永の話」の物語の運びも巧妙精緻で、作品世界の核心部に知らないうちにひきこまれてしまうが、このなかで須永が常日頃から唯一敬愛している叔父の松本を次のように評するくだりがある。

「僕は松本の叔父を尊敬している。けれども露骨な事を云へば、あの叔父の様なのは偉く見える人、高く見せる人と評すればそれで足りていると思ふ。僕は僕の敬愛する叔父に対しては偽物贋物の名を加える非礼と僻見とを憚りたい。が、事実上彼は世俗に拘泥しない顔をして、腹の中で拘泥してゐるのである。小事に齷齪しない手を拱ぬいて、頭の奥で齷齪しているのである。」

この須永の叔父に対する容赦のない観察眼は、それまでの「三四郎」の広田先生や「それから」の代助などに代表されるある種の高等遊民生活者に対してどちらかといえば同情的、肯定的に描いてきた漱石に批評的な視点が見られ始めていることに注目される。そして、こういう須永の松本に対する批評的な見方が正当であることを頷かせる具体的な情景が描かれている。それは「松本の話」のなかに出てくる情景で、須永が女性雑誌の口絵に出ている美人写真を眺めているのを見て、松本が何処の何者の令嬢かと須永に訊ねるのに対して、不思議にも彼は写真の下に書いてある女の名前をまだ読まずにいたというのである。すると松本はそれは迂闊で、それほど気に入った顔なら名前から先に頭にいれるべきであり、時と場合によっては細君として申し受けることも不可能ではないという。しかし、須永は何の必要があって姓名や住所を記憶するかというような眼使いをして松本の注意を怪しむのである。ここには松本のすぐに俗事に傾斜する性向と、そういう俗事を超えたところにいる須永の位置との根本的な違いが明らかにされている。

もう一ヶ所、注意をひかれた情景がある。これも、「松本の話」の中でのことで、須永の出生の秘密に連鎖する松本との対話で、須永が突然、自分はなぜこう人に嫌われるんだろうと述懐をする。その時、松本は非常に驚き、なぜそんな愚痴をいうのかとたしなめると須永は、「愚痴じゃありません。事実だからいうのです」と応える。

この須永の答えに対して、松本は再び驚かされ、彼の誤解を打破しにかかるが、須永は淋しく笑うだけであり、松本はその須永の淋しい笑いの裏に奥深い軽侮の色を透し視ることになる。

この場面で作者がかすかに読者に告げようとしていることは、須永市蔵と松本謙三の間に「誤解」があり、「軽侮」の関係があるということである。そしてそれは須永がいう「事実だからいうのです」という須永のセリフの使い方、松本の受けとり方の相違によって生じてきている問題だともいえるように思える。そして私が漱石の諸作品を読んで、最近特に最も強い関心をひきつけられるのは、実は漱石が作品用語として用いているこの「事実」という言葉の意味についてなのである。

この漱石が用いている「事実」という言葉は、たとえば「こころ」の先生、「明暗」の小林、津田に対する清子の言葉として、そしてその小説の核心的な場面や情景のなかで使われている。私は漱石のこれらの作品に接しているうちに、この「事実」という漱石が用いている言葉は、どうも我々が一般的にとらえ、解釈している「事実」という言葉が示す想定概念とは根本的に違うのではないかということをうすうす感じはじめているのである。


「明暗」という作品をあらためて読んでみて、その作品の暗くて、神経の張りつめた逃げ道のないような異様な世界が展開されているのに、いまさらながら驚かされる。これが漱石の書いた作品であるとは思えないようなところがある。

初期の「草枕」や「虞美人草」が漱石的な作品であるとするならば、それらから最も遠い位置にあり、これが漱石的な作品であるとするなら「草枕」や「虞美人草」は最も遠い位置にあるといえるだろう。

重くよどんで沈殿した空気はほとんど流れず、平板な日常生活を生きる男女や家庭の姿が芝居の書き割りのように配置され構成されている。この作品で登場する主要人物の一人である津田は知識人という体裁を取っているが、煮えきらない、状況便乗型の、これといって取り得のない魅力のない男であるが、津田に限らず、お秀や吉川夫人、堀や藤井、岡本など他の多くの登場人物も世間並みのこれといって特色のない平凡な人々である。もう一人の主要人物である津田の妻のお延は、若妻らしいういういしさのなかに、気丈でいて、反面気弱な女性の有様を生き生きとした姿態と行動をとりこんで、さすがによく描き切られているが、彼女とてとりわけて特色のある人物像ではない。終章にはいってやっと登場する津田のかっての恋人である清子だけが、やや謎めいた、一種清涼感を感じさせる女性として描き出されているが、彼女は作中でその全貌を現わさないうちにこの小説は未完で終わってしまっているため、その登場人物的性格や運命ははっきりとはわからない。

この作品のなかでもっとも異色の登場人物は津田の友人である小林ということになろう。正宗白鳥はこの男を皮肉ないやがらせをいう変な男、卑俗であるが、自棄的闘志を持っている人物として紹介しているが、また漱石としては柄にない人物を創造した訳で、取り扱い方も上手ではないと指摘している。

たしかにこの人物は漱石にしては柄にない人物で、これはおそらくドストエフスキーの影響によるものと推測されるが、白鳥の指摘する通り取り扱い方もうまくない。

この小林という人物は全体に動きのない作品世界で、小説の運び、構成方法上からも狂言回し的な役割を与えられているための必要な性格をもっていると考えられる。

しかし、その必要性のためか、ことさら卑俗陋劣化され、矮小化されて描き出されているため、作品世界の全体的な空間と調和していないきらいがある。また漱石の描き方もあいまいなところがある。たとえば三十四回目の章の津田と小林が安酒場にはいる情景があるが、「服装から見た彼らの相客中に、社会的地位のありそうなものは一人もなかった。湯帰りと見えて、縞の半纏の肩へぬれ手ぬぐいを掛けたのだの、木綿物に角帯を締めて、わざとらしく平打ちの羽織のひものまん中へまがい物の翡翠を通したのはむしろ上等の部であった。ずっとひどいのは、まるで紙くず買いとしか見えなかった。腹掛股引も一人交じっていた」という文章などみてみると、これは作者である漱石の眼を通したものか、それとも登場人物の小林の眼を通してとらえられたものか判然としないのである。またこういう問題もある。小林が津田に対して「君は僕がきたない服装をすると、汚いといって軽蔑するだろう。またたまにきれいな着物を着ると、今度はきれいだといって軽蔑するだろう。じゃ僕はどうすればいいんだ。どうすれば君から尊敬されるんだ。後生だから教えてくれ。僕はこれでも君から尊敬されたいんだ」というセリフを投げつけるが、そうした切り口上の一直線のセリフを吐かせる漱石の小林という人格に対する取り扱い方には親味に欠けたある種のぞんざいな感じをいだかせる。小林という人物に、こういう戯画的でなく、もう少し重厚で知性的な性格を彫琢していれば、作品全体の世界との関係のなかで、その存在感に切実で重みのある位置が与えられることになったであろうと考えられる。

この小林が津田との送別の席での別れの際に津田にこういうセリフを投げつける場面がある。「よろしい。どっちが勝つかまあ見ていろ。小林に啓発されるよりも、事実そのものに戒飭されるほうが、はるかに覿面で切実でいいだろう」

このセリフは、お延が津田に百四十五章で素直にうったえかける「ほんとうよ。なんだか知らないけれども、あたし近ごろ始終そう思っているの、いつか一度このお肚の中に持ってる勇気を外へださなくっちゃならない日がくるに違いないって」というセリフとともに、この作品の結末を予兆する重要なキイワードになっていると思われるが、この小林によって発せられる「事実」とは一体どのような意味があるのだろうか。

この作品には「事実」という言葉が随処に見出だされることも特長的だが、この小林の発する「事実」という言葉のほかに、もう一ヶ所強い関心を持って受けとめられる「事実」という言葉が使われている情景がある。

それは百八十六章で津田由夫が関清子と湯河原の温泉場で対面した時、清子が津田に発する次のようなセリフである。

「だってそりゃ仕方が無いわ。疑ぐったのは事実ですもの。その事実を白状したのも事実ですもの。いくらあやまったってどうしたって事実を取り消すわけには行かないんですもの」

これは雑記ということで話はあちらこちらにとぶ。大岡昇平氏は「『こころ』の構造」という文章のなかで、――先生は「私」にいろいろなことを教えてくれるわけですね。(人間はいざというまぎわ――筆者)突然変わるからこわいんだ、非常に善人だと見えている人が突然変ることがあって、親兄弟でも信用できない」と説明している。私は敬愛している作家としての大岡昇平氏に、ましてやこんな短い文章でことさらとりあげていちゃもんをつけたり、たてつく気持ちは毛頭ないのだが、素直な感想としてこの文章を目にした時、その文脈の意味が現わすニュアンスについて、多少の戸惑いと異和感をもったことは事実である。漱石のこの辺の事情を叙述した原文にあたると、先生のその言っている意味は「人間は平生はみんな善人だが、だれでもいざというまぎわに悪人になる」という具合にあらわされている。大岡氏は非常に善人だと見えている人が突然変ることがある、と説明しており、これに当てはまらない例外的人間があるとも解釈できる余地がある。

それはたとえばの話、バルザックの小説『従兄ポンス』に登場する、情厚くお人好しの門番女のシボのおかみさんが、突然知ることになったポンスの財産に目がくらみ、欲念と悪行の持主に化身するというケースが想起される。しかしこの物語の状況の成り立ちや進行から観察すると、シボのおかみさんのようなお人好しの善人でも、財産に目がくらむと、いかにたやすく悪行の人間に変ってしまうかという、シボのおかみさんという特徴的な人格にかかわる病理学的な点検、解剖による報告書のような形をとっており極度に例外的な人物としての小説作法上の装飾的手つづきが施されている意味合いが強い。大岡氏の語法による取扱い方に近似しているような気がするのがこの点である。これに対して「こころ」の原文での文脈は「私」の先生に対しての、「人間はだれでもいざというまぎわに悪人になるんだという意味ですね。あれはどういう意味ですか」という問いかけに、先生はこう答えている。

「意味といっても深い意味はありません。——つまり事実なんですよ。理屈じゃないんだ」

ここで漱石は「だれでも人間は悪人になる」ということをいいつたえようとしている。そして「私」のそれはどういう意味かという問いに対して「意味とか理屈ではなく、それは事実だ」と先生に応えさせている。

「明暗」での津田と清子との対面の場面でも、津田は清子の「事実だから仕方がない」という応えに対して、こういう「理由」があるから、そういう疑い（偶然に清子を津田が待ち伏せする形になった場面の津田の釈明に対して）を起こしたのだとなお釈明を求めて強く詰問する。

これまでみてきたように、漱石の小説作品のなかには、この「事実」という語彙の出てくる頻度が実に多い。美学者中井正一は近松の戯曲における「気」という字についての頻度の綿密な統計をとっているが、もしこの例にならって数えてみたとしたら、特に中期から後半期にかけての作品の中に頻出していることが確認できよう。

私は漱石がいかにも固執して使っているかのようなこの「事実」という意味について、さまざまに考えを巡らしてみたが、確たる明解な結論はなかなかに導き出せなかった。それがために、次に記すことは、自分なりに導きだそうとしてた、いささかに不明瞭な輪郭にとどまった、ある種の結論づけである。

まず、このことを考えるに、糸口となるヒントを与えてくれたのは、中島盛夫氏が『ベルグソンと現代』という著書のなかで指摘している次のような文章である。

「動機や理由の効力を定めるのは、実は行為主体であり、意志を支配する客観的な力ではない。」

私は哲学的思考にはまったく習熟しておらず、だから以上のような文章の内容を精密に説明することはできないのだが、ただこの文章が耳にふれた時、これまでたどってきた自分なりの思考の回路に電気ショックのスイッチが入ったような瞬間を味わったことを記憶している。

たとえば我々人間が存在し生きている総体的世界があるとすれば、我々の営んでいる現実的な世界はその総体的世界の部分的な内円を形成しているに過ぎないのではないかということである。我々人間が営んでいる現実世界の価値効用的な意図をもつ倫理や道徳、法則秩序などは、いわば我々が生きていくためのつじつま合わせの了解事項として形成されており、基本的には、制度的な因子や要素によって形成されており、この世界を我々は人間が生き、存在している総体的現実世界と称している。しかし、ある意味ではこれは仮象的世界とでも名づけるべきものであり、本来、不可知であり、限りなく可能性のある人間の生存本能の力ある存在的世界とは相応していない。人間の生のドラマは実はこの仮象的世界（総体的現実世界）の区画からハミだし、逸脱して総体的世界に足を踏み入れた時に生起している。その世界では我々が身につけている現実世界の倫理や道徳的思想、法的秩序意識などは何の役にもたたず、むしろ足かせとなり、犯罪的な陰影すら帯びる作用をする。

たとえば、ある高名な小説家がある女性と河に身を投げ情死したとする。しかし、この仮象的ともいえる現実世界に縄縛されて生きている我々には、この小説家の思い切った行為について何ら注釈や批評を加える手だては実のところない。もし残された夫人がいるとするとしても、その夫人に対して同情や憐憫、救済的感情をもつという資格も権利もないし、夫人も何ら道徳的、倫理的負荷をもつ必要もさらさらない。なぜならその小説家の行動は、それが瞬間的な時間に起動されたものであるとしても、彼はこのさまざまな偽制的な掟が支配する現実世界から全身を跳躍させたか、あるいは逸脱したのであり、このような行為に対して我々は判断の基準を持つ資格は喪失している世界の住人であり、そこに我々が唯一認めることができることは、その小説家が女性と共に河に身投げしたという、その行為に表徴されている「事実」だけなのである。だからその小説家の自死を決意するにいたるまでの経過的な理由や動機をかりに詮索しても無効であると私には思える。

漱石の多くの作品のなかで頻出している「事実」という語彙を支えている意味的な根拠はこの辺あたりからでてきているように思う。

人間の根本的な存在様態と相対的に対置された、いわばエーテルのような、我々の生きている現実的世界をつつんで幾廻りも大きく、外延的に限りなく膨張的な次元的広がりとして形成されている総体的世界では、現実的世界で生きている我々の言葉は無効であり、死語となりその意味を表示できない。

勝本清一郎は『座談会「明治文学史」』で漱石について大略、「憲法だ道徳だと社会の仕組みを立派そうにみせかけてはいるが、蔭ではもっと恐ろしい力で社会が支えられている。作品の表面の下にいつも、もう一つの暗い実感があり、その力、実感を漱石は見つめている」と発言しているが、「門」の宗助、「彼岸過ぎまで」の須永、「こころ」の先生、「明暗」の清子などに代表される登場人物たちは、ここで言われている漱石の暗い実感が必然的に生みだした残像のように思う。

勝本がここで言っている「もっと恐ろしい力」「暗い実感」に似たような概念を私は「総体的世界」と仮に呼称しているだけであり、この世界に足を踏み入れ、囚われ人になった人間は、現実的社会や生活で交わされている言葉の空洞、偽制を否応なく知らしめられているだけに、対応する言葉の所在を知ることができない。（註・この問題についてはホフマンスタールの「チャンドス卿の手紙」が示唆的）

だから「こころ」の先生や「明暗」の清子は、「それは理屈や理由ではない。それは事実だから」と応える。

「こころ」の先生は、すでにこの世（現実世界）から離れ、たえず死の意識にとらえられ、さらされている人間であるし、「明暗」の清子は、最終章で具体的に読者の前に姿を現わすだけで、その登場人物としての物語の展開のなかでどういう役割を果たすか、その人間的性格も不分明であるが、やはり前記の座談会で勝本が紹介している「ドストエフスキーの小説におけるソニヤの真の精神的姉妹」という説にあえて反論する根拠もなく、大筋では認められそうなキャラクターの持主ではないかと思う。かつて大江健三郎氏が漱石展で「明暗」の記念講演を行った際の新聞記事紹介（一九八七年六月一日付け）を目にしたことがあるが、その記事中に津田が昔の恋人の清子と結ばれてお延は自殺するとのこの小説の結末を推理した中村草田男氏（大江氏はこの説に不賛同）の説が紹介されていて、私はこの解釈の奇想さに強いとまどいを抱いた経験がある。「明暗」はその作者の死によって未完に終わった小説である。それゆえにその小説を読む者によって、そこからどのような結末を予想しようが、導きだそうがそれは自由である。ただ、漱石のその当時の周辺の事情から察するに、もういい加減にこの小説を終わりたいという意識があったように受けとれないこともない。小宮豊隆氏の実証的な説明や、漱石の「明暗」執筆当時の人にやった書簡の内容などからも、このことはある程度察することができる。そうしたことを観点とすると、中村説を採用することは、物語の進展上まだかなり長期の作品の内容的時間を要することが考えられ、少し不自然のようにも考えられる。

もちろん、漱石自身が連載一八八回を書き継いでいた時元でその結末をはっきり想定していたのか、どうかも当然判らないわけだから、中村説を全的に否定することは無理であるということはいえる。

しかし、中村説で私がもっと意表を衝かれたのは、津田が昔の恋人の清子と結ばれるという推理である。

津田と清子とは、すでにあまりにも疎隔された異次元の居住者であり、どうしてもそれが現実味のある説とは受けとれなかったからである。


ぎこちないが、素朴で単純で直観的な感想を言えば、清子という登場人物像は、これ以上ドラマをつむぎ出し、織り出せないキャラクターとして陰影づけられているように思う。臼井吉見は『現代日本文学史』で「明暗」に触れて「清子のごときも、いままで漱石の小説には登場しなかった女性である」と記述しているが、このことは漱石文学作品中に現出したまったく新しい女性像であることを示唆しているとともに、ある意味では漱石が創出するにいたった「最後の女性像」であることを示しているようにも思う。

清子がこの小説の登場人物として生身の姿を我々の前に現わすのは、この未完の小説の最後の数章だけである。しかも湯河原の湯治場での津田との対面場面によってしか、清子という女性の具体的な輪郭像が浮きあがってきているにすぎない。だからこの作品の全編を通じてかなり念入りに彫琢されている他の女性の登場人物である津田の妻お延、津田の妹のお秀、吉川夫人ほどには生き生きとした女性像として我々の眼の前にはあらわれ出ていない。

だから一概に清子が果たしてどういう性格を持ち、どういう考え方やどういう行動様式を持っている女性なのかは、お延やお秀ほど鮮明でないだけにただちに断定的な評価をくだすことはもとよりできない。

だから、津田と清子との会話を通じて、私が少し不審に思うのは、この場面での清子が、津田がわずか一年ほど前に別れたという清子とはどうも同一人物とはとらえにくいということである。

たとえば津田は、清子と向き合っての対話中に彼女の眼に射す光を見て、二人の間に何度も繰り返された過去の光景を呼び起こす。

——その時分の清子は津田と名のつく一人の男を信じ、すべての知識を彼から仰ぎ、自分にわからない未来を挙げて彼の上になげかけてるようにみえた——。

しかしその清子は突如として身を翻えす燕のように彼の前から去って関という男と結婚したのである。

未来を挙げて彼の上に投げかけるようにみえたのだから、あるいは清子という女性に対する全的な錯覚であったかもしれない。しかし、それにしても偽善的で凡俗としか評しようがない津田と清子とのかっての取り合わせは、今、津田の眼の前に現前する清子という女性像とはなかなか切り結ばないのである。

湯河原の場での津田と清子との会話を通じて、それがある程度抽象的な段階にとどまっているとはいえ、我々が了解することのできる清子は、人生の日常性の根底にひそむ虚栄、嫉妬、愛憎などの情念と打算に支配され生きているお延や秀子とは明らかに異なる次元で生きている女性像であり、延子たちとほとんど同平面上で生きている津田とも対称的な位置にすら居ないのである。

桶谷秀昭氏は『夏目漱石論』の「明暗」を論じた文章のなかで、津田と清子とのこの湯河原温泉での最初の偶然的な邂逅の場面について「階上の板の間迄来て其所でぴたりと留まった時の彼女は津田にとって一種の絵であった」という漱石の章節を引いて、「津田がみたのは実在の人間ではない。生ま身の清子ではない。〈一種の絵〉をみたのである」と指摘している。また「津田の心理的嗅覚が追求の網をいかに広げようと、つねに網の外にいるところに彼女の存在理由がある」とも述べている。唐木順三氏も「明暗」に触れた文章で「何故、何故と問ふ津田と、事実だから仕方がないと答える清子とは、形式論理と実質の持つ自然の論理とを代表しているといってよい」と指摘している。

漱石の小説は、特にその後期の作品において、時制的に「過去」に、「過去の因果、因子関係」ということをモチーフ的な基底にして構造的に成立している作品が多い。これは漱石の作品のなかで「事実」あるいは「事実は事実としてあり、それは仕方がない」という言葉や文意が例外なく多用されていることとは無縁ではあるまい。漱石がこのような形で過去に固執するのは、「事実は事実として」必らず歴史的な経過時間のなかに残存するからであり、時制としての現在、未来を規制しているからであり、俗な言葉を使えばいわば一種の「運命」「宿命」観を受け入れていたからだと思えて仕方がない。

我々が普通「事実」としてとらえているのは、おそらくはそれは「仮象的事実」とも呼ぶべき性質のもので、我々の日常世界をとりまく倫理や法、物質的要件を仮象的事実としてのフィクションをつくり、この世界の作為的な共通の了解事項に意味付けし妥協、擬似的に解決し生きていることを指しているのであろう。そういう意味では、清子という女性は原質的な裸形の時間のなかを生きており、人間が生きている根源・本質的な時間、空間のなかに位置づけられている「事実」という言葉の意味を全身で体得している女性のように考えられる。

しかし、清子という女性を主人公とすればおそらく小説という文学形式は成立しないであろう。結果として漱石最晩年の最後の作品であったから、清子という登場人物の形象の存在が許されたのである。もし漱石が「明暗」完結以後も存命していたとすれば、小説の以後の制作について一大転換を余儀なくされたであろうと思わせられる。そういえば唐木順三氏も「若し漱石が長らへて『明暗』を完成したら、彼はその上なほ小説を書いたであろうか。予想からいえば否である。」と断じている。

漱石が大正五年八月に千葉の避暑地にいた久米正雄、芥川竜之介に宛てた返信に、「あいかわらず「明暗」を午前中に書いている。心持は苦痛、快楽、器械的この三つをかねているが、それでも毎回百回近くもあんなことを書いていると大いに俗了された心持となり、午後の日課として漢詩を作っている」という内容をつたえているが、こうした文意からも漱石が「明暗」執筆にかなり努力を要し、難渋をしていた気配が察せられないこともない。同年十一月十六日、漱石が死を迎えるまで一箇月も残さない時日の頃、在ニューヨークの成瀬正一に宛てたはがきには「明暗」は長くなる許で困ります。来年迄続くでしょうとしたためているが、こうした内容からも漱石がこの作品をできるだけ早く打ち止めにしたいという気持ちの有様、これから先もそれほど長くは続かないだろう、というようなことを感じさせられる。

漱石の書簡は、大正五年十一月十九日の金沢の大谷正信宛の、山鳥を送ってもらったことへの礼状で終わっているが、この「山鳥」(鶫の粕漬け)を漱石が骨ごと喰べたということが胃潰瘍の再発の一つの誘因となり、最後の床につくことになった、という説もある。

しかし、それはそれとしても、この「明暗」に根気をつめて全力で打ち込んだことが漱石の生命力を消耗させることになったと理解するのが本当のところであろう。

最後にちょっと付記しておきたいことがある。それは小西甚一氏の『日本文学史』を読んでいた時に目にふれた指摘についてである。それによると、近松(門左衛門)は、浄瑠璃は悲劇性が大切だが、それは文句とか曲節に求められるべきでなく義理を中心にしなくてはならぬといっているということである。そしてその「義理」とは、社会的倫理を意味するように理解されやすいが、小西氏の考えではそれは戯曲の「しくみ」「すじみち」といったような表現的術語であるようにとらえられ、つまりそのことはdramatic situationにおいてこそ悲劇性を追究すべきで、詞章の憐れっぽさなどに頼るのは邪道だというのである。そして小西氏は「まことに戯曲の本質的在り方を衝いた至言だ」とのべている。

また次のような文章も出てくる。

「次に有名な虚実の論がある。虚とは仮構、実とは写実のことであるが、近松によると芸のおもしろさは、虚と実との皮膜の間にあるのだとされる。これはたいへん譬喩的な論だが、中心はいずれかといえば実のほうに在るようで、実を実らしく表現するために虚が必要とされるのである。」

漱石にもこの虚実の問題に関して、有名な田山花袋との論争があるが、ここに述べられている近松の考え方（穂積以貫が近松の談話を筆録した「浄瑠璃文句評註　難波土産」より）は、漱石も強く感応し、追究していた問題と関係しているように思われ、漱石の作品構造、虚構とリアリティ（リアリズムではない）の問題などの面から漱石の文学に迫っていかなければならないように思える。漱石は英国留学中に、英文学作品を徹底的に研究した形跡があるが、その過程で近松的な作品構造に通じるような文学作品に対する考え方を身につけていったのかも知れない。そしてそれとともに、漱石自身の人間的な存在者としての全輪郭が、彼の生み出す作品の構造性のなかに必然的に悲劇的実感を封印すべき宿命的な因果関係をもっていたのかも知れないという思いにしきりにとらえられる。

「それから」評価の一視角

——ドン・キホーテの不幸は彼の空想ではない。サンチョ・パンサである。

一

夏目漱石の「それから」については、かねてから僕はこの作品の評価を支えている基底の分野にふみこんでいき、自分なりに得心できる筋道でこの作品のもつ創造的な意味を抽きだしてみたいという思いをめぐらしていた。

漱石の「それから」は、ただに漱石のいくたの作品中でも指折りの傑作であると目されるばかりでなく、我国のこれまでの近代文学の歴史の流れの中でも新生面を拓り開き、確固とした位置を獲得している傑出した名作であると僕は僕なりに確信している。

「それから」については、これまでにも多く言及されている。僕は必ずしもそれらのすべてに目を通してみたわけではないけれども、しかし目にふれたおおざっぱな範囲のものは通読もした。たとえば正宗白鳥、唐木順三、平野謙、米田利昭氏らの「それから」にふれた文章などである。

しかしこれらの諸家の文章（米田氏を除いて）は、「それから」という作品に真向から取組むという形態を必ずしもとっていないということも関係してか、それぞれから多くの示唆をあたえられつつも、もうひとつ決定的に得心のいくところまではいかなかった、というのが正直な感想である。

一般的にいって、いまだにまだこの作品の核心にまで立ちいたったところで正確な批評がなされているケースも数少ないような気がする。多くはたとえば主人公の代助の人格形象の問題に範囲を限定してしまったり、物語の設定の仕方など技術的な領域、あるいは作品自体のリアリティーの有無の問題など、総じて表相的、現象的な評価の傾向に流されているきらいも強いように思われ、この作品の存在の構造そのものを全体的な輪郭とした一つの創造世界の深部にまで立ちいたって、その生命のはだにふれるところまで問いつめ追求した批評展開は数少ないようにも考えられる。

もっとも、これまでに幾多の数限りない評価がこの作品に対してなされ、しかも決定的な、核心にまでいたる批評が数少ないということは、それだけこの「それから」という作品が複雑な性格や、構造をもっている何よりの証明であるともいえるが……。

僕が「それから」の評価についてそれなりにするどい示唆をうけたのは、猪野謙二氏の「『それから』の思想と方法」と題する論文と、吉本隆明氏のやはり「それから」にふれたごく短い文章である。

猪野謙二氏の「それから」論は、この作品の虚構性という問題に積極的な照明をあて、一つの時代における典型像を描こうとする意図のもとに外延的世界の拡がり、そして大衆性を獲得し、文学的リアリティーもかねそなえているとする、今日的問題にも通じる真にアクチュアルな課題をこの作品から描きだした批評であり、僕は強く触発されるものを感じた。おそらく「それから」にふれた批評としては屈指の力作評論であると考えられる。

吉本隆明氏の「それから」にふれた短い文章というのは、『言語にとって美とは何か』に所収されているもので、ここで吉本氏は「この作品の文体のなかに自己表出意識として漱石の現実社会と相渉る根源の暗い奥がこめられており、その社会的意味を抽出するとすれば筋がきでなく、この漱石の根源的な現実性をこそ問題とすべきである」という意味のことを指摘している。

そして、この「根源的な現実性」の所在は何かということに対して「それは漱石が死ぬまで執拗にこだわった《三角関係》である」というするどい言葉を放っている。

この吉本隆明氏がはからずも指摘したモチーフには僕は強い衝撃をうけた。

そしてこのことによって、僕が「それから」についてあれこれ思いめぐらしていたモチーフの解明へのある一つのいとぐちが解けてくるような感じがしたのも事実である。

おそらく、猪野謙二氏がこの作品からとりだしてきた内容、方法、構造面にわたる解析的なテーマと、吉本隆明氏が提示した根底的なモメントとは切り結び合わさっており、この関係の構図を手がかりとして「それから」という作品世界をさぐっていくのも一つの有力な方法ではないかということも充分考えられる。

二

「それから」は明治四十二年、新聞小説として東西の朝日新聞に連載された作品である。漱石が朝日に入社して以来、明治四十年の「虞美人草」四十一年の「坑夫」同じく「三四郎」などの作品にひきつづいて同紙上に発表された。漱石四十三歳の時の作である。

周知のように、この「それから」はそれ以前に書かれた「三四郎」とそれ以後の「門」とを合わせて、普通、三部作（トリロギー）とよばれている。

これは漱石直接の門下にあった、漱石研究家としても第一人者とみられている小宮豊隆氏の説によるところが大きいというのが通説になっている。

小宮氏は「三四郎」「それから」「門」が連作として成立している理由として、三作品はそれぞれ舞台、人間も異なる世界をとりあげているが、主人公の恋愛問題という点において根柢に相互に脈絡するものをもっており、個々の作品ははっきり独立していながら、またはっきり関連していると述べている。

小宮は「それから」の解説でも「『それから』の前史において代助の、アンコンシアス・ヒポクリシーが成立し、従って『それから』が『三四郎』の継続であるゆえんが成立する。しいて言えば、三千代をなおざりに取り扱った代助は、三四郎をなおざりに取り扱った美禰子の後身なのである」という言を付しており、また唐木順三も「門」は「それから」の終わるところより出発する、と述べている。

しかし、連作であるということのもっと有力な根拠としてあげられているのは、やはり漱石自身の「それから」連載予告の文章である。

漱石は「色々な意味において〈それから〉である。『三四郎』には大学生の事を書いたが、この小説にはそれから先の事を書いたから〈それから〉である。『三四郎』の主人公はあの通り単純であるが、この主人公はそれから後の男であるからこの点においても〈それから〉である。この主人公は最後に、妙な運命に陥る。それからさきどうなるかは書いてない。この意味においてもまた〈それから〉である」と書いた。

連作、特に「三四郎」と「それから」の関係にしぼっても、その定説に異議を唱えている評者、研究家もいる。平野謙氏もその間に一線を画そうという意向をひかえ目に述べているし（『芸術と実生活「夏目漱石」』）、同書の平野氏の説明によると山室静氏も連作説の「必ずしもぬきさしならぬものでないことを」証明しているとある。
ごく最近では梶木剛氏も「それから」と「三四郎」との外的に証明されている範囲での関連性については認めることを前提としながらも、「それから」が内部に作品展開の基調上の転換をはらんでおり、その転換にこそ決定的なアクセントを打たねばならないとする立場から、「三四郎」

をふくめたそれ以前の作品との画別を志向している（「試行」三十三号「夏目漱石論」Ⅱ）。

梶木氏がここで指摘する作品展開の基調上の転換とは、同氏の文章をそのまま借りると「ひとくちにいえばその徴表は主人公長井代助が十三節以降においてある理念的な輪郭を与えられるところにある。そしてその理念とは、主人公のなかにおもむろに形を整えてかれを律する〈自然〉への意志とでもいうべきものに外ならない。『それから』一篇は、結果としては、みずからの〈自然〉の意志に従って人妻平岡三千代に突進した主人公長井代助の悲劇の物語としてあるものだが、こういう一篇の核心を動かす〈自然〉の問題が主人公の思念に登場するのが、実にその十三節からなのである」ということである。

ここを論点の出発として、梶木氏は「生活原理としての〈自己本位〉と思想原理としての〈自己本位〉という二重性に漱石が突入する思想的展開の結節点ともいうべき画期の意義をこの作品「それから」ははらんでいる」という斬新なテーマを導きだすまでに論をたかめている。ここで詳しく梶木氏の論にふれることができないのは残念だが、これはこれで「それから」という作品の構造を明らかにするうえで、一つのするどい切りこみ方を示した方法的視角であるといえよう。ただここでは「それから」一篇が、みずからの〈自然の意志〉に従って人妻三千代に突進した主人公長井代助の悲劇の物語としてある（傍点筆者）とする梶本剛氏の見方にいくらか気にかかるものを感じたということをとりあえず付言することだけでとどめておきたい。僕はこれを悲劇の物語としては考えていない。同様にまた喜劇の物語としても考えていない。「それから」という作品のもつ構造的性格の複雑さを示す一端がここにもあらわれていると思うわけである。

三

ところで、僕もはっきりいって「三四郎」と「それから」という作品の関係が連作であるという立場をとらない、とさしずめいっておきたい。

もちろん、僕もたとえば梶木剛氏が留保つきで認めたように、「それから」の連載を開始するにあたっての漱石自身の予告文で受けとれる内容や、小宮豊隆氏の指摘にみられるようないくつかの関連的要素など、外的な証明事実はそれなりに認めることを前提としなければならないだろう。

しかし、それはそれとしても僕が「それから」と「三四郎」の間に連作的関係を認めないということには、当然僕なりの理由がある。

そのまず第一の理由としては、「三四郎」の青年主人公、三四郎と「それから」の主人公、長井代助との間には、その出生、出身階級、生活環境、生活思想などをふくめた全体的な人格性に何ら連続性が認められないばかりか、むしろ対蹠的な位置を占めているということによっている。

このような理由は、あるいは連作規定の肯否の条件としてはルール違反としてとがめられるかも知れない。なぜなら前記したように小宮豊隆氏も、連作説をとるその前提としてもすでにそれぞれの作品の舞台、人間も異なる世界であることは指摘しているからだ。

しかし僕の主張の立場からいえば、それぞれの作品の舞台、人物も異なるというような消極的な意味として見過ごされるようなものではなく、はっきりといってこの両作品の、少なくとも主人公の形象は全く対蹠的であるという積極的理由づけによって連作説否定の充分の根拠になり得るように考えられるのだ。

僕はかつて「三四郎」という作品については僕なりに少しく追求を試みたことがあるので（「評論」創刊号所収）ここであまりくだくだしく立ちいった説明はしないが、この両作品の主人公、三四郎と代助を対比してみればおよそ次のような事項が指摘できる。

まず三四郎は九州の片田舎出身の地方人であるが、代助は東京の山手出身の生粋の都会人である。また三四郎は母親の女手一つで育てられた没落地主階級の出身者であるが、他方、代助は実業家を父とするブルジョアの息子である。生活思想も全然といってよいほど異なる。三四郎は美しい細君をもらい、大学の教師にでもなって、故郷から母親をよびよせる、というような全く一般的な夢を夢としている堅実な小市民的生活人としての体質をもっている青年だが、代助は、結婚とか職業とかに興味を示すなり、重きをおくこと自体を愚劣だと信じている、三十になるかならないのにすでにニル・アドミラリの域に達してしまっている青年である。また、三四郎は学生の身でありながら米の値上がりをいちはやくつかみ故郷の母親に売らないでおくようにと指図したりするなど経済的生活人としての感覚に富んでいるが、代助は「パンに関係した経験は切実かも知れないが、要するに劣等だよ」とうそぶいて、それですましてしまえるような人種である。

三四郎と代助はこれほどに人格形象が異なる全く対蹠的な位置にいる。「三四郎」の作品のなかで、三四郎が広田先生、美禰子、野々宮兄妹らのグループのおともをして菊人形見物にいくくだりがある。その時、一人の乞食や迷子に逢着する情景が設定されているが、その時々に条件反射する広田先生や美禰子らの行為をみて三四郎はつくづくと彼らが已れに誠であること、また已れに誠であるほどに広い天地の下に呼吸する都会人種であることを感じとり自分とははっきり違う人種であることを強く意識する。

代助もここで描かれている広田先生達と同じように、やはり已には誠であるまぎれもない都会人種である。そういう意味ではむしろ代助は広田先生と形象が共通したところがあるといってもよい。

「三四郎」という作品の主題を一般にいわれているように、当時の知識人階層者の苦悶の姿に視るのか、それとも三四郎という人格形象を中心とした一種のビルドゥクス・ロマンとみるのかによって、僕の展開する論理の趣旨もかなり違ってきそうだが、ここではとりあえず代助と三四郎との人格形象の対蹠的ともいえる位相を明らかにすることだけでとどめておきたい。

次に連作説を否定する根拠として僕がとらえている理由は「それから」という作品自体の題名の由来に対するいちまつの疑義からきている。

さきにも記した「それから」新聞連載にさきだっての漱石の予告文には「それから」という題名についての作者自身の説明がまがうことなく行なわれている。これを一読すれば「三四郎」との関連性は疑うにも疑いようがない内容をもったものであるといえよう。しかし、僕は強弁の気味があるようだがこの文章にも一応、疑いをさしはさむわけである。

僕は、漱石はこれをほんの軽い気分で書いたものと推量する。おそらく、それほど深い意味ももたせずに何となく書いたのである。漱石は周知のようにグランド・インテリゲンチャであるだけに謙虚の人である。それにこの時すでに四十を超える年齢に達していた作家である。この文章には何となくテレというか、さりげなさを印象づけようとする心の動きのようなものも感じられる。自分が次に書く作品が意気ごんだものであればあるほど、そのようにむしろさりげなく予告するだろうということは充分に推測できる。

四十歳を超え、恣意的に職業作家として立とうとするある意味では潔白性をそなえていた漱石のような作家が、青二才の文学青年のように意気ごんで自分の作品の構想や筋道をとうとうと述べようとは到底考えられない。

だから、僕は漱石のこの予告文をたとえそのまま額面どおりに受けとめても、それを尊重する必要はないと考えている。なぜならこれは「それから」成立の絶対条件の一つとしても何ら作用しているものはないと考えられるからである。

それならば「それから」という題名について考えられる必然性をもった意味がほかに考えられ

るとすればどこにもとめるのか。

それは「それから」という作品のなかにでてくる三カ所のそのことばの使われている意味から容易にもとめられる。

その言葉の使われているのは第二回一六頁、第一四回二三八頁、第一六回二五九頁（以上、岩波文庫版「それから」）の三カ所である。

以上の順序からいうと、一度目は友人の平岡が大阪から東京に転入してきて、着京するやすぐに代助の家にあいさつに訪れてくる情景である。平岡が代助の居室を見回して「なかなかいい家だね」とほめると代助は黙って煙草入れをあけながら「それから、以後どうだい」と問い返す箇所である。

二度目は、すでにドラマもかなり進行して、代助が三千代を自宅まで呼びよせ、さし向かいながらはじめて愛の告白をするいわばこの小説のクライマックスにあたる場面である。

代助が愛を告白したのに対して三千代は泣きながら「今さら残酷だ」という。代助は「そういわれても仕方がない。そのかわり自分はそれだけの罰を受けている」という。三千代のどうしてという問いに代助はあなたが結婚して三年以上になるが、自分はまだ独身でいると返事する。三千代は「それはあなたの勝手だ」となじる。それに対して代助は応える。

「勝手じゃありません。もらおうと思っても、もらえないのです。それから以後、宅のものからなんべん結婚を勧められたかわかりません。けれどもみんな断わってしまいました。今度もまた一人断わりました。その結果僕と僕の父の間はどうなるかわかりません。しかしどうなってもかまわない、断わるんです。あなたが僕に復讐している間は断わらなければならないんです」
「復讐」と問い返して三千代は恐るるもののごとくに目を働かす、という情景である。

　第三の場面は、代助の告白を聞いて後、三千代もある程度の覚悟をかためて、ふたたび代助の居宅を約束どおり訪れるシーンである。代助はその数日前に父親のいいだした縁談をことわったために、父親に絶縁をいいわたされ、物質的供給をたたれることになっていた。その事情を話して、しかも三千代の覚悟をさらにただすために招きよせたのである。

　代助の前に、今、三千代は生き生きとして美しく幸福そうであった。代助は物質的供給を絶たれたこれからの生活を思いばかまって、その責任感、徳義感で立ちすくむような気持をいだく。そしてそれにつづく情景が次のように語られる。

「代助は幾度かおのれを語ることを躊躇した。自分の前に、これほど幸福に見える若い女を、眉一筋にしろ心配のために動かせるのは、代助から言うと非常な不徳義であった。もし三千代に対する義務の心が、彼の胸のうちに鋭く働いていなかったなら、彼はそれから以後の事情を打ち明ける事の代わりに、せんだっての告白を再び同じ室のうちにくり返して、単純なる愛の快感のもとに、いっさいを放棄してしまったかも知れなかった」

　以上が「それから」という題名と同じ言葉がでてくる三カ所の場面である。
ここで使われているこれらの言葉の具体的な意味を考えると、前二カ所にでてくる言葉は明らかに友人の平岡が三千代と結婚した決定的な時間的位置を指している。またあとの一カ所は代助が三千代に愛をはじめて告白した時点を指している。

いってみれば前二カ所は代助の位置からすると、三千代との愛の決定的な断絶の時点、またあとの一カ所は三千代との愛の再生の時点であるといえる。

特にこの場合、「それから」という言葉の使われ方の意味でもっとも象徴的であざやかにとらえられるのは、第一四回のこのドラマのクライマックスといえる代助の三千代に対するはじめの愛の告白の場面においてである。この時「それから」という言葉は、代助にとっての「罰」三千代からの「復讐」の出発という語義があてはめられる。そして「それから」という題名がこの作品の重さに充分相応する一つの具体的なイメージとして僕たちに感得されるように思われるのである。

米田利昭氏は「それから」の主題を次のように要約する（「文学」一九六六年、四月号「『それから』の方法」）。

——「三四郎」に知識人の成立を見た漱石が、そのようにして成立した知識人はいかにすれば存在し得るか、いわば知識人存在の条件を探ったものではないだろうか——

これも正当な一つの見方であることは疑われない。

しかし「それから」という作品が、たとえ米田氏の指摘するようなテーマ小説としての形相をかねそなえた作品であるとしても、僕がこの作品からそれなりのある強い緊張感を受け、あるいは親近性をいだかされるものがあるとすれば、それはこの作品のいわば一つの肉体性のようなものである。

いってみれば、この作品の形而上的な全体の骨格を基層から支え、背後からつつみこんでいる作家の原体験的なエートスである。

僕は今、この作品の全体の骨格を基層から支え、背後からつつみこんでいるといったが、この原体験的なエートスは必ずしもこの作品でそのような形を完全にとっているとはいいえない。

この作品は、テーマ小説としての形相的側面と、作家の原体験的なエートスによって成立している内実的側面がある。

いってみれば、この作品は形相的側面と内実的側面の二重構造性をとっているということである。

米田氏が指摘するように、この作品に知識人に関する存在条件の探究という主題があるとすれば、もうひとつ平岡を間にはさんだ代助と三千代との恋愛ドラマがある（「それから」とよく関連、対比的意味づけがなされる森田草平の「煤煙」はやはり知識人である小島要吉という主人公が設定されているが、その存在側面と真鍋朋子との恋愛ドラマは一体化されている）。

このような意味からもこの作品は二つの小説を書ける体裁をとっているともいえる。

「それから」がもつ、この二重構造性については、いみじくも梶木剛氏が比垣隆一氏の叙述をかりて、よりくわしくつっこんだ形で指摘している。ここでくわしくはふれることはできないが、要するに「それから」には作品展開のうえでの基調上の転換が明らかにはらまれており、その境界の一線を引き得るとすると第一二節と第一三節の間であり、第一二節までは「生活原理としての自己本位」、後半は「思想原理としての自己本位」によって構成されているということである。「生活原理としての自己本位」とは「吾輩は猫である」から「三四郎」までを貫く多分に初期的な基調の支配を意味し、「思想原理としての自己本位」とは、梶木氏の言葉をそのまま使えば「主人公のなかにおもむろに形をととのえてかれを律する〈自然〉への意志」ともいうべきもので、この思想が「それから」においてはじめて出現したという意味でも漱石の思想的展開の結節点とも解釈され、次作「門」から「こころ」に連なる理念的な基調としてもとらえられる、と説明されている。

梶木氏が提出しているこのような問題も、まだ論なかばのためはっきりした具体的なイメージでとらえることも困難なのであるが、少なくとも「それから」が作品として二重構造的な性格をそなえているものである、という指摘には僕も大いにうなずかされるものがあることだけをここに記しておくことにする。

ところで、論を少し前にもどして、僕がいう「それから」を基層から支え、四囲からつつみこんでいる「原体験的なエートス」とは何なのか。その輪郭を少しずつ明らかにしていきたい。

四

さきにもちょっと述べたように、僕は吉本隆明氏の「それから」について言及した「漱石の根源的な現実性をこそ問題とすべきである」こと、また「その根源的な現実性」の所在は「それは漱石が死ぬまで執拗にこだわった〈三角関係〉である」という指摘に強い衝撃をうけた。

この吉本氏の指摘は平野謙氏が「それから」の主題を「過去に復讐をされて生涯のコースを変更せざるを得なかった」一編の悲劇においているのに対しての反論として述べられているものである。

吉本氏が漱石における三角関係というその根源的な現実性に対してどれほどの切実な緊張感をこめて向きあっているかはかり知ることはできないが、しかし氏は他の場所でも漱石における三角関係のテーマについて執拗に追求しているのが見出だせる。

それは『情況への発言』（吉本隆明講演集）の「詩人としての高村光太郎と夏目漱石」のなかであり、ここで吉本氏によって言及されている「三角関係」に関係した箇所だけを拾いあげて要点を示せばざっと次のようである。

「漱石の小説のいちばんの骨格になっているのは、三角関係である。〈行人〉〈心〉〈門〉など一貫して追求したテーマのなかで三角関係というものに異常に執着している。

この問題の根底にあるのは養家先にやられた不幸な生いたちとそれにまつわる後年までの境遇など個人的な体験もあるが、また近代日本における知識人の運命の象徴みたいなものにおきかえることもできる。いわば日本近代とヨーロッパ近代というものに対する自分のどちらかにつけば罪意識や疑惑を感じざるを得ない、二律背反的な立場に立たされる思想的な図式にあてはめることができる。

男女の恋愛関係のなかでいちばんむずかしいのは三角関係である。この問題を最後まで追いつめていくと、どうしても死ぬか、生きるか、相手を殺して自分の恋を成就するか、でなければ自分が死ぬかというところに追いつめられるほどきついものである。

漱石のどの小説をとってきても平凡な夫婦というものはない。社会的に平凡な夫婦をとってきたり、高等遊民というものをとってくるが、金がわりあいにあり生活的にあまり苦労しないそれらの人の内面というものは荒れている。なんで荒れるかというと三角関係で荒れるわけである。」

以上のように、吉本隆明氏は漱石のなかにおける三角関係というテーマについてかなり執拗に追求している。

ここで吉本氏は漱石と三角関係という問題の根底にあるものとして、漱石の不幸な生いたちとそれにまつわる後年までの境遇など個人的な体験、また近代日本における知識人の運命の象徴という因子などをあげている。

また男女の恋愛関係のなかでどれほど三角関係というものはむずかしいものであり、生死の問いつめられるところまでいくほどきびしいものであるかという非常に実感的な感想もさしはさんでいる。

そしてこれらの理由が吉本氏が指摘する――漱石が死ぬまで執拗にこだわった三角関係→漱石の根源的な現実性――の内容的総体といえるものであると解釈してもさしつかえはないと考えられる。

ところで吉本氏が指摘するこれらの問題と、実際に漱石に「三角関係」の経験があったのか、なかったのかという問題とは自から別の問題であるのは自明のことである。

僕にはさしずめ実際に漱石に「三角関係」の体験上のあった、なかったの事実関係に限ってのせんさくなどは全然関心のひくところではない。

しかしたとえば吉本氏が漱石と三角関係の問題についての根底的因子のひとつとして指摘している、漱石の幼少時養家先にやられた不幸な生いたち、またそれにまつわる後年までの境遇などという理由はかなりおおざっぱであるという印象もまぬがれない。

吉本氏が指摘する問題の内容が新鮮で衝撃的なものであるだけに、なおさら説明不足の感も強い印象を受けるわけである。

たしかに吉本氏の指摘するように、漱石の作品のテーマは「三角関係」をとりあつかったものが多い。すでに「虞美人草」「三四郎」にその萌芽がみえ、「それから」「門」「行人」「こころ」とそのモチーフがつづいている。吉本氏の言を待つまでもなく、漱石のこのような「三角関係」というモチーフに対する確執的傾向に何らの意味も見出ださないという方がむしろ不自然だといえるだろう。

特に「それから」という作品は、漱石のこれらの傾向の作品のなかでも「三角関係」というモチーフに真正面からとり組んだものであるといえる。

「それから」という作品を評価する場合において、たしかに吉本氏も指摘するようにこの「三角関係」の問題を抜きにして語ることはできないであろうということは僕にも充分に納得できるのである。

ところで、僕はあまりこういう事実関係をせんさくすることは気が進まないのだが（特別に生産的な意味がないからである）、必要上、少しばかりの参考意見もとりまぜて一つの推測をたててみることにする。

さきごろ江藤淳氏が新聞紙上で、漱石の秘められた恋人として漱石の嫂にあたる「登世」という女性をクローズ・アップしてとりあげたことは僕たちの記憶に新しい。

江藤氏のこの時の文章によれば、これまでに残されている漱石についてのいくつかの資料から推測して、この「登世」という女性（明治二十一年四月夏目直矩入籍、同二十四年七月没）と漱石との間に何らかの愛情の交流があったことはほぼ確実である、ということが明らかにされている。

江藤氏はまた近著の『漱石とその時代』（新潮社）で「登世という嫂」という一項目を設けて、その頃の若い夏目金之助とその嫂にあたる「登世」との関係の周辺をかなり丹念にさぐっており、やはりさきの新聞紙上におけるのとほぼ同様な判断を導きだしている。

このいくらかセンセーショナルともいえる江藤氏の推論に対しては、いちはやく宮井一郎氏らの反論（「日本読書新聞」）なども見出だされているが、それはそれとしてもたしかに一方では江藤氏がこのたびにわかに投じたこのような「事実」問題に対してはそのままの形で受けいれるのに多少のためらいが感じられないでもなく、また「事実」がたしかにそうであったにしても漱石自身の内面世界との関係のなかで一体どの程度にまで大きな影響をあたえる性質のものだったのか、という問題なども江藤氏のこれまでの論証の範囲では明確にとらえ難い面もあるようである。これらの問題については江藤氏自身をふくめた多くの研究家らの手になる今しばらくの追跡調査や検証固めの作業の結果を待つよりは仕方がないであろう。

ただ漱石文学とのかかわりにおいて近年ではもっとも大きな業績を印している江藤氏のことであり、今度、氏自身が投げかけたこのような「事実」問題についても多年にわたる研究の蓄積や検討の過程にもとづいて周到に提出された内容のものであろうことは僕らにも推測ができ、漱石とその女性関係についてのこのような目新しい資料が浮かびあがってきたということは実に注目されるべきことだといえよう。

ところで、それはそれとして漱石には誰にも明らかにされていない、彼自身の内面存在に大きな影響の影をおとしている女性がいたのではないか、ということはこれまでにも多くの研究史家や批評家によって指摘され、とりざたされてきた問題であったことも事実である。

しかもそれは、明治の封建時代的要素という考慮をいれてのこととしても、世間的にもそのままおもてざたには通用でき得ない、道徳的、社会的にも何か暗く陰湿な関係でしか成立さしめられないような男女関係の位相にあったのではないか、という性質のものである。

そしてこのことは、彼自身の手になった多くの作品をたどっていった場合にも、何となく裏づけられているような感じが強いこともたしかなのである。

その相手の女性が江藤氏の指摘をふくめて近しい肉親関係にあった人妻であったのか、それとも若い漱石が強い思慕をいだいていた関係にあった女性がのちに人妻となったのか、とにかくそれ以外の多くのケースも考えられるが、そのような相手の女性との位相関係にあった漱石という人間像はかなり抵抗なく受けいれることができるように思われるのである。

そのような関係体験（どこまで外的に経験的現実化されていたか、それとも内的な意識、想像的範囲での体験にとどまっていたかは問わず）が、漱石の生涯にわたる存在の軌跡に大きな比重をもって影響化されており、漱石自身の歩んだ人生のなかの苦痛問題の重要な要素ともなって彼の思想や性格のある種の暗さの一面を形成していたのではないか、という疑念も有力なものとして推測できるふしがあるのは事実である。

ことあげしておおげさにいうつもりはないのだが、一般的にいってそれぞれの人間がその生きている途上で出会う男女の愛情関係におけるドラマは往々にして決定的な意味や作用をもつ場合がむしろ普通である。

男女関係というものは、本来は放恣で無限定な人間的本能の方向性を一夫一婦制という社会的戒律（結婚制度）のなかで閉じこめ、矮性を強いた秩序イメージに従順化している絶対的習性がある。また他方ではそれと密接にからみあって人格化、道徳化された社会的禁句としての性的なイメージが広範囲に蔓延化している。そのためそれぞれの人間の日常的、社会的生活の現象化された次元では本質的な問題としてあまり現前しないが、個々の人間のとじこめられた内面ではかなり決定的な位置を占めていることはむしろ常識である。

人間の存在や行動の様式は、一対の男女結合を土台とした家庭、結婚生活を軸にして、しかもすべての契機と目的もせんじつめればそこに収斂しているといっても過言ではない。一夫一婦制による結婚制度という絶対的な秩序体制のなかで、すべての人間が自己の充足する家庭や結婚生活を営んでいるということはあり得ないが、それはそれとしても、人間の存在形態に根底まで威力をおよぼすこのような家庭生活、結婚生活の出発の契機ともなる男女の出会いのドラマはある場合には相互の存在にぬきさしのならない切実な問題をつきつける内包性をもっているともいえるだろう。かりにその男女の関係がある結実にいたらずとも、その場合にはかえって相互の存在にむしろ大きな影響をおよぼしあい、終生にわたってそのドラマの形骸の影から抜けきれないというケースもあろう。

人間は金銭のため(原因)に死ぬことはあるが、金銭のため(目的)に死ぬことはない。しかし男女の関係のなかにおける人間の死にざまは、「原因」という単一な関係だけで切り結ばれているわけでは決してなく「他動目的」と「自己原因」があいいりみだれているような、一種説明しがたい複雑な陰影をきざみつけている。

それだけではない。男女の関係におけるドラマによって、人間は形態としての死はとらずとも、彼(彼女)は全体存在として死ぬことがある。それは生きることを停止し、内部的に死ぬことである。

漱石がその人生の途上のある時期に出会った女性がどのような女性であったかははっきりとは明らかにされてはいない。

たとえばその女性は江藤淳氏の指摘しているように「登世」という女性であったかも知れない。あるいは同じ境遇関係、そしてすでに人妻であったような女性かも知れない。それとも若い漱石との当時の関係では、まだどこにも嫁していなかった若い子女でもあったか知れない。

ただ漱石と相手の女性との関係についておそらく確信できることは、その関係がそうたやすく結実することが不可能な複雑な境遇、あるいは状況にさらされていたものであったということである。

　そしてそのような状況や境遇にある関係を一言で表現すれば、やはり一般にいう「三角関係」という線がどうしても非常に強くなってくるように考えられる。

　その時期の若い漱石が、その相手の女性との関係のなかで、その青年らしい誠実な心、ナイーブな心のうずきのおののき動くままにどれだけひそやかに、また深い苦しみや幸福感をあじわったかということは知る由はない。しかし漱石はこのような関係のなかを通してかなり大きな精神的動揺や傷手をうけ、後年にいたるまでもその苦しみから抜けでることができないほどの深刻な体験をしたのではないだろうか。これはあくまでも推測であるから、どこまで確定的なことであるかは断言は決してでき得ない。しかしこれまでに残された漱石の多くの作品に接した場合、このような推測があながち全的に的をはずれているとはどうしても考えられない、ある種の陰影が色濃くまといついてくるのはなかなか否定できないのである。

　漱石が確執的なまでに作品のテーマとして追求しつづけた「三角関係」の構図のなかに、僕はこのような原体験を根底に据えた復讐と怨念のにおいをかぐのである。

五

「それから」はある意味では漱石の告白の書である。全ての作品が何らかの形においてその作家のコンフェッションとしての要素をもっているという限りにおいて、漱石のその他の作品も当然に彼自身の告白的要素をもっているわけであるが、僕がここでいう「それから」についての告白とは、もう少し積極的な意味をふくめたものである。

「それから」という作品には、さきにもちょっとふれたように作品の形式構造的な主題とは別に、非常になまなましく、肉声のあふれでたような実感的世界が底流に息づいている。

この作品の欠陥としては、主題が二極分解しているということと、もうひとつは重要な登場人物の一人である平岡常次郎のキャラクターが故意的といってよいほど矮小、通俗化されているという二点があげられると思うが、それにしてもすこし位置をずらせた観点からこの作品にあらためてむきあえば、この作品は近代文学のなかでも屈指の内容的密度をもった恋愛小説であるということに気づかされる。

ここでとりあえず恋愛小説としての「それから」がもつ特異性として指摘しておきたいのは、一つは言うまでもなく三角関係をモチーフとしてとりあつかっているということだが、もう一つ注目しなければならないのはこの「三角関係」の構図のなかにおいて女性主人公である平岡三千代、すなわち女性がこの三人の恋愛葛藤のなかで中心軸を占めているということである。いいかえれば普通、日本の近代文学上の通常的な三角関係をとりあつかった作品パターンとしては妻帯者の男性に対する女性二人を配置するという構図が多いのだが、ここでは女性を中心軸とした男性二人の構図となっているということである。このことは一見単純なことのようだが、この作品の主題と内容に重量感とリアリティーの深さをあたえている。

この作品は主人公長井代助の三千代との再びの出会いに始まり、出会いに終わっているといっても過言ではない。代助と三千代との間に織りなされる恋愛ドラマが全編をつらぬき通している。

この小説は全編が一七章に分けられている。そして代助の恋愛の当の相手である三千代は、はじめの九章ごろまではそれほど前面にでてこない。愛のドラマが具体的に進展しはじめるのは十章ごろを境にしてであり、そして十四章から最終章にかけてドラマは急転直下の勢でもりあがりをみせていく。

しかし、今、こころみにはじめの十章ほどにざっと目を通してみると、ある興味深いことに気付く。それは一〜十章までの大半の各章の終わりが常に三千代のイメージによって象徴的にしめくくられているということだ。

そのうちの二〜三章の例を引くと、たとえば次のような情景が写しだされている。

（第一章）　代助は平岡が上京してきた由の郵便を受けとる。そのため実家に行けないということの電話を書生の門野にかけさせる。

それから代助は書斎にはいり、重い写真帖をとりだす。

「代助は（中略）立ちながら金の留め金をはずして一枚二枚とくりはじめたが、中ごろまで来てぴたりと手を留めた。そこには二十歳ぐらいの女の半身がある。代助は目を伏せてじっと女の顔を見詰めていた」

（第三章）代助は嫂の梅子からよびだしを受け実家に行く。梅子の話は縁談のことであり、代助の相手の女性というのは長井家の古い縁つづきの娘である。

「「先祖のこしらえた因縁よりも、まだ自分のこしられた因縁でもらう方がいいようだな」（代助）「おや、そんなものがあるの」（梅子）代助は苦笑して答えなかった。」

（第七章）代助はふたたび実家に行った際、またもや梅子から結婚話をもちかけられる。代助は例によってのらくら返事をする。

「「妙なのね、そんなにいやがるのは。――（中略）それじゃだれか好きなのがあるんでしょう。そのかたの名をおっしゃい」（梅子）代助は今まで嫁の候補者としては、ただの一人も好いた女を頭の中に指名していた覚えがなかった。が、今こう言われた時、どういうわけか、不意に三千代という名が心に浮かんだ。」

一章から十章を通じ、三千代も幾シーンかは具体的に登場してくるが、この時の三千代はあくまでも平岡の妻としての三千代であり、後半にみられるような一人の女としての代助に対するような三千代としてではない。

したがってそれまでの代助と三千代との出会いには、具体的な情景としては何ら愛情の交流のごときを示唆するものはあらわれていない。あくまでも代助の心理的、内部的な動きとして少しずつ明らかにされていくだけである。しかし、これはまた、代助と三千代とのやがてはげしい勢いで展開しはじめる相愛ドラマの確固たる伏線としての位置を示していることも明らかである。このことから何が指摘できるであろうか。少なくとも「それから」の作者、漱石はすでにこの作品を書きはじめる前の段階で、はっきりとして「三角関係をテーマとした恋愛ドラマ」を書こうという構想をもっていたということの事実である。

この小説を代助と三千代との間に展開される恋愛ドラマとして、それを中心軸としてみるならば、第十章を境として急速に作品世界のトーンが転移しはじめる。

第十章は「蟻の座敷へ上がる時候になった。代助は大きな鉢へ水を張って、その中にまっ白な鈴蘭を茎ごとつけた」という、そろそろ季節が初夏にかかろうとする、みずみずしくまた象徴的な章句からはじまっている。

そして代助はその鈴蘭の花の香をかぎながらそのそばでうたたねをする。なぜ代助が鈴蘭のそばでうたたねをするのか。それはこの作品では次のように説明されている。
代助は平生から世の中のことはうちやっている。だから非常な神経質であるにもかかわらず不安の念におそわれるというようなことはめったにない。そしてそれを彼自身も自覚している。ところがそれがどういう具合か急に動きだしてきたわけである。

「そういう時には、なるべく世間との交渉を希薄にして、朝でも午でもかまわず寝るくふうをした。その手段には、きわめて淡い、甘みの軽い、花の香をよく用いた。まぶたを閉じて、ひとみに落ちる光線を遮絶して静かに鼻の穴だけで呼吸しているうちに、枕もとの花が、次第に夢のほうへ、さわぐ意識を吹いてゆく。これが成功すると、代助の神経が生まれ代わったように落ち付いて、世間との連絡が、前よりは比較的楽に取れる」

そして代助は不安が最近になって急に動きだしてきたのは生理上の変化から起こるのだろうと察しているわけである。
一時間ののち代助が大きな黒い目をあけて目をさまし、代助の咽喉に落ちてきた一匹の黒い蟻を親指ではじきとばすという次にかかる情景シーンは吉本隆明氏が「それから」のなかでももっとも緊迫した表現をもつものとしてとりあげている（『言語にとって美とは何か』）。そしてその表現描写から吉本氏は「ある社会苦の象徴を感ずることができるとすれば」森田草平の「煤煙」と同じように作者が自己位置と対象位置の二重性から内的意識の指示性をとらえていることによっていると指摘している。

この代助の昼寝の最中に三千代が訪ねてくるわけである。三千代がいったん辞去してしまったことを知った時の代助のうろたえぶりが面白い。それはこれまで悠々せまらず、世間に生起する全ての事象を横目に流しやって泰然としていた代助のイメージとはほど遠いものである。

なぜ起こさなかったのか、とか、もう帰ってしまったのかとか、じゃまたくるのか、とか書生の門野をつかまえてくどいように詰問する。

ふたたび三千代が訪ねてきた時、代助は胸に一鼓動を感じる。三千代は代助からのせんだって借銭の使途のいいわけに訪れてきたわけである。三千代は息をはずませて青白い顔をして代助の前に立つ。そして水を一杯所望する。その時の代助のあわてぶりも面白い。自分の飲みかけのコップをまずあわてて庭に捨てる。そしてそのコップをそのままテーブルにおいたなり、勝手の方に出かけていく。そして書生の門野と一諸になってコップをさがすが手伝いのばあさんがいないため見つからない。ばあさんはと門野にきくと、門野は菓子を買いにいったという。「菓子がなければ早く買っておけばよいのに」と代助は門野にあたる。門野が頭をかいて抗弁すると「君が菓子を買いに行けばいいのに」とまでついにいう。

そのまま代助が書斎にもどると三千代はすでにコップをもって水を飲んでいる。「どうしたのか」と代助がきくと三千代は鈴蘭のつけてある鉢をかえりみて、その中の水を飲んだと返事する。

この情景はこの作品のなかでもみずみずしく、また生き生きとした最もすぐれたシーンの一つであると思われるが、それとともに非常に印象深い場面でもある。

それまで代助と三千代の関係は、あくまでも夫の友人としての代助と友人の妻としての三千代との関係であった。

少なくとも代助に対する三千代はあくまでも代助の友人である平岡常次郎の妻としての三千代であったといえる。

しかし、鈴蘭の鉢の水をコップうつしで飲むこの情景ではじめて三千代は一個の自由な肉体をもつ女としての変貌をとげて、一瞬、代助に対する。

この情景における三千代の一見奇矯ともいえるささいな行為は、何かしらナイーブでなまめかしいものを感じさせる。

三千代は代助の宅を訪れる途中で雨に出会い、急いできたという。そのため息苦しくなって水を所望したのだ。しかし三千代のこの時の行為はそれ以外の意味も言外にふくんでいるように考えられる。それはおそらく三千代がはじめて代助に示した一つの媚態である。三千代と平岡の夫婦関係は経済的な問題が主な理由になって少しずつこじれてきている。三千代は閉ざされた暗い空気の家庭のなかにあって不幸な境遇の生活を毎日おくっている。代助にも夫平岡の経済的不始末のために三千代は借金を申しいれ、その言いわけ方々代助の宅によったのである。三千代はおそらく代助の家を訪れて、ほっと救われるものも感じたのに違いない。そしてそれと同時に、親身になって世話をみてくれる代助に対して一種の甘えのような気持がわいたのかも知れない。三千代はおそらく、代助は決して平岡のためにではなく、自分自身のためにこそ種々の気苦労をかけてくれているのだということをはっきり見通していたに違いない。そしてそのことを代助自身も暗黙のうちに認めて三千代と応待している。とにかくこの章を境として、この小説の主調音は転回していく。そして三千代と代助の結びつきも、経済問題が一つの契機となっていることも充分に注意すべきであろう。

六

この作品の主人公、長井代助はいかにもジレッタントである。しかしまた、彼は明白なるリアリストである。

それはたとえば次のような二〜三の箇所に如実に示されている。

「代助は近ごろ流行語のように人が使う、現代的とか不安とかいう言葉を、あまり口にした事がない。それは、自分が現代的であるのは、言わずと知れていると考えたのと、もう一つは、現代的であるがために、必ずしも不安になる必要がないと、自分だけで信じていたからである。代助はロシア文学にでてくる不安を、天候の具合と、政治の圧迫で解釈していた。フランス文学にでてくる不安を、有夫姦の多いためと見ていた。ダヌンチオによって代表されるイタリー文学の不安を、無制限の堕落から出る自己欠損の感と判断していた。だから日本の文学者が、好んで不安という側からのみ社会を描きだすのを、舶来の唐物のように見なした」

また大隈伯が高等商業の紛擾に関して、大いに騒動しつつある生徒側の味方をしているのを新聞で見出だし、これは大隈伯が早稲田へ生徒を呼びよせるための方便だと解釈し新聞をほうりだしてしまう情景。

そのほか、やはり新聞で、掏摸と結託して悪事を働いていた刑事巡査の記事を読み、生活の大難に対抗せねばならぬ薄給の刑事が悪いことをするのは実際もっともだと思いながら苦笑するシーンなどなどに見出せる。

この作品には、ほぼ同時期に前後して朝日新聞に連載された森田草平の『煤烟』についての話題もいく度かとりあげられているが、これについての代助の見方も面白い。

書生の門野はさかんに『煤烟』を推奨し、毎日の新聞の小説欄を楽しみにしている。門野の推奨の理由は、一つにこの小説に現代的の不安がでているからであるという。

しかし代助はこの小説を途中で投げだしてしまう。その考えはこうである。

要するにこの小説の主人公小島要吉は代助自身との間にあまりにも懸隔がありすぎるからである。

金に不自由のない人間ならいざしらず、『煤煙』の主人公のように貧しい男が男女の中をあすこまで押してゆくには、全く情愛の力でなければでき得ない。しかし要吉、朋子にも、誠の愛でやむなく社会の外に押し流されていく様子がみえない。彼らの行動を支える内面の力というのが代助にとって不審に思えるわけである。そして代助はああいう境遇にいてああいう事を断行し得る主人公は、おそらく不安ではないと断定する。

この代助の『煤煙』に関する感想は、そのまま漱石自身の感想とみてよい（蛇足ながら、漱石自からが草平に朝日連載の手引をしておきながら、『煤煙』には批判的であったという。自分ならこう書くという意気ごみで書いたのが『それから』であったともつたえられている）。

『煤煙』はたしかに優れた作品の範囲にはいるとはとらえがたいと思う。漱石（代助）も指摘しているように、主人公たちの行動のファクターに、外的、客観的必然性に導かれた対立的契機のきびしさが決定的に欠落している。あるのは自己憐憫と心情的トーンにいろどられた私的告白の世界があるだけである。花袋の『田舎教師』の自然主義描法から一歩もでるものではない。

おそらく代助の潔白的性向と生活的倫理感からいっても、むしろゆるしがたい行動的性癖を感じたに違いないことは容易にうなづける。

なぜなら代助は生起する物事をありのままに見るだけですましてしまえる、いわゆるナチュラリストではなく、物事のその動く奥にあるものも見ずにはすまされないリアリストであるからである。

この作品『それから』がもし一篇の悲劇（トラジェディー）小説であると断ずるならば、それはまさしく代助のようなリアリストが三千代という一人の女性との関係のなかで行きつくところまで行ってしまわなければならなかったドラマツルギーのなかにあるといえる。

（都会人）であるという留保つきだが、都会人をもって自から任じる代助は「結婚」という問題についてもそれなりの見解をもっている。

彼はあらゆる意味の結婚が都会人士には不幸をもちきたすものと断定している。

> 「彼は肉体と精神において美の類別を認める男であった。そうして、あらゆる美の種類に接触する機会を得るのが都会人士の権能であると考えた。あらゆる美の種類に接触して、そのたびごとに甲から乙に気を移し、乙から丙に心を動かさぬものは、感受性に乏しい無鑑賞家であると断定した。彼はこれを自家の経験に徹して争うべからざる真理と信じた。その真理から出立して都会的生活を送るすべての男女は両性間の引力（アットラクション）において、ことごとく随縁臨機に、測りがたき変化を受けつつあるとの結論に到達した。それを引き延ばすと、既婚の一対は、双方ともに、流俗にいわゆる不義（インフィデリチ）の念に冒され

て、過去から生じた不幸を、終始なめなければならない事になった。代助は、感受性の最も発達した、また接触点の最も自由な、都会人士の代表者として芸妓を選んだ。彼らのあるものは、生涯に情夫を何人取り替えるかわからないではないか。普通の都会人は、より少なき程度において、みんな芸妓ではないか。代助は渝らざる愛を、今の世に口にするものを偽善家の第一位に置いた」

以上の文章は、はしなくも代助のいかにリアリストであるかという面を鮮明に映しだしているとともに、代助の不幸な性格を浮きぼりにしている。これはすべての物象をその内奥まで直視し、ごまかしや妥協を絶対に自己に許すことのでき得ない人間のみがもつことのできる物の見方である。

この世界に「愛」というただ一つの言葉のためにいかに多くのことが許され、放まんされたままになっていることであろうか。

人間のこれまでの歴史のなかで、多くの美しい言葉が汚されてきた。しかしこの「愛」という言葉は、今だかつて何人においても否定せられ、汚辱のなかにつきおとされたことはなかったのである。

「愛」のあるすべての人間関係は肯定されてきた。「愛」のあるすべての家庭の姿は肯定されてきた。「愛」のあるすべての人間的なるものはすべて肯定されてきたのである。

「愛」という言葉の真の内実的意味もこれまで何ら充塡せぬままに。「結婚」という一つの人格化された商品交換形態にしかすぎないとも解釈できる習慣的制度を「愛」という言葉で偽装しながらである。

代助の「結婚」という問題についてのこのような見解から蕩児の気ままな連想を導きだすことは間違っている。代助はおそらく積極的ニヒリズムともいうべき姿勢を保ち支えながら、この世界の倒錯した全体像に対して挑戦しているのである。

もしこの「愛」というイメージに対して、その現在ある姿に拮抗し、その偽装の仮面をはぎとろうとしたものがあるとすれば、それは決して人間の営為の側からではなく、この世界の「道徳律」あるいは「経済諸関係」という、まさに人間がその手でみずから生みだした巨大な物象的現象がその役目の側にまわったのである。

このような結婚観をもった代助が、突然その時脳裏にうかんだ三千代というイメージに対してどのように反応するか。このような論理（代助の結婚観）からいくと自分の三千代に対する情愛もただ現在的なものにすぎないと彼の頭はまさに承認する。しかし彼の心はたしかにそうだと感じる勇気がなかったと第十一章の文章はむすんでいる。

七

「彼は病気に冒された三千代をただの昔の三千代よりは気の毒に思った。彼は子供をなくした三千代をただの昔の三千代よりは気の毒に思った。彼は夫の愛を失いつつある三千代をただの昔の三千代よりは気の毒に思った。彼は生活難に苦しみつつある三千代をただの昔の三千代よりは気の毒に思った」

これがおそらく代助が三千代に対していだいた、昔、ほのかに三千代に対していだいていた「愛」とは質の異なった「愛」の直接的契機となるものである。

漱石は「三四郎」でPity akin to love（可哀そうたぁ、ほれたってことよ）という一句をさしはさんでいる。これはどうみても悪い駄じゃれと解釈すべきでなく、なかなかに含蓄のある言葉である。

代助はまず三千代を可哀そうだと思ったのである。これは代助にとっては自己の異性に対して湧きおこる自然の情愛に先行するものであった。その時、代助は自己の「愛」なるものが偽善的、形骸的イメージからまぬがれるモメントをつかんだのである。

こうみてくると、三千代と再会して代助のかつての内奥に秘められていた「愛」が再燃したのだと解釈されるべきでないように考えられる。「ただの昔の三千代」に対する「愛」の質とは全く次元を異にした、現在の三千代に対する情愛のうごめきが代助をおそってきたのである。

第十二章で、代助がしばらくの旅に出ることを決意し、その前に三千代の家を訪れるところがある。平岡はおらず、三千代が暗いランプの灯の下で一人で新聞を読んでいる。代助は正面から三千代にこのごろは生活費に不自由はあるまいとたずねてみる。三千代は「あなたにはそうみえて」と反問しながら湯から出たてのきれいなほそい指を代助の前にひろげてみせる。その指には代助の贈った指輪も他の指輪もはめていない。そして三千代は「しかたがないんだから、堪忍してちょうだい」と言う。代助は旅行費として用意していた、自分の紙入れの中にあるものをそっくり出して三千代に渡す。

この小説では、経済的な問題というのが非常に大きな比重をもった伏線としてとりあつかわれている。代助は月々の生活費によって実家の父や兄と強くしばりつけられている。

平岡も前任地の京阪での借金にしばりつけられている。平岡夫婦はまたたえざる日常生活の経済的な困窮に直面しており、夫婦関係の破綻まできたしている。代助の実家の父や兄もまた、代助の結婚を利用して会社経営の資金源のつながりをつけようと動く。代助と三千代との関係も、その深まりの契機は金銭を中心としたところから発している。このようにすべての登場人物が「金」というものにしばりつけられており、すべての登場人物の考え方や行動も「金」という問題を軸としてその方向に沿って動いていく。

「経済的な問題」がこの小説の底部に大きな領域を占めて横たわっているのだ。そのことがこの小説の登場人物たちの行動や性格にリアリティーや必然性をあたえることに役立っている。

代助はこの現実社会がすべて経済の問題をはなれて有り得ないことを熟知している。それはたとえば、人が純粋な情念やイデーとして口にする「愛情」の問題にしてもである。

およそ人間に関係する「愛」の問題も経済的な問題との関係をはなれてはあり得ない。あたかもそのような問題とはなれて「愛」が人間の間で成立するとするなら、その人間は無知か自己を偽っているかである、というのが代助の考え方である。だから少なくとも自己にある程度まで誠実に生きようとすれば、世の中の動きから離れて生活するより以外はない。彼は甘んじて実家から月々の手当ももらい、呑気に活せるだけ活そうとの方便をつくす。金は必要悪である。どうせ不誠実な行為の果てに得た実家の金を手当してもらったとしても代助には抵抗感がない。

代助はブルジョア知識人の一人であるが、その像はかなり積極的な形象である。当時の一般的な知識人の像としては、自己欺瞞や人間不信に誠実に悩み、突破口をまさぐり、あるいは自己破滅にいたるパターンが多かったが、代助は理にさとり、いたずらに悩んだり、逡巡したりしない。ただ偽善やごまかしにがまんがならないだけだ。だから彼はむしろ反抗的姿勢というよりは倒錯的姿勢で抵抗する。彼が露悪家であり、ニル・アドミラリストであるのはこの故である。

しかし金銭との関係のなかで、自己欺瞞たり得ない階層者がいる。これは現実に金銭に苦しめられ、困窮している階層者である。人間関係と金銭関係は同化、並列化されて動く。

代助の自然な感情が自己欺瞞としての仮装を払い落として、抵抗なく進み得る目前には、まさしく生活のためにいためつけられた三千代の現在の像があったからである。

八

九鬼周造は『『いき』の構造』で次のようにいっている。

「媚態とは、一元的の自己が自己に対して異性を措定し、自己と異性との間に可能的関係を構成する二元的態度である」

そして「媚態の二元的可能性を〈意気地〉によって限定することは、畢竟、自由の擁護を高唱する」。

代助はかつて〈意気地〉のために、三千代を学友の平岡にゆずった。

「媚態はその仮想的目的を達せざる点に於て、自己に忠実なるものである。それ故に媚態が目的に対して〈諦め〉を有することは不合理でないのみならず、却って媚態そのものの原本的存在性を開示している。〈媚態〉と〈諦め〉との結合は、自由への帰依が運命によって強要され、可能性の措定が必然性によって規定されたことを意味している」

代助はかつて三千代に対する情愛を〈諦め〉に徹することによってまでも自己に誠実に生きようとする人間であった。

代助は学友の平岡に三千代への愛を打ち明けられ、その間に立って周旋するために中心になって立ち働いた。代助は朋友のためにその夜はともに泣いた。代助は平岡から打ち明けられた時、自分の未来を犠牲にしても、平岡の望みをかなえるのが友だちの本分であると思った。彼は強い義侠心をもって平岡と三千代のために動いたのである。

しかし、代助は三年後にその復讐を受ける。

代助が三千代に「愛の告白」を行う第十四章はこの作品のクライマックスである。

代助は三千代を呼びよせて愛を告白することを決意する。

「『きょう始めて自然に帰るんだ』と胸の中で言った。こういい得た時、彼は年ごろにない安慰を総身に覚えた。なぜもっと早く帰る事ができなかったのかと思った。始めからなぜ自然に抵抗したのかと思った。彼は雨の中に、百合の中に、再現の昔のなかに、純一無雑に平和な生命を見いだした。その生命の裏にも表にも、欲得はなかった、利害はなかった、自己を圧迫する道徳はなかった。雲のような自由、水のごとき自然とがあった。そうしてすべてが幸《ブリス》であった」

代助は降りしきる雨の中を来訪した三千代を前にして、自分の存在に三千代がどうしても必要なことをうち明ける。

三千代は今ごろそんなことを言いだすのは残酷だという。代助はそれに対して、その罰を充分に受けている。三千代が結婚して三年になるが「それから」以後自分は独身でいる。結婚話もすべて断わってしまった。三千代が自分に対して「復讐」している間は自分は断わりつづけなければならない。そしてどこまでも復讐してもらいたい。それが本望だ。と応える。それを三千代は涙ながらにきく。そして代助の告白が終わると、やがて三千代は低く重い言葉で「しようがない。覚悟をきめましょう」とつぶやく。

この小説の全体的なドラマの流れを眺めわたしてみた場合、代助と三千代の関係がここまでいきつくということについてはいくらか無理があるようにも考えられる。特に告白される立場にある三千代よりも、告白する側にある代助のキャラクターからみても、その行為に行きつく内的必然性について多少の疑問も感じられないでもない。そういう意味では、この小説はかなり大胆な構図をとっているともいえる。

さきにもちょっとふれたように、平野謙氏は「それから」に言及して、この一篇の主意を「ひとたびは過去を卒業したと思った男がやはり過去に復讐されてその生涯のコースを変更せざるを得なかった」悲劇と判定している。

平野氏の指摘をまつまでもなく、たしかにこの小説のプロットを正確にたどっていけば、かつて自然の情にさからった主人公が、三年後に自からもそれを口にするごとく「復讐」されて社会的、道徳的犯罪者として生きていかざるを得なくなった境遇に追いやられる、という構図になっている。

しかしこのようなプロットを充たしている、そのプロセスでの肉付けされた個々の具体的な内容世界に足をふみこんでいけば、それなりにかなり複雑な様相を呈しており、この小説に対する印象も異なってくるものがあるのも事実である。たとえば、ある一つの角度からいえば特にこの小説の後半部にかかって展開する文体世界の充溢感はともすれば先に規定されたようなプロットの巾を裏切り、はみだし、自立的な志向をみせていることがうかがわれる。

この小説のドラマに一つの大胆な飛躍があるということもその例である。

代助と三千代との愛情関係における決定的なところまでいきつくドラマの進行についての具体的な内容は何をあらわしているのだろうか。

それについて大胆な推測をすることが許されれば、それは作者漱石のかつての経験的現実から由来した一つの想像的世界への飛翔をあらわしてはいないであろうか。

この作品の、代助と三千代との関係が内密度を深めていくおよそ後半部から最終場面にかけて進行するドラマの文体は、その客観状況の展開度も影響をあたえているとはいえ、前半部に比しはるかに緊張と充溢感のあふれたたゆみない盛りあがりぶりをみせている。

そこにはこの作品の作家漱石の、それほど余裕があると感じることも困難な、ある種の感情が移入されたはげしい息づかいがこめられているのを感じとることができるのである。

さきにも紹介した代助の三千代に対する告白のシーンにもそのことを感じとることができる。代助の告白場面の文体にうかがわれる心理的トーンは、まさにその作者の内面的な主調音に符牒を合わせて切実なひびきをならしているようにも充分に受けとれるのである。

代助の告白は、そのままある種の感情がこめられた漱石の告白であるかも知れない。そしてその地点まできて、漱石は代助と三千代との結びつきが当然そうあらねばならないとして、想像的現実で一挙に跳躍の脚を伸ばしたのである。そうしからしめたのは漱石のエラン・ヴィータルである。


この小説は十五章から最終の十七章にかけて、一気に坂をころがり落ちる石のように急テンポの早さで終結にむけてドラマは進行する。

代助と三千代との結びつきを契機に、代助と「家」との関係、代助と父や兄、嫂など肉親との関係、代助と友人である平岡との関係が、これまでの偽善的なヴェールをひっぱがして白日のもとに赤裸にさらけだされる。

これまで一見、平穏な日常的関係にあったものが、一つの事件を契機としてみにくい対立、抗争の関係に変じ、利害があからさまにむきだしにされ、グロテスクな相貌をおびはじめる。そして代助は三千代とのつきつめた行動の決意のはてに、経済的、道徳的、社会的なこれまでとの関係の断絶と制裁のきびしさをあらためて認識させられる。そして絶望と孤立的な状態に一瞬おとしこめられる。そして父、兄から絶縁を申しわたされる。平岡からは罵倒と冷血的仕打をあびる。

この時、代助にとっては三千代だけが支えである。代助は動揺のなかにあるが、三千代は死をも覚悟し、落着いておりかえって代助を元気づける（三千代の形象は、忍耐強く素ぼくな日本の典型的な小市民階層者の女性を具現しており、このような三千代の像に対しての代助のマザーコンプレックス的なイメージが対置されるのは興味深い。漱石の像のなかにも僕はこのような傾向があったのではないかと時折推測することがある）。

この小説の終章近くなって、特に暗く、狂気じみた陰惨なシーンに出会い、僕たちは強い衝撃をうける。

一つは代助が平岡についに決意して「三千代をもらいたい」と申し出る場面である。

代助は平岡から三千代は今病気をしているということをきく。代助は会わしてくれという。すると平岡は、自分と代助とはもはや何の関係もないのだから、あと代助と交渉のあるのは三千代を引き渡す時だけだと答える。

その時、代助は一瞬電流にふれたようにとびあがり、「あっ。わかった。三千代さんの死骸だけを僕に見せるつもりなんだ」と目のうちに狂えるおそろしい光をたたえながら絶叫するところである。

もう一つは、そういう交渉があってから、代助が三千代をもとめて湿地帯にある平岡の住居のまわりを一日中、何度もうろつきまわる情景である。

代助は夜おそくしのびよってきて、軒灯の下から暗い家の中を身をよせてうかがう。軒灯にはやもりがガラスにぴたりとからだをはりつけている。その黒い影は斜めに映ったままいつまでも動かない。代助は不吉な予感に身もだえし、炎のように熱く狂った頭をふりながら帰っていく。

この二つのシーンは、この小説のなかでもとりわけ陰惨な忘れがたい印象を僕たちにあたえる。

その時におかれている代助と三千代との悲惨でみじめな状態をみごとに象徴的な手法でとらえているとともに、実に生ま生ましく、現実と人間との関係のなかに宿されているグロテスクな宿業のようなものが映しだされており、迫真感がおしよせてくる。

僕はこのような情景をこれほどあざやかに描きだせる人間は、何らかの深さと意味において

「愛」と「死生観」あるいは「愛」と「現実」との関係をつきつめて経験的現実のなかで考えぬいたことがあるに違いないように感じられるのである。

この時、この小世界が写しだされている文体の巾は、この小説のプロットやモチーフの軌道をはみだし、それだけで独立しているといってもよいほどだ。しかもまた、この二つの情景はこの作品の全編の量感を基底でみごとに支える役割を果たしている。

この小説の最後のシークエンスである、代助が「職をさがしに行く」といって、炎天下の外界にとびだしていく場面は、議論もよんでいるところである。

知識人に通有の行動的ヴァイタリティーに欠けた、無力な「被害者」として街頭に投げだされたという見方、あるいは道楽息子の喜劇以上をでないという意見などもあげられている。

たしかに、代助が職さがしに、それもとつぜんとして今さらしくとびだしていくこの最後のシーンは、この作品の全体的な品格や量感からみて、何となく浮薄な、とってつけたような奇妙な印象が感じられないでもない。

出来あがった作品としての結果論からいえばどうしても意見のあるところである。

しかし、漱石にとってみればこの情景の設定はモチーフの完結という意味からもぜひとも必要であったのかも知れないし、そのうえにもう一歩ほりさげて漱石の内的世界の面から透視してみれば、またそれなりの理由もあるように考えられるのである。

それはおそらく漱石が代助に仮託したとも考えられる一つの「生への意思」というか「エラン・ヴィータル」とでもいうべき姿勢のあらわれでたものであり、現実への挑戦のひびきがあるように感じられることである。

漱石はおそらくたゆみない充溢感とはりつめた緊張感の果てにのぼりつめたドラマの最終場面にきて、その代助の行為がもはや客観的にみて喜劇じみているとか、悲劇じみているとか一顧だにする余裕もなく、一気に代助の具体的な行動場面になだれこんだのである。

そのことは代助が外界にでて炎天下の街路を電車に乗って行く最終場面の十数行の切迫した、ダイナミックな躍動する文体、炎熱と赤の色にめくるめくような主人公の心理描写に集約されてあらわれている。

ここではすでに、前半ごろにみられた作家の代助に対する一定の距離感がよい意味でも悪い意味でも全く欠落しており、代助と一体同化した作家の行動意思がはっきりとでている。

それがあるいはドン・キホーテじみた喜劇的な行為であるとしても、そこに漱石のエラン・ヴィータルな（ある意味ではだから現実ばなれした）行動的意思の現実性があらわされている限りにおいて真実であるといえるのではないだろうか。だから代助のその行動は、現実に復讐を受けた結果というよりも、むしろはじめて代助が精神的、肉体的に現実に挑戦しようとしているひびきが強いように感じられる。代助がそのような状況へ投げだされたというよりも、行動のモメントにおいてそのような意思を選びとったというニュアンスの方が強いのである。

おそらく「それから」一編は、以上のような意味においても漱石が作品のうえで現実世界に対する挑戦の意思をさし示した最後の作品となった。漱石はそれから以後、現実に対する認識の深さの度合を徐々に深めていくとともに、閉ざされた内面世界に沈潜していったといえるのではないだろうか。

九

最後にこの作品の全体としてもつ概括的な意味について若干ふれておきたい。

この作品を全体として見渡してみた場合、たしかに誰でもが目につくような二〜三の欠陥が見出だされるのは事実である。

そのいくつかをあげてみると、この作品のなかでも重要な登場人物としての性格をもつ平岡が意外に風俗風にしかとりあつかわれていないこと、なかんずく平岡夫妻の複雑な関係にしても代助の側からの目に見える部分しか描写されておらず、その関係の内容的側面が平板化していることである。

次には、猪野謙二氏も指摘しているように代助のその時々に生起する社会的、思想的事件への批評的かかわりあい方が、必ずしもこの作品の内容、形式面に有機的なつながりをもって消化されていないこと、またそのほかには作家漱石の主人公の代助に対する関係の距離感が一定してたもたれていないことなどである。

しかし、以上のようないくつかの目につく欠陥をもちながらも、この作品は日本の近代文学史のなかで屈指の位置を占めるにふさわしい内容性をもっていると考えられる。

そのまず最大の理由として考えられるのは、この作品の構造、文体が獲得しているリアリティーの普遍的性格である。

この作品が「三角関係」をモチーフにしているということは、それが作家漱石の必然性に導かれたところのものであるのか、たまたまの偶然性の結果であるかにかかわらず、その提出する問題の性質としてそれほど単純なものではない。

特にその「三角関係」の構図が、有夫の女性三千代を中心とした代助、平岡の男性二人の関係になっていることにより深刻な面もみられるといえよう。

明治期のなかばまだ封建的社会、道徳の環境のなかで、有夫の女性の立場から「三角関係」の環のなかにくりこまれるという設定は自から深刻な問題をはらんでいる。それはすでにモチーフの出発時からして、社会的、道徳的破滅、ひいては肉体的「生」と「死」のテーマにまで波及することを約束しているといえる。

「それから」と同時代に全盛期であった自然主義文学のほとんどの「三角関係」をとりあつかった作品群が、有妻の男性を中心としたそれであったことと対比する時、その特長はなおさら注目される。

漱石もおそらく当時の時代的、社会的、道徳的に閉ざされた環境のなかでうつくつした精神的、日常的生活を送っていたことは事実である。そのような漱石がこのような特長的な「三角関係」の構図を想像的現実のなかで描き、完結させたということに僕はやはり執拗な関心はそそられる。

ところで「三角関係」のモチヴェイションから、もう一つの問題が描きだせるとすればおよそ次のようなことである。

これは推測の域をでず、確信も充分にもてるものではないが、おそらく「三角関係」を体験的現実、思想的現実として「生・死」の問題のかかわりのなかで切実に生きぬいた人間のそれ以後の物に対する見方というものが、まれには決定的な転換の契機をもつケースもあるのではないかという仮説である。

我国の文学の歴史的な伝統概念である、自然主義文学からの系譜をひく「私小説」の構造を支えているのは、いわば「二人称文学」とでも称されるものである。私小説作品の文体や構造を基底から支えているのは「わたくし」「あなた」の関係であり、「私」「彼」、「私」「自然」、「私」「現実」の平衡、相対的な二元交渉関係を基本にしている。

これに対して当然に「三人称」文学とでも称されるものがあり得ると考えられなければならない。

これはたとえば作品の主人公に「彼」「何某」とかを設定するということと自から異なること

は自明である。これは作品の文体や構造を支えている作家の物に対する見方の基本的な姿勢にかかわることをいうのである。

漱石がなぜに「私小説」作家のフィールドからまぬがれ得ているか。これは非常に複雑で難解な問題である。ある種の境遇体験、ある種の思想営為、ある種の現実的事件がその人間の認識的方法に決定的な作用を及ぼすということは充分にあり得るように考えられる。

おそらく、いずれにせよ漱石は「個」にかかわるテーゼの一大転回をなしとげたのは事実である。

吉本隆明氏の指摘するように「漱石はなぜ死ぬまで執拗に三角関係のモチーフにこだわったか」という課題は、その根源的な現実体験にたとえかかわっていたものであったにせよ、その内容を明らかにする手だてが今のところ不分明である以上、問題を次のようにたてかえてみなければならない。

「三角関係」のモチーフは漱石の現実認識の方法的姿勢からいって必然的に帰結されるものであったのではないか。

漱石の初期の作品である「吾輩は猫である」「三四郎」をみてみた時、ある一つの特長に気付く。それは作家と展開する作品の具体的世界の関係の間に、たとえば「猫」とか「三四郎」とか物語話者の立場にある媒介項を設定している方法である。このような傾向は後期の「こころ」「行人」でも適用されている。とにかく作家漱石は作品の登場人物に自己移入しないための用心深い創作方法をとっているのである。それでなくても、たとえばこれと対蹠的な「道草」という作品をのぞいては、大体において漱石は作品の登場人物、とりわけ主人公についてもたえず一定の距離感をたもち、自己同化や感情移入をしないような用心深い態度を持していることがわかる。ここからどのようなことがいえるだろうか。

おそらく作家漱石は「現実」との関係のなかにおいて「個」にかかわる視点にたえず疑惑的な認識をはたらかせていたのではないだろうか。おそらく漱石は「現実」と相対的な位置を占めることができ得るような「自己」が存在するなぞというようなことは信じていなかったのである。作家にとって「作品」とは「現実」である。しかしその「現実」は向き合う作家の等身大的「現実」であってはならない。それは一つの人格化された「仮空的現実」にしかすぎない。作家にとっての「現実」とはそれは「創造的現実」であることをしか示さない。漱石は常に自己の創造する作品世界の背後に位置を占め、いくつかの典型的キャラクターと肉体をもった使者（メッセンジャー）を送って一つの「現実」構築の手がかりをさがしもとめたのである。

「三角関係」とは文字どおり三人の人間の関係の問題である。それはAがBに作用すれば必ずCにその力を及ぼし、AがCに作用をすれば必ずBとCとの関係にも影響を及ぼすような関係である。

それは単に主体と客体の問題だけではなく「関係」の問題でもある。

そしてそのような関係的構図は「現実世界」のおそらく原型的構図であると考えられる。人間の現実社会には必ず「文化」「経済」「人種」「階級」といった諸カテゴリーの問題が介在している。人類繁栄の基本的関係である男女間の問題にしてもこのような諸領域の型態が介在する。もしその時、一対の男女の結合が目的合理化される唯一の根拠が残されているとすれば、それは「愛」という通行手形である。そしてこの通行手形こそは、それゆえにこそもっとも偽善という手あかにまみれたものであろう。

おそらく漱石は「情愛」というものをこのような現実的関係のなかでとらえようとした時、おのずからその型態は「三角関係」というモチーフに帰結したのである。

「それから」はそういう観点からも興味深い作品である。

「それから」は漱石が四十三歳の時の作品である。ある意味では作家としても油ののり切っていた絶頂期の作品であるともいえる。

漱石は朝日新聞社と契約して以来、それまでに、「虞美人草」「坑夫」「三四郎」など三、四本の作品を発表している。新聞小説としての性格からも読者層の反応にひどく気をつかった漱石も、ここにきてようやく作家としての位置も定着し、いよいよ本格的に自分流にも納得のいく作家活動にはいろうとする時である。慢性の胃腸病も、その重症の兆候をあらわしたのはこの作品を書きあげてからの明治四十三年以降で身体の方も比較的順調であった頃と推測される。

このように壮年期の絶頂時にとりかかった作品であるだけに、「それから」にはたしかに一種の気負いも感じられないではない。

森田草平の『煤煙』に対する対抗意識も多分にあったという。

しかし「それから」は以上のような理由からも、よい意味につけ悪い意味につけ漱石のすべてがもっともよく映しだされている作品であるともいえるだろう。

前半期のともすれば華美に流れ、技巧的な作風の特長と、後半期にひきつがれ完成していった重厚な構成的作風の傾向が相互に重ね合わさっており、混沌とした趣のある作品世界を形成している。「それから」は漱石の全体的な作品業績を通観してみた場合にも、丁度中間の位置を占めており、いわば前半期と後半期とを分ける分水嶺にもあたっているわけである。

通説にしたがうまでもなく、漱石の作品の質的傾向は明らかに「それから」を頂点として大きな転換をとげている。

それまで作品世界に一定の距離をたもち、余裕を感じさせながら批評的傾向の強い作風をつくりあげていた漱石は、「門」以降は身近な日常生活の感覚圏に依拠するようになり、徐々に内省的、現実的な面に傾斜していっている。

さきにもふれたように「それから」にはこの二分された傾向がはっきりあらわれている。「それから」の前半部が前者の傾向に属し、後半部が後者の傾向を示しているといえるだろう。

正宗白鳥は「それから」についての文章のなかで、「ニルアドミラルの極は、文学としてはスイフトの域に達しなければならぬ。彼（漱石）は一面そういう素質をもっていたらしいが、それを徹底させなかった」といっている。

漱石が「それから」ではじめに主人公長井代助を設定した時、主人公に対してたえず一定程度の距離感をたもち、冷静、客観的に描ききろうとする意識的な準備は充分にあったのに違いない。

代助は前作の「三四郎」でかなり批判的な視点でとらえられている広田先生の系譜をつぐ一知識人である。ある部分は漱石自身の自画像の投影があるとしても、いわゆるその当時の知識人階級者の一典形を、米田利昭氏も指摘するようにその存在条件の特長性においてとらえようとしたのに違いない。ドラマのプロセスの準備だてもでき、そしてこの作品はおそらくプロットどおりに完結したといえるだろう。代助が職をもとめて街頭にとびだす最後のシークエンスもあるいはすでにドラマの出発時から漱石の頭のなかに描かれていたのかも知れない。しかしこの作品は、必ずしも漱石の意図した通りに進んでいなかったという点については失敗作であった。なぜなら後半分にかかって作品の基調ががらりと転換し、文体がプロットを裏切っていったからである。すでに漱石はそれまでに維持していた主人公の代助との距離の余裕感を失くしてしまい、同化的傾向を強めていったからである。漱石はニルアドミラルの極で押し通すことはできなかったのである。

しかし一方では、このことによってこの作品は生ま生ましい息吹きもあたえられることになった。代助は作家の生命をあたえられ、暗い怨念にくまどられた変身像となったが、少なくとも生きている人間としての行動形態を獲得したのである。そして「家」「道徳」「社会」に反逆しようとする挑戦的な覚悟を決めるまでのキャラクターにまで変貌するのである。

おそらくこの作品のリアリティーを最も表徴しているであろう箇所を求めるとするならば、前半分であのようにリアリスト、そしてエピキューリアンであった代助が、このように挑戦的な姿勢を示すほどに変貌したということにこそ見出だすことができる。

代助が職をさがしに外界にとびだす最終のシーンが何ともぼやけたとらえどころのない印象に終わってしまったのは、ある意味では必然的なことであった。このシーンは悲劇的結末のためか、喜劇的終幕のために設定されたのか全く理解に苦しむ場面に堕しこめられてしまっている。それはこの作品における代助の行動のリアリティーが、すでにはるかにこの設定されたプロットを超克してしまっているからに外ならない。ただ最後の場面の代助の行動における描写からは次のことがいえる。

代助は風車に向かっていくドン・キホーテであったかも知れない。しかし、漱石はそれ以後ドン・キホーテを描くことはなかった。「現実世界」に対する深刻な認識度を深めるとともに、諦観的、傍観的立場に自己をゆだねていった。すなわちサンチョの隣人となったのである。

事実の論理——漱石「こころ」について

一

夏目漱石は大正三年、四七歳の時に「こころ」を書いた。漱石が四九歳で大正五年に没する約二年前である。

「こころ」は、大正三年の四月から八月にかけて朝日新聞に一一〇回にわたって連載され、そのあと間もなく単行本として出版された。

小宮豊隆によると、もともと「こころ」という作品は、漱石の頭のなかでは幾つかの短編小説を書き集め、その表題として「こころ」を選んで本にする考えだったという。しかし、その短編作品の一作として書きはじめられた、現在ある「こころ」が長編小説にまで広がってしまい、したがってこれをその表題のもとに出版された形となった。

「こころ」という作品は漱石の作品のなかでももっともよく読まれている作品である。

その読者人口に膾炙する年齢層も多岐にわたっているが、特に現代の世代でいえば高校生から大学初年生にふくまれる年齢層により多いことが注目される。ということは、とりもなおさず漱石文学に出会って、まず最初手にされることが多いのが「こころ」という作品であるということを意味しているからである。

「こころ」という作品は自分が若い年代の時に読んだという読者が非常に多い。

私は「三四郎」という作品をまず最初に読んだが、そのあとすぐに「こころ」を一六〜一七歳の頃に手にした記憶がある。そして後年にいたって、ちょっとした奇妙な思いにとらわれることになった。「こころ」という作品は漱石のごく初期に書かれた作品であると漠然とながら、そう思いこんでいた錯誤に気がついたのである。

なるほど、漱石の精力的な創作活動の期間は晩年期にいたるまでのたかだか十年余にしかすぎない。そのわずかな年月の間に漱石は次々と作品を生みだした。しかし、そのわずかな年月の間といえども、初期、中期、晩期の作品と分類できないことはない。私は若年期の読書体験から、「こころ」という作品を知らず知らずのうちに「三四郎」「それから」「門」と俗に三部作といわれる作品群の成立時期、すなわちほぼ中期の前後に時間的には位置する作品と思いこんでしまっていたのである。そして、そうした思いこみをしている周囲の人々が予想外に多いことにも気がついた。漱石文学の研究者はとにかく別として、知己の二、三の文学を専門の業としている人々も、漱石があとわずか二年で死をむかえることになる晩年期の作品であることに気付くと一様に意外の表情をする。

漱石は「こころ」を書いたあとは、大正四年に「硝子戸の中」という小品、そして「道草」を完成し、翌大正五年に「明暗」を中絶したまま死んでしまった。「こころ」にとりかかる前に、漱石は「行人」を書いているが、ひとつにはこの「行人」という作品が「こころ」の成立期以前に位置していることにも事情をややこしくしている理由があるのかも知れない。一郎という複雑な人格像を主人公にした「行人」は、作品の構成、内容自体も一筋縄の解釈ではつかみ切れないところがあり、このような性格をもった作品と対照的に「こころ」という作品を位置づけてみた場合、ある意味では非常に理解しやすい素地が用意されているように考えられるのである。とにかく「行人」という作品のあとで「こころ」が成立したとはちょっととらえにくいと一般普通の読者には自然と思いこませるような性格がこの「こころ」という作品に宿っているらしいのである。

「こころ」はある意味では理解しやすい作品である。構成は「先生と私」「両親と私」「先生と遺書」の三部に分かれているが特に複雑であるというわけでもなく、内容的にもとりあえずは明解で平易であるといわなければならないだろう。

「私」という青年期にある読者が「先生」との出会いからその人の自死にいたるまでの交渉を、目にふれた限り、感じたままの限りで精確に綴っている。その間に「私」の「父」の死という出来事について述べた章がはさまるが、作品の中心となるのはやはり終章の「先生」の「遺書」である。この終章は当然のことに語り手は「先生」である。この遺書は「私」にあてて書き遺されたものであり、「先生」自身の、自分が生きてきた人生の過去までさかのぼり、なぜ自死にいたったかの経緯を明らかにした告白書である。この三つの章はたがいに内容的に密接な関連をもってはいるが、この「先生と遺書」の章だけでも十分に一編の独立した作品としての質量感をもっており、「こころ」という作品全体のなかでも従って中心的テーマの位置を占めている。

第一章では、いわば「私」の眼を通しての外側の「先生」の姿が描きだされ、第三章では「先生」自身によって「先生」の内側の世界が赤裸に顕わされているわけだが、この外側の「先生」の姿と内側の「先生」の世界が重なり合うことによって、「先生」のある種の陰影に濃くくまどられた、人生のなかを歩いてきた「淋しい」具体像が我々の前に浮かびあがってくる仕組みになっている。

ところで第三章の「先生と遺書」の内容は、先生がそれまで生きてきた生涯の出来事の経緯についての告白だが、その主要な内容は先生の高等学校から大学生活を送った時代の青春期に生じた出来事に由来している。とりわけそれは先生と同郷の出身の「K」という親友との関係を軸にしたドラマが中心で、一人の女性をめぐる二人の青年の「愛」と「罪」の意識の対立と葛藤を主題にした物語構成は、それ自体が「青春」の作品的構造を所有しているということが指摘できる。

また第一章の「先生と私」の語り手である「私」もいまだ青年期にある、純一な精神的志向をもった人物像である。「私」が「先生」について語り述べているこの時点では、たしかに「先生」とのふれあいやその人の自死を通しての、人生の不透明な暗さや苛酷さについてある程度経験を積んだ青年として設定はされているが、それにしても「先生」と具体的交渉をもっていた、その時の「私」はまだ二十歳代を少し超えたばかりの大学生として無垢な青春のただなかを生きていたのである。

このような作品の構成面からみてみる時、この小説が一種の青春小説の体裁をもっていることもある程度はうなづけるし、そこに若年層の読者を多く吸収する要素や、漱石晩年の作品であることの意外性をもたらす理由となっていることが考えられる。

しかし、その作品が純一で無垢な「青春」の構造をもち、若年層の多くの読者の支持を受けているからといって、それが必ずしもその作品の作家の青春の時代の所産であることを意味づける蓋然的理由は当然のことに何もない。

事実として「こころ」は、漱石が四十七歳の時、すなわち二年後に死をひかえた晩年期に書かれた。そして、漱石が「こころ」を書いたその年代に近づきつつある私があらためてこの作品を手にとってみる時、ある種のいわくいいがたいしみじみとした感慨にとらわれることにやはり強い関心をひきつけられざるを得ない。

かつて自分の若い時代の日に読み、記憶にとどめていた「こころ」の物語世界とはまるで別種のと表現してもよいほどの作品の表情がそこにある。そしてその表情は、自分がある一定の年齢に達し得て、はじめてうかがい知ることのでき得る表情であるかも知れないという思いにとらわれる。

二

「自分は歩きながら自分の卑怯を恥じた。同時に三沢の卑怯をにくんだ。けれどもあさましい人間である以上、これから先何年交際を重ねても、この卑怯を抜く事は到底できないんだという自覚があった。自分はその時非常に心細くなった。かつ悲しくなった。」

これは漱石が「こころ」発表に先だつ一年前に書いた「行人」の中にある一場面の文章であるが、「行人」の話者でもある二郎が三沢という友人が入院している病院の「あの女」をめぐって、三沢との間に心理的暗闘があったことについて苦い悔恨をこめながら述懐している箇所である。

この二人の暗闘の根底には「性の争い」があり、そしてそれを二人とも露骨に表現し得ない「卑怯」があったというのである。

一人の女性をめぐっての、友人関係にある二人の男性登場人物の争いという構図はあらためて指摘するまでもなく漱石のほとんどの作品にみられる基本的モチーフであるが、その中でもいわゆるこの「三角関係の構図」がそのまま作品全体の構造として明確に描きだされているのはやはり「それから」と「こころ」であろう。

しかし、「それから」と「こころ」の構造には、同じように「三角関係」をとりあつかっているとしても、そこに微妙な差異が認められるように思う。

「それから」の代助と友人の平岡との関係の間には三千代という女性が少なくとも肉体と思想を有した登場人物としての実在感をともなって介在した。だが「こころ」では先生とKの間には女性はほとんど匿名性に近い単なる抽象像としての役割しか果たしていない。先生とKとの間における「お嬢さん」の人物像にしても、先生との関係における「奥さん」の果たしている役割にしてもほとんど無性格、非主体的な存在にしかすぎないといってよい。ここにあらわれている「三角関係」における女性像は単にKと先生との「性の争い」をめぐる原因としての抽象的役割しかあたえられていない。そして作者である漱石の関心の焦点はむしろKとの「性の争い」によって否応なく直面させられることになる、もう一人の争いの当時者である先生の苦悩に満ちた意識や悲劇的な心理の動きにあてられている。

「行人」の二郎と三沢の関係に介在する「あの女」の役割も、まさに「あの女」としての匿名性の存在範囲にとどまっているわけだが、「それから」の三角関係の構図から「行人」のこの構図にみられる転位、この構図には明らかに、次に書かれることになる「こころ」の原形が宿っていると判断される。

「こころ」の先生は「私」と鎌倉の海水浴場で知り合い、先に東京に帰る先生と別れる時に「折々お宅へ伺ってもよござんすか」という「私」の問いに対して簡単に「ええいらっしゃい」とだけ答える。

先生とよほど懇意になっていたつもりでいた「私」は、その素気ないともとれる先生の返事の仕方に自信を傷つけられ、軽い失望感を味わうことになるが、のちに、先生のそうした素気ない態度や冷淡にみえる動作は決して「私」を遠ざけようとする不快の表現ではなかったことを知る。

「私」によって先生はこう表現されている。「傷ましい先生は自分に近づこうとする人間に、近づくほどの価値のないものだからよせという警告をあたえたのである。他の懐かしみに応じない先生は、他を軽蔑する前に、まず自分を軽蔑していたものと見える」。

先生の行為や態度の裏にかくされていたこうした内心の実情を「私」が知るようになるのはもちろん先生が亡くなってからである。

先生とはじめて鎌倉の海水浴場で会った時、若かった「私」は先生との交渉のなかで先生の冷淡ともいえる「私」への態度にたびたび軽微な失望を味わされ、不安に揺《うご》かされながら、そのためにかえって先生に曳かれていくものを感じている。そしてそれは必ずしも自分の若い血のためのせいだけではないだろうと考え、なぜ先生に対してこういう心持になるのかがわからなかったわけである。

このようにして、先生はある種の謎めいた人物として若い「私」の前にあらわれることになる。

ところでここで「若かった私」と記述者である「現在の私」との時間的関係についてやはり留

意しておかなければならない。

この点については、越智治雄氏が「こころ」についての文章のなかですでに説明を加えているが、「私」が記述者として先生を語っている時点をこの作品が連載発表された大正三年と同時期とみるのは不自然ではないだろうとする越智説に依るべきだろう。明治天皇に殉じて乃木将軍が自決したのは大正元年九月十三日のことであり、そうすると先生の自殺もそれ以後ほとんど日を措かない時期として設定することができる。

大学卒業のわずかな前後期間を、亡くなる前の先生と交際をもったその時期の「若い私」は、従って明治代の末年から大正元年にかけての「私」ということになり、記述者である「現在の私」はそれからほぼ二年を措いた「私」の姿といえよう。そして越智氏はそのような「現在の私」について次のように指摘している。

「だとすれば、大学卒業後数年の青年が『私』だということになる。しかし、奇妙なことに現在の『私』は青年らしい若々しいおもかげを、けっして読者に喚起しない」

越智氏は「現在の私」が青年らしい若々しいおもかげをもたない理由として、かつての自分の若さを「現在の私」はむしろ痛恨の情をもってふり返っている文脈からも明きらかなように、先生の説いた淋しさの意味がわかる、もはや淋しさとは無縁の人物ではなくなっていることをあげている。

越智氏はこのほか「私」の問題について種々の検討を加えている。そしてその検討の内容には見すごすことのできない重要な発見や問題提起がふくまれているが、ここでは今くわしくはふれない。とりあえずは「若かった私」と「現在の私」という作品のなかを流れる時間がはっきりと区別されているという越智氏の指摘をあげておくだけにとどめたい。

ところで、この越智氏の指摘に関連してまず言えることは、まだ「淋しさ」の意味を解することのなかった「若かった私」をこの作品のプロットの案内者として設定していることはそれなりの効果をもっているということだろう。世間や人生の何たるかもまだ充分に触知することもなく、純粋で一途な力をみなぎらせて「若い私」は先生の謎に満ちた人間像にせまって行く。時々は「現在の私」の意識や知識によって操作された、意味ありげな挿入句がはさまることによって、先生の人間像はさらに陰影が深まっていく。この「こころ」という作品を、あたかも推理小説仕立のように読者をひきこんで行く面白さがあるとのべた評者がいたが、少なくとも作品の前半部はこの「若い私」を水先案内人として読者はひたすら先生の謎に満ちた人間像にせまっていかざるを得ない仕組みとなっている。読者はまだ人生についての経験や知識のない「若い私」という登場人物と同化し、一体化して、暗いベールに閉ざされた未知の世界を手さぐりで進んでいくことになる。このような仕組みを作品自体がもっているということは、読者をより強く吸引する構成的な効果をもっていることを意味すると同時に、同じように人生に対して未経験の立場にある若年層の読者をより広範囲に引きつける理由ともなっているといえる。

だがここでひとつの問題が指摘できる。

記述者である「現在の私」は、もはやかつての「若かった私」ではない。「現在の私」は先生の説いた淋しさの意味を理解し、もはや淋しさとは無縁の人間ではなくなっているという。なぜ「現在の私」は淋しさの意味をすでに知っているのだろうか。

「淋しい」人生を歩みつつあった先生と短いながら交際をもったということがある。先生の死につづいて、肉身である父の死に出会ったということもある。しかし、「若かった私」から「現在の私」まで、先に経緯をのべたようにたかだか二年ほどの年代の経過とすればやはり決定的なモメントの役目を果たしたものとしては先生の「遺書」に出会ったということであろう。

先生は「遺書」に記してある、そのままの道筋で人生を歩み、そして自裁した。

先生の淋しさは苦しみに満ちた人生を肉体も精神も三十七年間歩みつづけた事実の経過から生じてきているものだ。「現在の私」がわかっている淋しさの意味とは果たしてこのような性質のものだろうか。「私」は先生の「遺書」を受け取ることによって、先生の生きてきた人生の内容と意味の全容をはじめて知り、先生の説く淋しさのよってきたる理由を理解した。だが、その時の「私」が理解したのは「先生の人生の淋しさ」であって、「人生の淋しさ」を理解したとはいえないのではないか。先生は「人生の淋しさ」の果てに自裁したのである。決して「先生の人生の淋しさ」の果てに死んだのではない。

先生の淋しさの性質は、「私」の理解する淋しさとは根本的に別の次元のところで成立しているような性質である気がする。

それはこの作品を読んで、特に多くの若年齢層の読者が理解し、納得する「先生の人生の淋しさ」とは、その淋しさの性質が違うような気がする。そしてこのことが、普通一般には単純で判りやすい構成内容をもった作品として受けとられているこの作品を、そうではなくて思いのほか複雑な性質のものにしているように思える。

三

ある時、「私」がさそい出した散歩の途上で、先生が突然「私」に向かって「君の家には財産がよっぽどあるんですか」と聞く。

先生がいうには、「私」の父がまだ生きているうちに財産のことはよく始末をつけておかなくてはならない、ということである。そして「私」の兄妹はみんな善人かとふたたび聞く。「私」の別に悪い人間というほどのものもいないようです、という答に対して、先生は強い調子で「悪い人間という一種の人間が世の中にあると君は思っているんですか。そんな鋳型に入れたような悪人は世の中にあるはずがありませんよ。平生はみんな善人なんです。少なくともみんな普通の人間なんです。それが、いざというまぎわに、急に悪人に変わるんだから恐ろしいのです。だから油断ができないんです」と説く。会話はここでしばらく途切れるが、帰り途にさしかかった時「私」は先生にまた口を切る。

「さきほど先生の言われた、人間はだれでもいざというまぎわに悪人になるんだという意味ですね。あれはどういう意味ですか」

するとと先生は答えるのである。

「意味といって、深い意味もありません。――つまり事実なんですよ。理屈じゃないんだ。」

このあと「私」は、事実でさしつかえないが自分の聞きたいのはいざというまぎわという意味であって、どんな場合を指すのかと執拗になおも質問を先生に浴びせ、さすがの先生も笑いだして「金さ君。金をみるとどんな君子でもすぐ悪人になるのさ」と返事する。「私」は先生の返事があまりに平凡すぎ拍子抜けがしたままその場は終わってしまう。

ここに記した以上のような先生と「私」との一部始終の会話に特に不自然さはない。特に不自然さはないが、露骨ともいえる、ある真剣さを帯びた先生の「私」への問いから始まった会話が、最後には先生の笑いと「私」の拍子抜けのような調子で終わってしまう経過のなかに何かそのまま見過すことのできないようなモメントがかくされているように感じられるのだ。

年長である先生はそれが当然であるが若い「私」に対して説教調に話しかけている。それに対して「私」は素朴な質問を試み、また先生から納得のいくような答を期待している。だから会話といっても、どちらかといえば師弟による問答のようなものである。しかし問答でありながら、これは問答としての形式を完了しているわけでもない。

それは先生と「私」の人間に対する見方や人生に対する考え方の次元の違いから当然にきている。


先生の答は、一見平凡でありながら、決して平凡なことを言っているわけではない。

「つまり事実なんですよ。理屈じゃないんだ」

このような言葉の背後に、どれだけの意味の重さがかくされているのか、どれだけの認識の深さが秘められているのか、「私」は決して気付くことはない。だが、先生はまさに「私」の質問に答えて非のうちどころのない解答をだしているのである。


先生は人間はいざというまぎわになると急に悪人に変わるから恐ろしいといっている。しかし、先生が恐ろしいという実感をもっているのは、人間が悪人に変わるという現象自体に対してではなくて、実は人間が悪人に変わるという人間の世界における一種の必然的な法則が「事実」として存在していることに対してである。「事実」であるからには、これは自然界の法則のように、まぎれもない客観的現象である。だから先生の倫理観からいうと、いざというまぎわに悪人に変わらない人間の存在は認容できないのである。自然界でいう突然変異のような現象は認められないのである。もしそのような人間の存在を目のあたりにしたら、先生はそこに偽善や虚偽を必ずや感じとらなければおさまりがつかない境地にいるのである。そして先生自身もいざというまぎわに悪人に変わる人間の一人として自分が存在していることを少なくとも受けいれようとしている。

けれども「私」の倫理観はそうではない。人間なんていざという時には変わるものだよ。だから信用はできないよ、という世上に流布されている慣用警句と同質の主観的道徳観に律せられている。こういう場合には、仮りに自分がいざというまぎわに他者を裏切ったり、欺瞞的行為におよんだ時、その行為を正当化するための「理屈」がどうしても必要となってくるのである。ということは、幾百人の他者がいざという時に悪人になったとしても、自分は決してそうした因果律にまきこまれないという自己保証の確信があり、たとえ悪人になったとしても、それを正当化できるだけの論理的余裕をもっているということになる。このようにして「私」の倫理観はやはり世間で流通している主観的倫理観の同一線上にあり、その範囲から一歩も抜けでていないということになる。

だから先生は「私」に対してもう熱心に説明する張り合いを失い「金さ君。金を見ると、どんな君子でもすぐ悪人になるのさ」といって笑いでごまかしてしまうのである。

ところがこの道筋は以上のようなエピソードのすぐあとで、奇妙な論理的転換を示すことになる。

この日の二人の間に起こった郊外の散歩での会話の不得要領について、「私」は先生は何かを隠しているといって先生に執拗にせまる。すると先生は「あなたは私の思想とか意見とかいうものと私の過去とを、ごちゃごちゃに考えているのではないか。自分は自分の頭でまとめあげた考えはむやみに人に隠しはしない。しかし自分の過去について話すということになると、それはまた別問題になる」と応える。

だがなおも「私」は先生の過去が生みだした思想だから別問題とは思われないといってせまる。先生は「あなたは大胆でまじめだ」と応え、「私は過去の因果で、人を疑りつけており実はあなたも疑っている。しかしあなたは疑るにはあまりに単純すぎるようだ。私は死ぬ前にたった一人でいいから、他人を信用して死にたいと思っている。あなたはそのたった一人になってくれるか」と蒼ざめながら「私」に問いかける。そして先生は「私」に対して自分の過去を話すことを約束する。

先生は「私」に対して「あなたはほんとうにまじめなのですか」と聞く。「あなたは腹の底からまじめですか」とさらに念をおす。「もし私の命がまじめなものなら、私の今いった事もまじめです」と「私」はふるえる声で応える。「よろしい」そこで先生は自分の過去を残らず「私」に話すことを約束することになるわけだが、ここで先生が「私」に対して幾度も念をおして問いかけている「まじめですか」という言葉の意味は単純に解釈すれば「他人を裏切らない、信用の可能な人間」ということになる。そして先生は「私」を「他人を裏切らない、信用の可能な人間」として理解したわけだが、もし「私」がそういう人間であったとしたら、それは「私」がまだ世間の正体の何かも存分に知らない、純一無垢の若い年代に属する特権的立場からきている要因も多分にあることになる。先生ももちろんそうした事情は当然にふくんでいた。先生は「遺書」の最初の部分で「私はあなたの意見を軽蔑までしなかったけれども、決して尊敬を払いうる程度にはなれなかった。あなたの考えにはなんらの背景もなかったし、あなたは自分の過去をもつにはあまりに若すぎたからです」と誌している。それでは先生はなぜ若かった「私」に対して自分の過去の一切を「遺書」の形で書き遺す気持になったのか。

それは「私」が先生の過去を展開してくれと無遠慮にせまり「私（先生）の腹の中から、ある生きたものを捕まえようという決心を見せたからです。私の心臓を立ち割って、温かく流れる血潮をすすろうとしたからです」と先生は明かしている。先生はその時心のうちで、はじめて「私」を尊敬したというのである。

けれども、先生が「私」に自分の過去を話すことを決意するにいたるここまでの筋道を追ってみた時、どうも釈然としないわだかまりが残るのである。

先生は自分自身さえ信用していない、という逃げ道のない倫理的境地に身をおいている人間である。先生はつまり自分で自分が信用できないから、他の人間も信用できないようになっているといっている。他の人間にたびたびおとしいれられたり、裏切られたからこの世界の人間というものが信用できなくなり、従って自分という人間そのものにも信をおけなくなっているというような倫理的仕組みとはちょっと異なった構造をもっているものだ。先生の自己に対する不信感はもっと能動的な性格のものである。いわば自己をふくめた人間存在一般のよって立つ不安定を認識しているところからきている哲学的、思惟的色彩の強いものである。そのような人生に対する観念、人間に対する思想をもった先生が、「死ぬ前にたった一人でいいから、他（ひと）を信用して死にたいと思っている。あなたはそのたった一人になれますか。なってくれますか」と「若い私」に向かってひたむきにせまるという、先生と「私」との関係の構図にはどことなく無理な力、作為的な力が働いているように考えられるのである。

先生は「私」に対して「私の思想とか意見とかいうものと私の過去とを、ごちゃごちゃに考えているのではないか」と反問している。しかし「私」は「先生の過去が生みだした思想だから別問題とは思われない」といってせまる。

たしかに「私」のいうように、その人間の思想はその人間の生きてきた経験的過去の集積によって多大の影響をうけ、形成される。

だが影響をうけ、形成された思想と、その人間の生きてきた経験的過去との結びつきを問うことはまた別種の問題である。

思想は単に、水の化学結合の原素をさぐりあてるような方法で分解できる性質のものではない。その人間の経験的過去における思想の形成因子がたとえ根幹となり得たとしても、いったん形成されている思想の全体的な輪郭なり実体をあらわすものではない。

それにもともと人間の思想とは、範囲や形の限定されたものではない。思想とは形のないものである。その人間の思想とは、その人間全体の存在像であり、その人間の個別的な運命像である。

先生は当然にそのことを理解していたのであり、それ故に私の思想と私の過去とは別のものであるといったのである。

けれども先生は「私」との関係において、自分の認識している存在論理とは背理的な立場にたたされることになる。そこに無理があり、作為があるように考えられるのである。そして先生の像におけるこのような無理や作為は「私」との関係においてだけでなく、先生と「遺書」との関係のなかにも働いているように思えるのである。

そこに我々読者は、先生の全体的な人格像における二重性をかすかながらとはいえ感じることになるのである。

四

「こころ」という作品全体のなかで「先生と遺書」の位置は、その章だけが独立した異質の世界がくりひろげられているように感じられる。それはひとつにはこの章でとりあつかわれている時間が先生の少年期から学生時代を中心とした、遡及した過去に属していること、また内容的にもドラマチックな構成をもっていること、などにもよると考えられるが、ただ単にそれだけの理由だけではなく、人工的、作為的な劇空間に多分に依存しているためではないかとも考えられる。「先生と遺書」のなかでもうひとつの遺書がでてくる。それは先生と同宿の親友「K」が頸動脈を切って自殺した時に、「K」が先生にあてて書き遺した手紙である。先生の表現によると、その手紙の内容は「簡単で抽象的」なもので「自分は薄志弱行で到底行く先の望みがないから、自殺する」というだけのものである。

このような遺書を死を決意したある人間の書き残した遺書の一形式としてみるなら、このKの遺書と先生の遺書のあまりにきわだった対比に留意してみたくなる気も起こってくる。

いったいに先生の「遺書」の内容はこの作品の中心的テーマをもっているものとはいえ、その大部分が下宿のお嬢さんをめぐる若き日の先生とKの確執の筋書きに終始している。そしてあくまでも意思強壮で忍耐強く求道者的な生き方を選択しているKに比して、先生がとらえている自己の像はあまりに矮小卑俗化され、利己中心化されている。

Kが自殺するにいたるこのドラマのポイントは、お嬢さんに対するKの気持の真意をただす先生の詰問に応えてKがつぶやいた「覚悟——覚悟ならないこともない」という言葉に対する先生のとり違えと、先生がKの留守中に抜けがけをしてお嬢さんの母親にお嬢さんとの婚約の約束をとりつけたことにある。

Kが「覚悟」というのは、おそらく自己の、女性に心をうばわれてしまうような意志薄弱に絶望し、かねてから自死を「覚悟」していたとうけとれる。だが、先生はKの果断な性格からただちに結婚申しこみの行動を起こすことを「覚悟」したととり違えた。そして自分が抜けがけをして結婚の約束をとりつけることになるが、思いもかけないKの自殺を契機にして内心の罪のドラマに堕ちていくことになる。

もともと一人の女性をめぐる、二人の青年の確執のドラマは近代文学でも特に「青春小説」を中心に原構造として普遍化されている。たとえば二葉亭四迷の『浮雲』や久米正雄の『破船』のように。そして一般的には当然ながら一人は女性の愛をかち取る勝者となり、一人は敗者となる。しかしこの作品では、勝者となった先生が内心の罪の意識の苦悩にたちいたるところにドラマの眼目がある。

先生はお嬢さんの愛をかち得んがために、幼少時からの親友であるKを裏切ることになる。先生はかつて両親が残してくれた遺産を信頼していた叔父に横領されるという経験をもっている。その時、先生は叔父を下卑た利害心にかられた人間として心の底から憎悪し、そのような叔父によって代表される人間世界に対して絶望的な不信感をいだくようになっている。そして今、先生は自分もやはり「下卑た利害心」に駆られて、Kを裏切った、うす汚れた人間としての否応のない認識に直面させられ、自分自身に愛想をつかして動けなくなってしまう。

ところが遺書に語られている先生の以上のような前史を吟味してみると、後年の先生のある種の倫理的姿勢に裏打ちされた人間像にそのまま一筋では結びつかない側面がどうしても感じられるのだ。

まず先生が自己不信と罪の意識にうづく地獄のような苦悩の世界につき落とされる直接的な契機となったKの自殺だが、その自殺の真実の原因がはっきりあらわされていない。さきにも指摘したように、目の前に出現した女性に心を動かされ、うろたえるような、自己の強固な意思力に満ちた人生観に反する志操の薄弱性に絶望したためか、それとも実際に先生に女性の愛をうばわれ、自分が敗北者となったことを知り自死にいたったのかははっきりしない。ただKの遺書のなかに、一言も女性との関係のことについてふれられていないことによって、先生がひとまず救われたような思いをしたことだけは事実である。先生がその遺書からもっとも強い印象を受けた言葉は、最後に書きそえてあった「もっと早く死ぬべきだのになぜ今まで生きていたのだろう」というものである。この言葉から判断すると、Kの自殺は直接的には自己の「薄志弱行」に絶望した、思想的、信条的敗北感からきている性格が強いようにも感じられる。

けれどもここで仮りにKの自殺の直接的原因が先生に女性の愛をうばわれたための敗北者の意識からきているものだとしても、そのことが先生の以後の人生の破滅的要因となるほどの決定的影響力として働くエネルギーをもっているものであろうか。心情的、感情的な領域においてはともかく、理性的、思惟的なテリトリーにおいてである。

なるほど、先生の自己不信と罪の意識はKを敗者の立場に追いこみ、自殺にいたらしめたその結果よりも、Kを裏切った自己の行為の利己中心的な背信を認識したところからより多くきている。

だが、Kに対するその背信行為として具体的に明らかにされているのは、Kの留守中に抜けがけをしてお嬢さんの母親に婚約の約束をとりつけたという一場の事実である。

かつて「それから」で代助は友人の平岡に自己の愛をゆずり、やがてそれが自己に対しても他者に対しても「罪」ある行為であったことを知らされ、苦しい境遇に追いこまれていった。しかし、とりもなおさず自己の愛を犠牲にし、友情に報いるという行為は、事実として人間の行為のある種の厳しゅく性、正当性をもっていると解釈できる。そして、そのような事実的な関係のなかの人間の行為において、はじめて反措定としての背信性、背徳性、反論理性の存在の重量感も露出してくることになる。

ところが、この場面の先生の行為は思慮分別をまだわきまえず、いたづらに盲目的行動に及んだ、反倫理的というよりむしろ過失的行為の範囲に意味づけられる性質のものであるといえる。もとより人間の過失的行為も多々周囲に重大な結果をおよぼすが、それはあくまでも結果からの判断で、行為の契機としての過失はあくまでも過失の範囲の意味を超えるものではない。

もし、先生の背信的行為、反倫理的行為を、先生の以後の人生の歩みを決定づけてしまうほどの、それなりの重量感のある存在根拠として正当づけるとすれば、Kと先生との関係のドラマはもっと別の次元で展開されるべきであったかも知れないのである。そうでなければ、先生の奥さんが素朴につぶやく「しかし人間は親友を一人亡くしただけで、そんなに変化できるものでしょうか」という疑問がそのまま読者の疑問として残ってしまうのだ。そのような疑問を読者にいだかせるところに、やはり漱石の作為があり、ことさらに虚構的な意図が露呈しているように考えられる。もっとも、漱石はこの辺の事情については充分に察知していたのに違いない。なぜなら、「遺書」の最終部近くになって次のような文章が先生によって書きあらわされているからである。

「私は寂寞でした。どこからも切り離されて世の中にたった一人住んでいるような気のした事もよくありました。

同時に私はKの死因を繰り返し繰り返し考えたのです。その当座は頭がただ恋の一字で支配されていたせいでもありましょうが、私の観察はむしろ直接的でした。しかしだんだん落ち着いた気分で、同じ現象に向かってみると、そうたやすくは解決が着かないように思われて来ました。現実と理想の衝突、——それでもまだ不充分でした。私はしまいにKが私のようにたった一人で淋しくってしかたがなくなった結果、急に所決したのではなかろうかと疑いだしました。そうしてまたぞっとしたのです。私もKの歩いた道を、Kと同じようにたどっているのだという予覚が、折々風のように私の胸を横ぎり始めたからです。」

以上の文章には、Kの自殺の原因についての先生のまったくこれまでとは違った次元からの考察が明らかにされている。それはむしろこれまでの「遺書」の内容の流れからは不自然といえるほどの突然変異のような形であらわれてくるのである。それだけではない。このような文章をしたためる境地にいる先生の像を想像する時、それまでの「遺書」の時間の流れのなかにいた先生の像とは別の次元のなかに存在する、もう一人の先生の像のようにみえてくるのである。そしてこのような先生の像と先生の「自死」という事件を重ね合わせてみた時、急にそれはリアリティーをおびた「関係的な事実」としてクローズアップされてくる。

五

夏目漱石は「こころ」完成の数カ月後に、たとえば林原（岡田）耕三宛に次のような書簡を送っている。

「（前略）――私は今の所自殺を好まない。おそらく生きる丈生きているだろう。そうしてその生きているうちは普通の人間の如く私の持って生れた弱点を発揮するだろうと思う。私はそれが生だと考えるからである。私は生の苦痛を厭うと同時に無理に生から死にうつる甚しき苦痛を一番厭う。だから自殺はやりたくない。それから私の死を択ぶのは悲観ではない。厭世観なのである」

年譜によると、漱石は「こころ」を書いてからすぐに四回目の胃潰瘍の再発に見舞われ、約一カ月程就床している。林原耕三へのこの手紙は床をはなれることができるようになってからすぐに書かれたものである。漱石は「こころ」を書きはじめる前年、すなわち大正二年三月にもこの業病に倒れており、この時も二カ月にわたって病臥している。そしてこの大病経験の前後頃から強い孤独感におそわれるようになり、新聞連載にかかっていた「行人」の執筆もはかどらなかったほどであった。

漱石が苦しめられていた「孤独感」がどのような内容のものであり、どんなに深く、痛切なものであったかは測りがたいとしても、この頃から漱石がひときわ「死」の問題を強く意識するようになったことは事実のようである。「行人」から「こころ」「道草」へとつづく晩年期の作品が次第に人間の死の予感とその運命を主調音にした暗い色彩の世界にとじこめられていっていることからも、そのことははっきりする。

このような時期の漱石の心境を具体的に映しだしたものとして、「硝子戸の中」の次の一句などは、それが小説の形式をとったものではなく、心のうちを素直に披歴した随筆作品のなかの文章だけにとりわけ驚かされるものがある。

「不愉快に満ちた人生をとぼとぼたどりつつある私は、自分のいつか一度到着しなければならない死という境地について常に考えている。そうしてその死というものを生よりはらくなものだとばかり信じている。ある時はそれを人間として達しうる最上至高の状態だと思うこともある。『死は生よりは尊い』こういう言葉が近ごろでは絶えず私の胸を往来するようになった」

漱石は林原宛書簡のなかでも自分は自殺はいやだといっているが、それは生に執着しているためではなくて、無理に生から死にうつる苦痛を厭うためだといっている。それから死を自分が選ぶのは生に対する悲観からではなくて厭世観からだといっている。この「硝子戸の中」の文章にもそのような漱石の救いようがないほどの強い厭世的な心境が露骨にあらわれている。

「こころ」の先生もKの自殺事件以来、死ぬことばかりを考えて生きてきた。先生自身の言葉を借りると「死んだ気で生きてきた」わけである。そして漱石と同じように牢獄のなかにいるような人生を歩みつつ「死の道だけを自由に自分のためにあけて」おいたのである。

先生が自殺する直接のきっかけとなったのは、先生自身の説明によると明治天皇が亡くなり、明治の時代が終焉して畢竟、時代おくれの人間としてとり残されたという意識が強く胸をうったこと、それに御大葬の時の乃木大将の殉死である。先生も乃木大将と同じように明治の精神に殉じて自殺を決意したのである。けれども先生に自殺を決意させる直接のきっかけとなったこの「殉死」という二文字は、たまたま先生の奥さんが先生に向かって冗談にからかっていった言葉からでてきたものである。先生は書いている。

「私に乃木さんの死んだ理由がよくわからないように、あなたも私の自殺する訳が明らかにのみ込めないかもしれませんが、もしそうだとすると、それは時勢の推移から来る人間の相違だからしかたがありません。あるいは個人のもって生まれた性格の相違といったほうが確かかも知れません」

先生の自殺はこの作品の重要なポイントになっているだけに、その理由や背景については多くの評者がその分析を試みている。

たとえば江藤淳は、先生の自殺について「自己処罰」の意味をよみとり、大江健三郎は先生と時代との一体感ぐるみの没落によって生起したある種の「自己解放」という判断を導きだしている。

しかし畢竟、人間の自殺という謎につつまれた事実を解き明かすことになるのは次のような文章ではないだろうか。北条民雄は書き残している。

「重要なことは自殺の直接の動機ではないのだ。直接の動機などたいてい遺書と同じように愚劣でばかばかしい。すなわちそのような愚劣でばかばかしいことが、なぜに自己を滅すというような、少なくとも彼個人にとっては大事件であるところの自殺に至らしめたか、この点が大切なのだ。自殺者たちの直接の動機を指摘して、その下らなさを笑って満足していられる者には、まず自殺を語る資格がないといってよい」(『独語——癩病院といふこと』)

このような北条民雄の「自殺」についての考察にならえば、先生の自殺の直接の動機をさぐったり、遺書の内容を少なくとも先生の自殺という事件に結びつけて論議したりすること自体がまさに愚劣でばかばかしいことになるといえよう。けれども、この「愚劣でばかばかしいこと」がなぜに先生を自殺にいたらしめたかということになると、やはり大きな戸惑いのなかに落ちこんでしまう。

先生はこの遺書の最後のところで誌している。

「記憶してください。私はこんなふうにして生きて来たのです」

この切迫した息づかいにつつまれ、しかもリアリティーに満ちあふれた一刹那の言葉は、死に今やのぞもうとしている先生の内部のどのような悲愴な意識からほとばしりでたものなのだろうか。

先生はこれが自分の生きてきた人生の事実なのだ。私はこのようにして生き、そして生涯を終えようとしている。それを一人の人間のまぎれもない運命の事実として記憶してくれといっている。

先生がいっている、この人生の事実、運命の事実とは一体何なのか。それが先生の遺書に書き遺され、その大部分の内容と重さを占めている先生とKとの若き日の関係の事実を指しているとは考えられない。

それはもっと寂寞として暗い倫理的な孤独と人間の淋しい関係が意識された、まぎれもなくこの現実世界に存在する運命としての「事実」である。

先生はかつて「若い私」の「人間はだれでもいざというまぎわに悪人になるという意味はどういう意味ですか」という問いに応えて「意味ではない。それはつまり事実なのだ。理屈じゃないんだ」といっている。

自分をとりかこんでいる世界や人間に対して一切の幻想や期待感を排除し、これらの客観的現実が悲劇をはらんで進行していく論理的、倫理的必然性を凝視しながら、それを自己の運命的な「事実」として受けとめ、生きてきたこと、それを一人の人間の「思想の事実」として記憶してくださいと先生はいっているのである。そしてそのような思想がとりもなおさず晩年期にはいった漱石の思想であり、「こころ」という作品世界の枠組みから露骨にはみだしてしまった漱石の思想の運命であったといえる。

MとW——明治作家の周辺

ギュスターヴ・フロベールは『書簡集』（鈴木健郎他訳）のなかでこういうことを言っている。

「サント・ブーヴと彼の商品の一切を憎む点で、君（親友ルイ・ド・コルムナンのこと）が僕と意見を同じくすることは頼もしいかぎりだ。僕は神経の行きわたった実のある明快な、そうして隆々たる筋肉と錆色の肌をもつ文章が何より好きだ。僕は男性的な文章を愛する」

ハンス・カロッサも「われわれを救う芸術は、女性的な芸術であってはならない。男性的な、力にあふれた貞潔な芸術に未来は属している」と作中の人物に言わせている。こうした文章に出会うと、文学について男性的か女性的かという議論は洋の東西を問わずやはり同じ事情らしいと思ってしまう。

夏目漱石が正岡子規に書きおくった書簡文を思い起こすのである。その漱石の子規宛書簡というのは、明治二十二年の大晦日、松山にいた子規に発信した手紙で、こういうことが書いてある。

「御前兼て御趣向の小説は已に筆を下し給ひしや今度は如何なる文体を用ひ給ふ御意見なり

や委細は拝見の上逐一批評を試むる積りに候へとも兎角大兄の文はなよ〳〵として婦人流の習気を脱せず近頃は篁村流に変化せられ旧来の面目を一変せられたる様なりといへとも未だ真率の元気に乏しく従ふて人をして案を拍て快と呼ばしむる箇処少きやと存候」と言い、つづけて「総て文章の妙は胸中の思想を飾り気なく平たく造作なく直叙スルガ妙味と被存候さればこそ瓶水を倒して頭上よりあびる如き感情も起るなく胸中に一点の思想なく只文字のみを弄する輩は勿論いふに足らず思想あるも徒らに章句の末に拘泥して天真爛漫の見るべきなければ人を感動せしむること覚束なからんかと存候」

この漱石の手紙についての子規の返信は残念ながら失なわれており、子規の返信を受けとった漱石の「かく迄御懇篤なる君様を何しに冷淡の冷笑のとそしり申すべきやまじめの御弁護にていたみ入りて穴へも入りたき心地ぞし侍る程に一時のたわ言と水に流し給へ七面倒な文章論か、ずともよきに、そこがそれ人間の浅ましさ終に余計なことをならべて君に又攻撃せられて大閉口何事も餅が言はする雑言過言と御許しやれ」という再度の子規宛文面より、わずかに推察するほかはない。

フロベールや漱石がいう男性的な文章、男らしい文体が一体どういうものなのかは、非常にやっかいな問題かも知れないが、まずはフロベールや漱石がそれぞれの書簡の中で指摘している

「実のある明快な」「飾り気なく平たく造作なく直叙スル」ということに通じてくるのだろう。

フロベールは文体について偏執的なまでの労力をはらった作家だが、その作品『ボヴァリー夫人』や『感情教育』にしても翻訳文で接した限りでも、たしかに平明でリズミカルな語調を感じさせ、一種の快味がある。

漱石の作品もまた、簡明にして要を得た明晳な文体に支えられている。前期の「草枕」や「虞美人草」にはまだ技巧をてらった装飾的な文章がみられるが、後期に向かうに従いこうした美文調的な側面はそぎ落とされ、晩年の「明暗」にいたっては、人間や現実に対する観察眼がより深く、鋭利に研ぎすまされ、作品世界の構図もそれだけ複雑さを増してきているにかかわらず、逆に文体は質朴、直截的で、これが力強いリズムを形成し、リアリティーを保証する結果となっている。

桶谷秀昭氏は「それから」の代助の心を描く漱石の文章にふれ「これはあいまいな文章のようにみえて、そうではない。あいまいなのは代助の心なので、あいまいな心を正確に描いた文章である」と指摘しているが、作品「明暗」においても打算や虚偽、虚栄、物欲、支配欲など人間世界の業悪に満ちたそれぞれの登場人物のありのままの心理や行動を見事に描き切っている。

ところで文学における男性的・女性的ということで漱石と対比される鷗外の小説『青年』に次のような情景があったのを思い出した。

大村という登場人物がオットオ・ワイニンゲルという西洋哲学者の言説を紹介して、「どの男でもいくぶんか女の要素を持っているように、どの女でもいくぶんか男の要素を持っている。個人は皆M＋Wだというのさ。そして女のえらいのはMの比例数が大きいのだそうだ」ということを主人公の小泉純一に話すところである。小説家志望の純一はこの大村のセリフを聞いて、自分にはだいぶWがありそうだと思いあたり、ギョッとするわけである。

もともとこの話がもちだされてきたのは、たまたまこの二人が駅の待合室で、東京の女学校校長である高名な女性偉丈夫と遭遇する破目になったからである。

鷗外が終生敬慕した母峰子はなかなかに男まさりの人であったというし、『渋江抽斎』に登場する抽斎妻の五百は、夫の危急を救おうと浴室から裸身で忍び出て、熱湯のはいった小桶を三人の賊に投げつけ追いはらうという男顔負けの離れ技を演じる、強い性格を兼備した女性として描き出されている。鷗外はもともとこうした女性像に対して憧憬と畏怖のような気持をいだいていたのではないかと考えられる節がないでもない。

しかし女のえらいのはMの比例数が大きいからだ、というような『青年』のセリフを、現代のような男女平等、同権思想が浸透している世の中で軽はずみに応用すると、女性側からの総反撃のマトになりかねない。えらい女性とM要素の比例数がイーコルで結ばれるという理屈なら男の優位、優性的立場をそのまま認めてしまうことになるからである。

ところで、男性的・女性的という文学上の問題について当然に想起する手近な事例があることに誰でも気付かれよう。それは二葉亭四迷の「文学は男子一生の事業ならず」という一般に広く流布している有名な言葉である。

中村光夫氏によれば「彼は少くとも公衆の面前では、どこでもこんな断定的な言葉を吐いていない」ということである。いずれにしても長谷川二葉亭がこれに類したことを言い、世間に二葉亭の言葉として広く流布することになったことは間違いなさそうである。

二葉亭がベンガル湾洋上に没した約半年前にあたる明治四十一年十一月の「新潮」は「文芸は男子一生の事業とするに足らざる乎」という設問のもとに魯庵、天外、抱月、漱石などの諸家にアンケートを発している。漱石も「食つて行き得る職業ならば職業として目的を達し得るものと認めなければならぬ。若し、文学者の職業を男子一生の事業とするに足ると云ふならば、大工も豆腐屋も下駄の歯入れ屋も男子一生の事業とするに足ると言つても差支へない」と真面目な姿勢で回答を寄せている。また二葉亭にただ一度差し出した手紙についての反省として、「文士たることを恥ず君の立場」からしていらざる差し出た行為をしたという述懐をしていることからも、二葉亭に関係する言葉として、この言葉はそのまま世間にまかり通っていたと受けとれる。

二葉亭が文学は男子一生の事業としては物足りなく、女々しい限りと本気で考えていたかどうかはともかくとして、人生と文学の関係や問題について切実に問いかけ、悩み、呻吟していたことは「私は懐疑派だ」とか「予が半生の懺悔」などの談話筆記によってほぼ明らかなことである。

ところで鷗外、漱石と二葉亭との関係についていうと、鷗外も漱石も二葉亭に対してそれぞれ文章を寄せている。ともに明治四十二年八月に相前後して発表されたもので、その三ヵ月前の五月に死去した二葉亭の面影をしのんで書かれたものである。

鷗外の文章は「長谷川辰之助」と題してのちに『妄人妄語』に収められている。ただ一度だけ会った二葉亭の印象を語っているものだが、それによると、二葉亭が洋行する一年前に突然鷗外の千駄木の家宅に訪ねてきたこと、一時間近く遠慮も隔てもなく親しく話したこと、存外に二葉亭の口からは文学談は出なくて、主にロシアの国風、ロシア人の性質などについて話題がとり交わされたこと、などについて書かれている。そして二葉亭にはじめて会った人柄の印象として「私の目に移つた人は骨格の逞しい偉丈夫である。浮雲に心理状態がゑがかれてゐるやうな、貧血な、神経質な男ではない。平凡にゑがかれてゐるやうな、所謂賃訳をして暮しの助にしてゐる小役人らしい男でもない」と記している。

漱石の文章は「長谷川君と余」と題して、二葉亭の霊前に供するため坪内雄蔵、内田魯庵の求めに応じて書かれたものである。ここで漱石の記しているところでは、長谷川二葉亭は洋行前に最初にして最後の漱石の早稲田の家宅への訪問も行なっているのである。漱石の場合は朝日新聞社に勤務する同僚として、それまで多少は接触している間柄であったが、昵懇という関係にはほど遠く、互いに名のみ相知る程度で、たまたま銭湯で往き会った時でも「やあ」と声をかけてすますといった具合であったらしい。

しかし、漱石は一度、二葉亭に手紙を認めている。『其面影』を買ってきて読み大いに感服したため、漱石の言によると「いささかながら早稲田から西片町へ向けて賛辞を郵送した」のである。だが二葉亭からの返事は端書が一枚きたきりで「ありがとう、いずれ拝顔の上で」といった程度のことが書かれているだけで、まったく素気のないものだったらしい。

ところで漱石が長谷川二葉亭にはじめて会した時の印象もおもしろい。こう書いている。「長谷川君といふ名を聞くや否やおやと思つた。……第一あんなに背の高い人とは思はなかつた。あんなに頑丈な骨骼を持つた人とは思はなかつた。あんなに無粋な肩幅のある人とは思はなかつた。……君の風丰《ふうぼう》はどこからどこ迄四角である。頭迄四角に感じられたから今考へると可笑しい。其当時『その面影《（ママ）》』は読んでゐなかつたけれども、あんな艶つぽい小説を書く人として自然が製作した人間とは、とても受取れなかつた。魁偉といふと少し大袈裟で悪いが、いづれかといふと、それに近い方で、到底細い筆抔を握つて、机の前で呻吟してゐさうもないから実は驚ろいたのである」。

鷗外、漱石ともに二葉亭とはじめて会した時の印象を、予想とまったく違っていた驚きに見舞われ、まるで口裏を合わせたように「骨格の逞しい偉丈夫」「頑丈な骨骼を持つた人」と書いているのである。察するに、二葉亭四迷という作家は余程にたくましく、頑健で男らしい風貌をそなえた人物だったと思われる。

二葉亭はそもそも自分が文学好きになったいわれとして、ロシア語を学んだことからはじまったと述懐しているが、外国文学の翻訳という仕事に従事しているうちに、知らず知らず文体や文調に対する厳密な目くばりや姿勢を身につけていったようである。

その外国作家の文体はその作家自身の詩想によって当然異なり、ツルゲーネフにはツルゲーネフの文体、トルストイにはトルストイの文体がある。これらの作品を翻訳するに際しても、こうした問題を根本的な必要条件として心がけなければならない、とも指摘しているが、文体という問題については非常に真剣な態度で取り組んだ文学者である。

美文調を極度にきらい、これを排斥して平明で素朴な口語文を苦心を重ねて創出したわけだが、文学表現や文学に対するこうした正直一途でのっぴきならない姿勢が、とうとう「私は筆を執っても一向気乗りがせぬ。書いていてまことにくだらない」という文学的境遇にまで行きついてしまった。

中村光夫氏は「文学以外には解決の得られぬ問題を抱きつつ、しかも文学をその解決の場となし得なかった点に、彼の生涯を貫く悲劇の素因が横たわるのである」と二葉亭の文学と生涯の関係を評しているが、こうした事情は鷗外や漱石の場合にも当然に働いていたわけで、それ故にこそ彼らは一様に全ての外的状況との関係における文学の存立根拠を執拗に問いつめ、正当性に終生苦しんだとも解される。

二葉亭に対する鷗外や漱石のいくらか慎しみ深く、遠慮がちではあるが、それだけに強さを感じさせる親近感、敬愛感も、詮じつめれば文学の存立根拠に対する根本的問いかけに発している。特に二葉亭の場合は、内的な苦しみの解決を図らんがために文学以外の政治的、実業的世界に飛びこもうとしただけに切実で、鷗外、漱石もこのような二葉亭に対しては深い理解のもとに、他人事ではないという複雑な心境を重ね合わせていたのかもしれない。

そして二葉亭のベンガル湾洋上での、「文学的には徒死」ともいえる死に対して、やはり万感の思いをこめての切迫した同情心を禁じ得なかったであろう。それとともに、二葉亭の筋骨たくましく、志操堅固ともいうべき男性的な風貌や姿勢を想念に描いて、しかもその彼に訪れた死を受け止めてみた時、そこに明治末期という、帝国主義国家への一歩を踏みだし不吉の翳りをみせはじめた時代状況のなかで、刀折れ矢つきて壮絶に斃れた一個の勇士に喩える思いがあったのかも知れない。

最近倉橋由美子氏が指摘していたが、たしかに、日本の作家は総じて女々しいのかも知れない。特に近年はその傾向が増長されてきているようだ。作家が女々しいというのだから、それによって形成される文学状況も当然に女々しいということだろう。現にこういう指摘が出てくるとすれば、むしろ男の側の作家、批評家から出てきて当然であるのに、女性の作家から出てきているということ自体がそのことを裏づけていないだろうか。

漱石文学の視界

一

夏目漱石の作品を読んでいて、あるくだりの文章に出会わして、ある奇妙な考えにとりつかれることがある。「彼岸過迄」の次のような文章に出会わした時などもそういう場合だ。

それは「松本の話」という章に出てくる場面なのだが、松本が自家にやってきた甥の市蔵の姿を見つけると、彼は女性向雑誌の口絵に出てくる、ある美人のグラビア写真を眺めている。

その時、市蔵は今こういう美人の写真を発見して暫く相対しているところだと叔父に告げる。すると松本は彼にそれはどこの何者の令嬢かとたずねる。対して市蔵は写真の下に書いてある女の名前はまだ認めていないことを告げる。その応答をうけて叔父はいう。それは迂闊だ。それほど気にいった顔なら、なぜ名前から先に頭に入れないのか。時と場合によっては細君として申しうけることも可能ではないか。

ところが市蔵はこういう叔父の詰問に対して、何の必要があって姓名や住所を記憶するのか、という気配を示していぶかしむ。そこで叔父は、自分はあくまでも写真を実物の代表として認め、彼はただの写真として眺めていたのであり、これが市蔵の自分と根本的に違うところである、という見解を導きだす。

以上のような場面を描く漱石の文章に接して、ぼくは市蔵や松本らの作中人物と作者である漱石の位置関係についてある種の奇妙な考えをめぐらすことにとりつかれてしまうのである。

市蔵の叔父である松本は自らも「高等遊民」を自称するごとく、財産と学問、見識を一定身にそなえながら、世俗的な問題には拘泥せず、およそくったくなく自在自由に生きようとしている、普通一般の世間的な常識から見れば世にあい入れそうにない変人である。

一方、市蔵は当の松本の観察眼によると「世の中と接触する度に内へとぐろを捲き込む性質」で、この内面の活動から必死に逃れようとしながらも自分の力ではどうすることもできない呪いの網にからめとられた、不幸な運命の下にある青年ということになる。

そして、この二人の人間関係の一断面をえぐりだしている敬太郎という第三者へ告げられている市蔵の仮借ない次のような言葉がつけ加わる。


「僕は松本の叔父を尊敬している。けれども露骨な事を云えば、あの叔父の様なのは偉く見える人、高く見せる人と評すれば夫で足りていると思う。（中略）が、事実上彼は世俗に拘泥しない顔をして、腹の中で拘泥しているのである。——」


こういう一連の文章に出会わして、市蔵と松本の関係、そしてこの二人の関係に対しての作者漱石の意識のレベルということについて考えこんでしまうのである。

俗世間的な事柄には拘泥せず、それを超越している高等遊民である松本に対して、そういう生き方に同族共感的な志向を示し、尊敬の念すら抱いている市蔵だが、他面では松本が「世俗に拘泥しない顔をしながら、その実、拘泥している」という正体をするどく見抜き、軽蔑的な言辞ももらす市蔵について漱石は松本より上位の意識レベルにある人間とみていると考えてさしつかえない。そのことを明記する具体的な場面として「美人グラビア」に見入る市蔵と、その場面に遭遇する松本というシチュエイションが設定されている訳だが、普通、そのグラビア美人の氏名などなぜチェックしないのかというような松本の指摘に対して、市蔵のような意識レベルにある人物形象は、そのような指摘に対して一瞬いぶかしくは思うとしても、それ以上の感触としてはとらえないということも考えられる。そう考えると松本は、「グラビア美人」との対処の仕方から、自分と市蔵との根本的な違いという結論を導きだすが、これは松本の結論であると同時に、この場面を描く客観的な位置立場にある作者漱石の結論でもあると判断される。

すると漱石は市蔵という形象の人格的な意識レベルと松本という人格的な意識レベルの両者を掌握し意識的な支配下においているということになる。そして、漱石の人格意識的レベルとの立場位置関係からすると、それは「実は世俗に腹の中で拘泥している」松本の人格意識レベルと同位置にあるとみるべきでなかろうか。それは松本の位置からでないと、市蔵の一段と高次にある人格的意識レベルは把握できず、もし市蔵がこの情景から導き出される意味を把握していれば、それは松本と同一のレベルに伍してしまうからである。

この場面に直面している作者漱石は、あるいは市蔵のような意識的レベルにある人格形象を理想形としてとらえながら、自分はやはり松本のような高等遊民的な衣装をまといながらも、「腹の中では世俗に拘泥している」演技者としてありつづけていることを嫌悪感をもちつつ自覚していたのではなかろうか、と考えたりするのである

ただ、また別のとらえ方というのがあるかも知れない。いわば「神の目」の位置にある作家の立場ということで、この場合、松本の視点、市蔵の視点という漱石の両位置どりである。普通は漱石＝松本の視点からの市蔵、漱石＝市蔵の視点からの松本という作者としての位置どりが常識的な作劇法である。

大衆通俗的なエンターテイメント小説では、漱石の採用した「神の目」的視点からの叙述方式はみられるが、しかしその方法意識的作劇法は、一般的にいわれる芸術的価値基準の軸から離反していくリスクをともなう。意識レベルのことなる各人物には、その人物たちを創造した作家の根本的な思想的、造形的意識が浸透されていなければならず、漱石の場合は、その乗り越え難き壁をとにかくも乗り切ったと評すべきなのかも知れない。

作家とその作品の関係ということの問題のなかに、たとえば次のような事例が見出される。マルセル・プルーストの『失われた時を求めて』（吉川一義訳）の「ゲルマントのほう」に「もちろん私への反論にオージェの言い古された名文句〈酔えるなら器は問わぬ〉が持ち出されるでしょうね」というゲルマント公爵夫人のセリフが出てくる。そして、このセリフの名文句の訳（注）として＝劇作家エミール・オージェではなく、詩人アルフレッド・ド・ミュッセの韻文詩「盃と

唇」（一八三二年の献辞の一節。プレイヤッド版注はプルーストの勘違いとするが、公爵夫人のオージェ好みを際立たせるための作家の作為と考えられる）＝と記されている。こういう問題は他所にも見出されるが、読書のこういう場面に出会わすと知らずうちに考え込んでしまう。

これをプレイヤッド版注にあるように作者プルーストの勘違いとするか、それとも作中登場人物の軽はずみなキャラクターを際立たせるためのプルーストの意図した作為とするのか。

二十世紀最大の記念碑的作品とされる小説に、どちらか白黒をつけられない問題が残り、今後も永遠に不分明な疑問符を内包したまま存在をつづけていくということに戸惑いを覚える。

もっともこの巻には、プルーストの校正刷りが訂正されず、アステリスク三つを付した「フォン・＊＊＊大公」という固有名詞箇所もそのまま残っているということもある。しかし、いずれにしても作者プルーストにとっては、作者とその作品という観点からも気が気ではない問題が残っているといえなくはないだろうか。

また、こういう場面にも遭遇する。

これは『ドストエフスキー全集』（新潮社）の「作家の日記」（Ⅲ）の月報に寄せられた中村健之介氏の「『アンナ・カレーニナ』をめぐって」に紹介されている要約文についての事柄である。

ドストエフスキーは「ロシア報知」連載中のトルストイの「アンナ・カレーニナ」にふれ、心の清らかな未来のロシアの民として、ドストエフスキー自身が強い期待を寄せる人間像とみている生真面目な農園経営者レーヴィンを讃えるのだが、しかしその半年後には、今度は一転しレーヴィンを罵倒しはじめるのだ。

それは「兄弟的連帯」を保持しているナロードと手をつなぐことを真っ先に理解すべきはずの「心の清らかな」レーヴィンに、そうした思想と離反していく姿を認めたからであり、怒ったドストエフスキーは、作者トルストイを批判する言葉をえんえんと書き連ねる、と中村氏は紹介している。

このようなドストエフスキーとトルストイのロシア文学史上の「一事件」の顚末を目にして、やはりある種の奇妙な感慨にとらわれる。なぜなら、ドストエフスキーはトルストイに比肩するロシア十九世紀の大作家であり、膨大な創作エネルギーを苦渋と絶望的状況のなかで長大作に費やしてきた経験と経過をたどってきているにもかかわらず、トルストイがとらえ、精確に時代的社会的状況のなかで描き出している人間ドラマのなかのこうした登場人物の作者の意図的操作による真の動きが理解し得ないとは到底考えられないからである。

物語世界を追及していく経過のなかで体験、レーヴィンの行動軌跡の変化について感情移入を行い、その都度反応するのは、ごく自然な成り行きだが、その感情的な反応を作者トルストイにまで批判のほこ先を向けるのは当然にルール違反と考えられるからである。

もちろん中村氏はこのような事情は当然承知の上で、このエピソードを紹介しており、「まさにそのように熱情的に違反を犯すことにおいて」ドストエフスキーは「実に沢山のことを感じる」自分自身を表現した、と述べている。

そして中村氏はゴーリキの追想録にある、トルストイがゴーリキに述べた言葉「ドストエフスキーは実に沢山のことを感じた人だったが、考える方はだめだった――それは、彼が考え方を学んだのが、あのフーリエ主義者たちだったためだ」と追記している。

なお、つけ加えるとゴーリキの『追憶』（湯浅芳子訳）によると、トルストイはしばしばドストエフスキーについて言及しており、「彼は健康な人間を好かなかった」と言っていたらしい。

正宗白鳥は漱石の「彼岸過迄」について、この小説は探偵小説らしい分子に富んでいて、漱石のどの小説よりも手の込んだものだ（「夏目漱石論」昭和三年六月。「中央公論」）としながら、この作品を比較的好意をもって受けとめている。そしてそのような評価を与える源のひとつとして、主要な登場人物の一人である千代子が生き生きと描かれていることを挙げている。

たしかに正宗白鳥の指摘するように漱石の多くの作品に登場するヒロインやヒロインに準ずる女性像たちは、「虞美人草」の藤尾や「三四郎」の美禰子、「それから」の三千代、「門」のお米などは観念的、抽象的なとらえられ方をされている傾向が強く、生き身の肉体的存在として実感できる気配に乏しいきらいがあった。

「それから」のなかで、三千代が息をはずませて代助の書斎を訪れる情景があるが、その三千代が、代助が用意しようとするコップの水を待ち切れずに、鈴蘭のつけてある大鉢の水を代助のコップですくい呑みする場面があり、その時の代助と三千代との心理的に切迫、緊張した関係を暗に描き出しているとともに、三千代の何か女性のもつ特有の原初生理的で、官能的な姿態をえぐり出している漱石の筆力に強い印象を瞬間的だが、きざみこまれた経験はあるものの、概していえば漱石の女性の描き方には力の弱いものがあるようには感じていた。

しかし、この「彼岸過迄」の千代子について白鳥は言っている。

「私は〈須永の話〉を中心とした〈彼岸過迄〉において、はじめて、漱石の頭から描きだされた潑剌たる女性を見るのである。それほど千代子はよく描かれている。温かい肉体を備えてそこに鮮やかに浮き出している。彼女に対する須永の嫉妬焦燥の気持も胸に迫る力を有っている。今までの漱石の作中に現れていなかった気持である。私は漱石の人生観察心理解剖が、一作ごとに深くなって行くのを感じる」

漱石の作品のなかでも、読者に広く膾炙《かいしゃ》している「門」(一九一〇年)と「心」(一九一四年)との間に執筆年がはさまれている「彼岸過迄」(一九一二年一~四月。なお「行人」が同年一二月から翌年十一月かけて執筆連載されている)はどちらかといえば地味で目立つことのない作品と世上では受けとめられており、現代に至ってもその傾向はつづいているようである。

しかし、最近、私はこの小説「彼岸過迄」を読み直してみて、その複雑な物語構成と内容のなかに、漱石文学のこれまであまり表面には浮上してこなかった魅力がかくされているのを感じた。
この小説「彼岸過迄」に格別の関心や興味を示してきた作家や評者がいなかったわけではない。先に紹介した正宗白鳥がそうであるし、大岡昇平も多くのページをさいて「『彼岸過迄』をめぐって」という講演記録をのこしている。（筑摩書房『小説家夏目漱石』所収）
そのなかで大岡はこの小説を中学生の最初に読んだときから、面白かったといっている。そして漱石の作品のなかではわりあいに好きな作品であること、普通にはこの小説の後半部の「須永の話」「松本の話」などが人間の精神の深いところに触れている、として評価の比重をかけられているが、推理小説仕立の探偵趣味の面目が表面に出ている前半部の運びがもう少し見直されてもよいのではないか、などの見方、意見を述べている。
桶谷秀昭氏は「彼岸過迄」について大岡昇平とはまた異なった見方を提示している。（『夏目漱石論』河出書房新社）
桶谷は「彼岸過迄」は（修善寺の）大患以後「明暗」にいたる作品群の中で、「これだけが著しく見劣りのする失敗作であるが、作者が道草を喰っている前半は、出来損ないの社会小説のようなおもむきがあり、漱石の作家としての迷いがあらわれている」と厳しく批判的な口調で述べている。そして後半を過ぎて「須永の話」になって、田川敬太郎という前半の主人公は完全に舞台廻しの役割に転落する、と追討ちをかけて批評している。
桶谷の「彼岸過迄」に対する作品批評はあながち見当が違っているとはいえず、確かに一般的にはそういう評価も多く、うなずかせるものがあるといえよう。

しかし、正宗白鳥や大岡昇平の視点からみられる別の角度からの異色の評価の仕方もあることも事実であり、そういう意味からいえばそもそもにこの作品自体に強い関心がそそられ、問題発展の新しい可能性を内包している作品的性格があるのではないかとも考えられる。そこでこの作品の構造や内容の持っている課題的な意味を少しずつこじあけて描き出してみたいと思う。

そこでとりあえず、この作品で奇妙な位置と役割を背負わされている、前半部の主人公といえる田川敬太郎についてである。

桶谷秀昭氏はこの田川敬太郎について、舞台廻し、猿廻し的な役割をみているが、漱石の作品ではこうした役割を背負わせられた登場人物の類例は多い。

この場合、登場人物といえるかどうかについては当惑するが、たとえば漱石の作家生活の起点的作品となった「吾輩は猫である」の猫などはその典型である。また「三四郎」の佐々木与次郎や第三者的で副主人公の位置を与えられた「こころ」の青年である「私」、「明暗」にでてくる小林なども広義な範囲ではそうした類型にはいる。

もともと漱石の小説には「主語」＝「私」という構成の作品は皆無といってよい。作中の主人公にも寄りそうように、あるいは冷たくつきはなすような「語り手」としての位置に作家としての漱石は座を占めている。これは多くの長編小説が大衆的、普遍的読者を獲得するための必要な手段として求められた新聞連載小説の形式をとっていたことが影響しているかも知れないそして、そのほかの大きな理由としては、漱石はもともと性質的にも諧謔風刺精神の充溢した作家であり、特に英国文学研究者としての経験的な生活を経て、自分の外的、内的な対象や事象を客観、第三者的位置から視る批評家的姿勢が強かったことも挙げられると思う。そしてそのような作家としての姿勢を持続させ、作品世界の構成や内容を成立させている必然的な要素として、このような猿廻し、狂言廻し的な登場人物が生み出される。

「彼岸過迄」の田川敬太郎もまさしく、そういう役廻りを背負わされている人物だが、ただ、彼の場合はこの小説の前半部の主人公ともいうべき大きな役割をもっている。大岡昇平は、大学を出たものの、意の満たすことができる職業にありつけず、あまり利巧ともいえない青年が友人須永市蔵の紹介によって引き受けさせられる探偵まがいの行動についても興味を示し、人間の心理として、自分自身、他人の隠しているものを見たい、知りたいという願望を持っており、小説というものは元来、そういう「のぞき見」趣味から成り立っていると註釈している。

そして、田川敬太郎がこの探偵する段階の、人物が完全に外から見られている部分が好きだと説明している。

小宮豊隆によると、「彼岸過迄」を書きはじめた時、五女ひな子の死んだ直後でもあるし、池辺三山は朝日新聞主筆を辞めてしまうし、自分の痔は直らず、いつまでも病院通いが続くというような状況下で、漱石がこの作品を書くのに、そんないそいそとした心持で立ち向かうことが出来ないのは当然で、はじめのうちはどうしても気乗りがしなかったと断じている。新聞連載の一回分を書き上げるのもおぼつかない状態にあったようだ。しかし、そんな状態にありながらも書きこんで行くうちに、段々気分も乗りはじめ、それほど重荷に感じなくなったと書いている。そして小宮は後半部にはいっての「須永の話」からはじめて漱石の名に値する小説になっており、前半部は内面的な構成の上からはすべて余計なものであると言うことができなくもない、といっている。

たしかに小宮がいうように「雨の降る日」の、ひな子を失くした悲哀をどうしても書きとめておきたかったという漱石の切実な気持があらわれている一章は実に美しい文章であり、前半部のある意味ではまわりくどい、冗長な感じすらいだかせる文章とは好対照にある、ということは指摘できる。

しかし、「読者の好奇心をひこうとする脚色ぶりは例のとおり」（白鳥）としても、その前半部の謎解きへの興味で読者をひきずりこんでいくような推理小説仕立の物語の展開、それにあやしげで正体不明の持主で敬太郎の面前に出没する森本という意味ありげで怪異な男や、世間馴れした現実家で実業家の田口要作（敬太郎が田口に指示されて尾行した一対の男女の行動結果を田口に報告している時、この男の口を借りて敬太郎に反問して「夫婦でないにしてもですね。肉体上の関係があるものと思ひますか」というセリフを漱石がいわせているのには意表をつかれたような驚きがあった。普通、漱石はこういう露骨な表現法は使わないからである）など特異で印象的なキャラクターをもった登場人物が現れて、充分に読者の好奇心をつなぎとめるだけの内容をそなえていると思う。そういえば、森本も敬太郎に訓戒口調で「あらゆる冒険は酒に始まるんです。そうして女に終わるんです」と煙にまくようなことを口にしているが、これも漱石にしては珍しいセリフとして記憶にとどめられる。

しかし、一方では小宮豊隆の指摘が示唆するように小説の全体的な構成からみれば、前半部と後半部は二色にふりわけされた物語本と評されても不自然ではないような印象をあたえることも事実である。

それには小宮が明かしているように、漱石のそれまでの小説作品と違って、独立した短編をいくつか集めて一つのものにまとめ上げるはずの構想で書きはじめられたことが影響していると考えられる。

この小説はこのように前半部と後半部がそれぞれ独立した作品のように受けとめられる面もあるのだが、だからといって、それでは前半部と後半部はまったく絶縁状態で、なんらのつながりも見いだせないかというと、当然のことながら決してそんなことはない。そしてつながりという側面から見ると、後半部が前半部によって支えられているという見方は過大としても、後半部は明らかに前半部とのつながりなしには構成的内容が成立しない仕立てになっているといえるだろう。そしてそのつながりを具体的な行動によって直接的に結びつけている役割を背負わされているのが田川敬太郎であるのは断るまでもない。物語の織りなす筋道の運びとしても、漱石の筆によってあやつられるように探偵としての行動軌跡をたどる敬太郎の動きに沿って、後半部の主要な登場人物となる須永市蔵、田口千代子、松本恒三らのそれぞれの人間関係や、それぞれの人間像が明らかになる仕組みになっているが、実はこれらのある意味では狂言廻し的な敬太郎の行動的位置、そしてさらに重要な内容的位置を占めていると考えられる敬太郎のそれなりの役割がそこにみとめれるのではないだろうか。

閑話休題。ここで一息いれることにする。

福原麟太郎によると漱石の蔵書目録のなかには、ジェームズ・ボズウェルの『ヂョンソン伝』が二種見出され、一八三五年版と一八五一版のもので、福原は漱石がジョンソンのことをどう考えていたか研究してみたいといっている。(『漱石と英文学』)

詳しく調べてみたわけではないが、漱石自身は「文学評論」のところどころでジョンソンのことを引用して触れている程度で、本格的に論を立てるというほどのことはなかったようだ。「ジョンソンは《酒店の腰掛けは人間の幸福の王冠なり》といったことがある」と引用し「ジョンソンとかゴールドスミスとか云う連中は金さえあればこんな所へ入り浸りに這入り込んで呑み喰ひに日夜を送って喜んで居った」などと紹介している。

英国でもそれほど事情は変わらないかも知れないが、我が国のジョンソンの知られ方には偏重したものがある。

まずボズウエルの著した『サミュエル・ジョンソン伝』(私の手にしたのは岩波文庫、三巻本・

神吉三郎訳）が著名で、シェクスピア研究学者にして、『英語辞典』や『イギリス詩人伝』などの大著を著わしたご当人よりはボズウェルによる「ジョンソン氏」の方が広く知られ、まるで一人歩きをしているような格好となっている。果たしてジョンソン博士の著作や『スコットランド西方諸島の旅』など紀行エッセイなどに接した読書人はあまりいないのではないかとみられる。私も好奇心をもって少し本屋をまわったことがあったが、その時、中央大学に「S・ジョンソン研究チーム」というのがあるのを知り驚いたことがある。しかし、こういう研究チームがあるということ自体、生身のジョンソン博士の存在と著作はあまり知られていないということを意味しているといえそうだ。

私自身はジョンソン博士の存在や人物像にささやかな関心をもつきっかけとなったのは高橋哲雄著『スコットランド・歴史を歩く』（岩波新書）にふれたからで、漱石も「文学評論」のなかでふれている、ジェイムス・マクファーソンの「オシアン伝説」の存在の疑義に真っ向から挑んで贋作説を唱え、スコットランドの奥地まで実地調査に赴いたというエピソードなどから、直情径行型のその人柄に面白味をそそられたりしたからである。

しかし実際のところは、イギリス的ユーモアの体現者、博覧強記で舌鋒鋭い闘論の達人にして直情的で頑固ながら人情味あふれる人柄など、具体的な人物像は結局ボズウェルの伝記にすべてを負っている訳である。

この『ジョンソン伝』については、漱石も「文学評論」で名前などを取り上げたりしている英国十九世の著名評論家であるレズリー・スティーヴン（一八三二～一九〇四年・ヴァージニア・ウルフは末娘）が「自分の文学の喜びはボズウエルの《ジョンソン伝》に始まり、これに終わる」という言葉を残している。

たしかに一読して、ボズウエルによって細微精妙にとらえられ、描きこまれたジョンソン博士の生活の表情や行動は、これ以上にない迫真性に満ちており、伝記文学の白眉に位置するといわれるのも充分にうなずかされる。そして、直情径行でユーモアに満ちた人柄や言辞は、いかにも漱石お気に入りのキャラクターであったであろうことを想像させる。

この伝記の強みは、伝記を書いたジェームズ・ボズウェル自身（一七四〇年～一七九五年）が伝記の主人公サミュエル・ジョンソン（一七〇九年～一七八四年）と同時代に生き、ジョンソンの死に至る二十二年間を親しく交わり、生身のジョンソンという人物を知り尽くしていたというところにあるだろう。ジョンソン博士はマントヒヒのような赤ら顔をした、体軀頑健な大男であったということだが、振舞いには粗野なところがあり、マントヒヒならぬ「熊」というニックネームで呼ばれていたらしい。ジョンソン博士を嫌っていたボズウェル夫人は、ジョンソン博士に熱をあげていたボズウェルを揶揄して「あたしは人間が熊を引き廻すのは何度も見ましたけれど、人間が熊に引き廻されるというのは見たことがありませんわ」といってのけたという。

ジョンソン博士の立ち居振る舞いが粗野であったということを示すエピソードとしては、ジョンソン博士が故郷のリッチフィールドに一時立ち帰り、不遇の生活を送っていた時、ジョンソンの年齢の二倍もあった未亡人のポーター夫人と結婚し、私塾を開いていたが、年若いいたずら者で不埒な生徒たちは彼の寝室の戸の鍵穴から覗いて、夫人に対する彼の猛烈で不細工な愛撫行為を楽しんでいたとボズウェルは書いている。

このジョンソン伝にはジョンソンの卓抜な警句や主に文学クラブでの思想的発言や議論、それに彼の奇矯な行動に伴う数々のエピソードなどが記録されているが、そのなかで「今や私はジョンソン博士の生涯のうちで私の目にふれた、すこぶる珍しい事件を記録することになった」とボズウェルが記している、そのエピソードだけを簡略に紹介しておきたい。

それはかねがねボズウェルが敬愛し懇意にしていたジョンソン博士ともう一人の名士、ホイッグ党の政客ジョン・ウィルクス氏を互いに知り合いにしようと望んでいたことから始まるエピソードである。「しかし、これ以上にかけはなれた二人の人間は全人類の中からも恐らく選び出し得まい」関係にあり、二人は各自の書きものの中で互いに攻撃さえしていた。

そしてその二人を引き合わせるためにボズウェルはいろいろ苦心して策をめぐらし、手段を講じて、知人の書籍商の会食会にこの二人を出席させることにとうとう成功した。ジョンソン博士はその会食日を忘れたふりをしたり、自家で食事をする準備をすでにしていると告げたりして会食に出掛けるまでボズウェルを散々手こずらせ、しかしボズウェルの周到な策略の網からは結局逃げ得ることは出来ず、渋々ボズウェルとの同行を余儀なくされる。

招待主である書籍商の客間でボズウェルは目立たぬように、ジョンソン博士がどう振る舞うかに注目する。彼は客の誰彼について、小声で招待客に囁くように尋ね、「それならレースのついた服を着た紳士は?」「ウィルクス氏です」。

この返事を驚きとともに受けとめ、一冊の本を取り出し、窓下の腰掛に座ってそれを読むふりをする。

やがて食卓の準備ができ、ウィルクス氏はジョンソン博士の隣に席を占めることになり、ウイルクス氏の気配りもあって二人は意気を通じ合うようになる。

話としてはこれだけのことで、概略だけだとまことに素気ないかも知れないが、ここにいたるまでのボズウェルの微にいたり細にわたる話の運びはつきない興趣をそそる内容となっている。

吉田健一も十八世紀英国文学界の当代随一の文芸評論家(『英国の文学』)と評している大御所ジョンソン博士の幼児のような一本気で正直な姿態の一面が見事にボズウェルによってとらえられている。

仮にこのような場面がジョンソン博士の「自伝」として、彼の主格のもとに文章化されているとすれば、それはそれで趣のあるものに仕上っていたかも知れないが、それはまったく異次元の表現展開となっていたことはまず間違いない

ジョンソン博士の人格、文学的業績をことのほか信奉していたギッシングは『ヘンリ・ライクロフトの私記』(平井正穂訳)のなかで、「勇敢なサミュエル・ジョンソン! 彼のような真実を語る一人の人間は、人類を人間化しようと営々努力したすべてのモラリストや説教者に優に匹敵

する」といっている。そしてジョンソン博士の「貧乏は全く大きな不幸なのだ。しかも多くの誘惑、多くの悲惨をもたらす不幸なのだ。従って私は心からそれを避けるように諸君にすすめざるを得ない」という言葉を紹介しているが、このようなぶっきらぼうな、ふてぶてしい物言いには、漱石とて好感を抱かなかったはずはなかろうと一方的に想像したりし、ジョンソン博士に漱石の相似形をみたりしてしまうのだ。

ここで本題に戻るとしよう。

桶谷秀昭氏は「彼岸過迄」という七つの短篇から成るこの小説の前半部は、田川敬太郎という前半の主人公に「結局態のいい道化の役割をつとめることで終ってしまう」という判断をくだし、作者が道草を喰っている感じが強いという見方をしている

そして大岡昇平は桶谷が「道草を喰っている」としているところ、すなわち敬太郎が松本と千代子の関係を探偵している段階の、人物が完全に外から見られている部分、そして明治の風俗、神田の小川町という繁華街の感じが例のない細密画のような描かれ方になっていることなどを理由にあげ好意的に解釈している。

桶谷の見方も、大岡の解釈もそれぞれに納得のいくもので、あえて異を唱えるほどのものではない。ただこれらの見方、解釈に付加して、果たして敬太郎は「単なる道化役」であり、当時の人物形象と風物詩的情景を映し出す外形的描法に関心を寄せるという問題に限定されるだけで終

わってしまうと捉えてしまうのであればいくばくかの抵抗感を覚える。

もちろん「彼岸過迄」が内容的には短編連作の形をとっているとしても、一篇の長編小説としての形を完遂している以上、田川敬太郎の登場人物としての存在なしにはそのことは考えられないことは自明である。

しかし、この小説の後半部に位置する主要章の「須永の話」「松本の話」の内容に含まれる深部的な関連的意味にも須永敬太郎の存在は無視できない重みを持っていると考えられるのである。

漱石は周知のようにこの新聞小説をはじめるに際して「『彼岸過迄』について」という緒言を連載一回分としてつけている。

桶谷はこの緒言について「歯切れのよくない、不明瞭な翳のある文章」で「自分の主題もまだ鮮明でなく、その小説的実現に自信がなかったとしか考えようがない」と指摘している。

しかし漱石は同じ緒言のなかで「かねてから自分は個々の短篇を重ねた末に、其の個々の短篇が相合して一長編を構成するように仕組んだら、新聞小説として存外面白く読まれはしないだろうかという意見を持していた。が、つい夫を試みる機会もなくして今日まで過ぎたのであるから、もし自分の手際が許すならばこの『彼岸過迄』をかねての思惑通りに作り上げたいと考へている」とも述べている。

要するに漱石はこの小説に「実験方法的な性格をもたせた試み」を強く意識して挑んだことが

うかがえる。

そしてこの小説で実行された方法的な作術の結実として生み出されたのがすなわち田川敬太郎という登場人物である。

かつてフランス映画でジュリアン・ディヴィヴィエが作った「舞踏会の手帖」という映画があったが、この作品で過去に出会いのあった、今は懐かしいルイ・ジューヴェやフェルナンデルが演じた男たち数人との想い出をたどり、各々にエピソードをたどってオムニバス風(たしかシナリオはシャルル・スパークだったと思う)に物語を織りなしていく、そのストーリの案内役としての役割をマリー・ベルという女優が演じていたが、いわば田川敬太郎もこのマリー・ベルの役割に似たものかも知れない。

田川敬太郎は時には内部的な心理作用による性格的陰影をみせるものの、おおざっぱにいって非個性的な人物として我々の前に現れている。

この作品より四年前に漱石は「三四郎」を発表しているが、この作品の主人公である三四郎にもどちらかといえば無性格・非個性的で単純な人物としての役割を背負わせていたが、いくらか狂言まわし的な意味あいをかねそなえていたことからも敬太郎は似ているかも知れない。

この無性格で非個性的な敬太郎の、田口要作といういたずら好きの性癖のある実業家の依頼による探偵的な行動によって、松本恒三や須永市蔵と田口千代子らの素性や関係的構図、事情が明らかにされていく仕掛けになっている。

そして、この小説の主要主題として盛り込まれている須永と千代子の相関図の関係における内面的葛藤や心理的機微にふれた宿業のドラマに踏み込んでいくことになる。

ところで、ここでこの小説の核心部分となる章「須永の話」についてちょっと考察してみたい。

というのはこの章で物語が進められていく須永市蔵の告白と、その告白の聴き手となっている田川敬太郎の、物語構成の中で占める介在的な位置関係にやはり関心が向けられるべきではないかと考えられるからである、

須永の告白は告白である限りにおいて、自己の内部に語りかける内部告白をとりあえず措くとすれば、誰か目の前にいる他者に向かっての告白である。そしてこの場合の眼前にいる告白の聴き手である他者とは、須永の学生時代からの友人である田川敬太郎である。

告白する須永の自分自身に関係する物語の主人公は当然に須永市蔵である。そしてこの小説の作者である漱石は須永を主人公とする、その登場人物の主語で、彼と向き合う相対的関係の位相のもとで小説形式と内容を選ぶ余地もあったはずである。

しかし作家夏目漱石はそうした創作方法をここでは選ばなかった。

それは漱石自身がこの小説の緒言で述べているように、存外に面白く読まれるかも知れないという実験的方法意識に支えられていたということに関係していたのかも知れない。しかし、そうした事情が働いていたとしても、それ以外の理由がほかにももとめられる可能性があることも否

定できないように思える。

というのは、この告白のなかで告白する須永自身の意識と、その意識によって紡ぎだされる文体は絶えず客体者としての聴き手の位置にある田川敬太郎の存在を抜きにしては成立しないととらえられるからである。

告白する須永は絶えず聴き手である敬太郎の存在を意識し、その意識によって告白の形式と内容が形成される。そういう形成過程の問題を追及していくと、そこには作者漱石と須永、敬太郎をはさみ、この作品を受けとる立場の読者の関係の問題にまで発展していくことになり、そのことはすなわち読者と文学作品の享受の在り方、仕方というアクチュアルな課題につながっていくことになるが、こうした問題の追尋には私の能力の範囲を超えた手にあまるものであることを素直に告白することとし、とりあえずここでは作者漱石のドラマ構成の方法的方向性として客観的志向性が優先して働いているという問題の範囲を指摘するだけに留めておくことにしたい。

そして須永市蔵と田口千代子の動態的な関係が生き生きとして鮮明に描き出されているという効果が生み出されているとするなら、それは敬太郎を媒介とした須永の意識的な告白文体に依っているといえないだろうか。

そしてこの場合の主人公である須永の一人称者としての純粋内面的な叙述方式では、どうしても真実でリアルな人間関係の動態はとらえられず、従って漱石の創作方法上の形式的な主題は必然的に作品世界を構図的様式に収斂されていくことになる。

たとえばそれはこの作品「彼岸過迄」につづく「こころ」の告白体作品（「わたくし」を介在させている）にも受けつがれている。

大岡昇平は「漱石はまるで神聖な恋愛はどうしても地上で成り立たない、ということを証明するために、小説を書いているようなのです。ここにも何か禁忌がはたらいているような気がしますが、とにかく漱石はそういう作家でした」といっている。

そして具体的には幼馴染の間の「愛の不可能性」を明らかにしているものとして「彼岸過迄」の市蔵と千代子の関係をあげている。

叔父の松本による市蔵という人間の性格像は「世の中と接触する度に内へとぐろを捲き込む性質」をもった男として敬太郎に説明されている。

そして口の悪い松本が千代子を大蝦蟇《おおがま》と綽名をつけて呼び、市蔵はそれに異議を唱え、千代子の言動なり挙動なりが時に猛烈に見えるのは、彼女が女らしくない粗野なところを内に蔵しているからでなくって、余りにも女らしい優しい感情に前後を忘れて自分を投げかけるからだと観察している。そしてまた彼女から清く気高いものに出会ったという気持や感じを何度も受けており、彼女はあらゆる女のうちで最も女らしい女だと話を聞いている敬太郎に説明している。

市蔵がこのように説明する千代子の動態は白鳥が指摘したように漱石によって実に生き生きとした姿でとらえられているといえるだろう。大岡昇平は、子供の時に須永に絵を教えて貰ったことのある千代子が、須永が描いてくれた絵はみな取ってあって、それを見せる場面があるが、この牧歌的な美しさは他の小説にはみられないものだとまで言っている

千代子は「貴方それを書いて下すった時分は、今より余程親切だったわね」と突然言い、「妾御嫁《おょめ》に行く時も持っていく積りよ」と健気に応える。

市蔵と千代子の関係に高木という男が介在し、市蔵と千代子の間がにわかに切迫度が加わることになるが、予期しない嫉妬の情に陥った市蔵に対して、正攻法で「貴方は卑怯だ」という切羽詰まって発した思いつめた言葉を皮切りに、一歩もたじろがずに市蔵につめよる千代子の姿は女性のもつ特有の情熱の一途の強さを映し出したものとして印象深く読者の心を打つだろう。

「唯何故愛してもいず、細君にもしようと思っていない妾に対して……」と口ごもり、市蔵のあとを促す問詰に「何故嫉妬なさるんです」と云ひ切って激しく泣き出す場面があとにつづくが、「涙」とか「泣く」という使用句がほとんど見られない漱石の慣用句的な特長からもきわめて珍しい印象がある。

千代子は市蔵が自分に好意以上の感情をもっていることを当然に明察している。市蔵もそのことを察知しているとともに、これほど好意以上の感情を抱いている千代子を妻としてどこが不都合なのかと煩悶する。

そして市蔵はその理由として「一口で云うと千代子は恐ろしいことを知らない女なのである。そうして僕は恐ろしい事丈知った男なのである。だから唯釣り合わない許でなく、夫婦となれば

正に逆に出来上がるより外に仕方がないのである」という結論を導きだす。

夏目漱石の女性観、恋愛観というものはどんなものであったか、実のところそのことについては確信のある見方を持っているわけでもなく、正直いってそれほど関心、興味のある問題でもないことをここで打明けておきたい。

漱石の女性関係については、嫂の登勢、学生時代の先輩大塚保治の妻楠緒子、戸籍上義姉にあたる日根野れん、など諸説が出ていたり、また恋愛観については多くの作品で主要モチーフとなっている「三角関係」についての論理、倫理的検討などが吉本隆明はじめ諸氏によってされているなど伝記的事実の研究や追及作業も重要なことであると思うが、今、筆の先を向けたいのはこれらの領域ではない。

ただ、漱石作品中にみられるセリフ「恋は罪です。そうして神聖なものです」という二律背反的な通奏低音が絶えず耳を打ち、それに関連して大岡の「神聖なる恋愛はどうしても地上では成り立たないということを証明するために小説を書いているようです」という指摘は重い意味を示唆するものとして記憶に残したい。

ところで突然に論理的飛躍があると思われるかも知れないが、漱石は結婚制度を何らの留保条件もなしに容認することに強い疑問と抵抗感を持っていたのではないかと推論するところから考えてみたい。

例えば滝沢克己は「『それから』における漱石の結婚観」という文章で、今は親しい旧友の妻であるむかしの恋人に愛の告白をした行為について、作者は必ずしも「結婚の神聖を説く世間の形式主義に対して、恋愛における個人の自由を主張したのではない」と述べ、結婚という事実のもとに、それを遊離しては、人の生活全体が宙に浮いてしまう大切な支点として、「人間に与えられる自然のめぐみ」だという、きわめて平凡な真理を発見したこと」にあると指摘している。

漱石がもし仮に実世間で通例化している「結婚」という問題について根本的につきつめた疑問や抵抗感を持っていたとするならば、それにはさまざまな理由や事情が働いていたことは想像できる。手短に挙げれば幼児期にすぐに養家に出されるという、家族的にも幸せの薄い経験的境遇、必ずしも意に沿ったとはいえそうにない結婚、それに伴う家庭生活のなかでの失望など。

しかし世に慣行されている制度上の「結婚」という問題については、漱石自身の内心深くに疑念を抱かせていたのは、平凡、月並みな指摘になるが、地位、家産など名利や物質的要件がつきまとっていることにあるように考えられる。

「草枕」や「野分」など初期作品のはじめから漱石の「岩崎」（三菱合資会社創立者）や「三井」嫌いは随所に出てくるが、「彼岸過迄」の松本の田口要作に対する辛辣な義兄評に「ああなると女に惚れられても、是や自分に惚れたんだろうか、自分の持っている金に惚れたんだろうか、直其所を疑ぐらなくっちゃ居られなくなるんです」などというセリフが出てくるのにも気をつけたくなる。

滝沢克己は「結婚生活が真に幸福な結婚生活として、夫婦の愛が真に純粋で自然な情愛として、成りかつ育つためには、何よりもまず第一に、自己成立の根底に宿る絶対に無償の愛のかかわりに立ちかえらなくてはならない」といっている。（「漱石文学における結婚と人生」）

漱石がもし相互に精神性に充溢したカップルとしての理想的な相手を強く求めていたとすれば、この現実世界でたとえそのような相手に遭遇したとしても、結実するということはほとんどゼロに近い期待度であり、失意と絶望の境遇が待ち構えていると想像してまず間違いない。「彼岸過迄」の「松本の話」は全体として深刻な内容を含んだ章だが、ここで松本が市蔵と千代子の関係について観察し弁じることには注目しなければならない。つまりそれは、彼らが衝突するような意志や意見をもっているとしても、それは双方ともの誤解によるものでも何でもなく、その信じ方に無理がないのだから、極めて尤もな衝突といわねばならない。従って夫婦になろうが、友達として暮らそうが、二人のもってうまれた因果と見る外に仕方がない。ところが不幸にも二人はある意味で密接に引きつけられている。しかもその引きつけられ方が傍のものにどうする権威もない「宿命の力」で支配されているんだから恐ろしい、というのである。

漱石の作品の主題に男女間の「三角関係」がしばしばとり扱われていることは周知のことだが、漱石はこの「三角関係」を作品の主題として設定することによって、男女間の恋愛の純粋性、精神性を実験的に立証しようとした節がある。というのは一対の男女の相対関係では、その関係の間に地位とか財産とか家柄とかの物質、名利的な利害夾雑物が介入する可能領域が広い。しかし「三角関係」の間ではむしろ、そこから転移された男女の相対関係の間には恋愛の唯一性、純粋性による切実な主題が問われることになる。だから漱石の作品には、「三角関係」というテーマはアプリオリに設定されたのではなく、作品の構図として必然的に抽出されてきたのだと考えられる。

たとえば漱石自身の等身大に近い影像をただよわせている「それから」の主人公代助について次のような描写がされている。

代助は手紙を取り交わしている、卒業以来は但馬の山奥での生活に引っ込んでしまった友人の結婚の報知にそれを肯い、その理由として、山の中に住んで、木や谷を相手にしているものは、親の取り決めた通りの妻を迎えて、安全な結果を得るのが「自然の通則」と心得ているからだとしている。そして同じ論法で、あらゆる意味の結婚が都会人士には、不幸をもちきたらすものと断定する。というのは、彼は肉体と精神に美の類別を認める男であり、あらゆる美の種類に接触する機会を得るのが都会人士の権能であると考えるからである。そして既婚の一対は、双方ともに、流俗にいわゆる不義の念に冒されて、過去から生じた不幸を始終なめなければならないことになった。そしてこのような結論的な判断から、代助は感受性の最も発達した、また接触点の最も自由な都会人士の代表者として芸妓を選ぶ。彼女たちのあるものは、生涯に情夫を何人もとりかえる。そして普通、都会人は、より少ない程度においてみんな芸妓ではないか。このことから代助は渝らない愛を、今の世に口にするものを偽善者の第一位に置いた、という思考の経路を漱石は代助によって明かしている。

「彼岸過迄」の市蔵と千代子の一対の相対的な関係は、高木という第三の男の登場によってにわかに緊迫感を増すが、小説のなかで取り扱われている高木の登場人物としての位相は、あまり実在者としての具体性をもっているとはいえず、むしろ仮象的存在者として遇すべきほど市蔵と千代子との関係の間では影が薄い。このため、「偽三角関係の構図」ととらえてさしつかえない気さえする。

しかし、その構図を形成する要因として編入された高木の存在の結果的に果たした役割は、市蔵と千代子をにわかに切迫した関係に追い込んだ意味において予想外に大きなものがあったということは指摘できる。

それにしても、もともと出生の暗い秘密が隠されている人物であるとしても市蔵とその従妹にあたる千代子は幼少時より馴染みが深く、兄妹のような親しみを相互にもつ生活環境のもとに関係を築いてきているわけだから、かえってそのような共有体験が二人の情愛感情の交換に齟齬をきたす作用に働くであろうことは容易に考えられる。そして二人の関係にこのような基本的な前提があることを認めながらも、漱石は二人の純粋で一途な情愛関係の行方を相互の心理的葛藤を細緻に織り込みながら実験的に追及しようとしたのである。

そしてその結果として松本の観察報告にあるように、「二人はある意味で密接に引きつけられている。しかも其引きつけられ方が又傍のものに何うする権威もない宿命の力で支配されているんだから恐ろしい」という局面に立たされることになる。

ここで言い表されている「宿命の力」とはどういうことなのか。

私は激しく純粋な情熱で恋愛関係にあったその関係が突然に緊張した糸がプッンと切れたように破局を迎えた時につぶやいた若き日の知友の言葉を思い出す。彼は逆境のなかで将来の生活設計に対する確たる道筋も見出せぬままに苦しみ、しかし相手に必ず幸せにするといえるような性質の男ではなかった。

「相手の女性は、〈あなたのことを考えると胸が痛んで苦しくて仕方がないのです〉といったのだ。そしてこの言葉が僕らの関係を一気に変容させ、僕らを男と女の関係からお互いに真摯に向き合う人間としての関係に押し戻してしまったのだ」。

細部的な事情はどうあれ、その若き日の知友がつぶやいたその言葉に、ここで指摘されている「宿命の力」というものを直感的に感じざるを得ないのだ。

千代子に市蔵が自分ではほとんど自覚的に意識していなかった嫉妬の情を呼び起こされ、その千代子に「なぜ愛してもいず、細君にしようとも思っていない私に対して、なぜに嫉妬なさるんです。貴方は卑怯です。徳義的にも卑怯です」という指弾の言葉を泣きながら投げつけられた時、市蔵はたしかに千代子と自分との関係がどんなにもがいても抗しがたい「宿命の力」のすさまじい嵐のなかで瓦解していき、そのなかで立ちつくしている自分を見出すのである。

二

勝本清一郎はそのことを「深層的実感」という言葉を使って受け止めている。（『座談会・明治文学史』岩波書店）

勝本は発言している。

「作品の表面の下にいつも、もう一つ暗い実感があることが漱石文学の特徴です。しかもそういう深層的実感に漱石は最後までおびやかされていたんです」

誰かある批評家が「アポロン的—トルストイ—森鷗外」とし、これに対して「デオニソス的—ドストエフスキー—夏目漱石」という項目をたてて論じていたのを目にした記憶があるが、たしかに漱石の作品は特に中期から晩年にかけて暗い色調におおわれている印象があり、内容的にもドストエフスキーほどデオニソス的とはいえないまでもその傾向色が強い。私は中年期にさしかかった頃、ある必要があって「三四郎」を読み直したことがあるが、ユーモア味のあるこの教養青春小説ともみられるこの作品のなかに、新宿大久保の若い女が決行する鉄道自殺の断末魔の叫びや、広田先生の幼少期の逆境や結婚観などに改めて触れ、作家漱石の暗い情念がその底部によどみながら絶えることなく流れていることを確認したような気がしたことがある。
勝本清一郎がここで指摘している「深層的実感」について勝本自身はあらかた次のように説明している。

「（漱石が深層的実感におびやかされていた）その証拠は「『明暗』の中に出てくる小林という妙な存在である。『明暗』で漱石は夫婦間の心理的エゴイズムのからみあいに専ら筆を向けているが、そういう小さな世界でどれだけ自身が問題解決を達成しようと、そこに破れ目があるということが、朝鮮へ出掛けて行く小林に脅かされる形で出てくる。あれが漱石文学の最後に残った一つの破れ目であり、あの破れ目があることが、漱石として偉かったところだと思う」

作品「明暗」に出てくる主人公津田の友人である小林はたしかに異色の登場人物である。正宗白鳥はこの男を皮肉ないやがらせをいう変な男、卑俗であるが、自棄的闘志を持っている人物としているが、また漱石としては柄にない人物を創造した訳で、取り扱い方も上手でないと指摘している。
ドストエフスキーの影響もあるのではないかと推測される、どこかスメルジャコフ的な面影もあるこの小林という人物は全体に動きの乏しい作品世界で、小説の運び、構成方法上からも狂言回し的な役割を与えられているため、必然的にその必要な性格を背負わせられていると考えられる。しかし、その必要性としての登場人物的性格が先行しているため、ことさら卑俗陋劣化、矮小化され、作品世界の全体的な空間と馴染んでいないきらいがある。小林という登場人物の性格的なその辺の事情を指して、勝本は「妙な存在」、白鳥も「変な男、漱石としては柄にない人物」といっているのだろう。

この小林が津田との送別の世界での別れ際にこういうセリフを投げつける場面がある。「よろしい。どっちが勝つかまあ見ていろ。小林に啓発されるよりも、事実そのものに戒飭される方が、遥かに覿面《てきめん》で切実でいいだろう」

勝本が指摘する「破れ目があるということが、小林に脅かされる形で出てくる」というのは、具体的にはこの場面を指しているのだろう。

ところで、ここで小林がセリフのなかで使っている「事実」という言葉、この作品「明暗」にはこの「事実」という言葉が随所に見出されることも特長的だが、実は「明暗」だけではない、他の作品でもこの「事実」という言葉は頻出していることに注目しなければならない。たとえば無理強いにこじつけなくとも、この「事実」という言葉が多用されていることからも、漱石文学全体を象徴する一つのキーワードになっていると思われるのだ。

ちなみに「彼岸過迄」にも、この作品の重要なモメントをきざむキーワードとして、終章近くの「松本の話」にこの「事実」という言葉が出てくる。それは市蔵の母から田口の姉娘（千代子）を市蔵の嫁として迎えたいとの相談を受けた松本が、そのことを伝えるために市蔵と差し向かいで会話を交わす最中に出てくる。

市蔵はなぜこう人に嫌われるんだろうと突然のように意外な述懐をする。松本はそのときならない、平生の市蔵の似合わない述懐の仕方に驚かされ、なぜそんな愚痴をこぼすのかと反問する。すると市蔵は「愚痴じゃありません。事実だからいうのです」といかなる反問もはねつけるような強い毅然とした調子で応えるのである。

以前、ある新聞に写真家の藤原新也氏が美術関係の事柄についてのコラムに書いている文章を目にしたことがあるが、そのなかで藤原氏は高2の時にフランスの画家シャルダンの絵と美術の教科書でせっぱつまった状況のなか劇的な出会いをしたいきさつを説明するくだりで「出あいは高2の時、親の旅館が破産して、親しい人がハゲタカに変わるのを見た」と書いていた。

私はその一行の文字の列をしばらくの間凝視し、何か久しぶりにうそ偽りのない、健康で生気に満ちた厳直な姿に向きあった心のふるえを感じていた。同じコラムの文章で、藤原はこうも言っていた。

「すべてをご破算にして世界を見ると価値の序列が変わり、普段は見えなかったものが見えてくるということでしょう。」

私が藤原のこのような文章に心のうずきを感じたのは、その短い文節のなかにこめられた内容の無限定的な容量の重さもあるが、それとともにこの現実社会の容赦のない激しく、大きく動く真実の正体を既知、経験している人間のみがもつ語調をふまえた、ある種の気持ちのよいひびきがつたわったからである。そしてそのような心のうずきと即座に連動して、私の脳裏に鮮明な型で映しだされてきたのが漱石の「こころ」に描き出されているあの有名な情景である。

私は漱石の作品のなかで「こころ」をとりわけ評価しているというわけではない。内容的にも何かチグハグな感じで、灼熱の太陽のせいで殺人を犯したとうそぶくカミュの『異邦人』のムルソーのように、「明治の精神に殉じて」自死する先生という物語の結末には、推理小説の真犯人が最後に明かされた時に感じる、ある種の肩すかしを喰ったような読後感の印象をもつ。

しかし、作品についてこんな印象をもちながらも、「先生」と「私」が二人で連れだって散歩に出て、家族の遺産問題をきっかけにして交わす会話の場面には、決して忘れることのできない強い感銘を与えられた。

「私」は「さきほど先生の言われた、人間はだれでもいざというまぎわに悪人になるんだという意味ですね。それはどういう意味ですか」と問いかける。

すると「先生」は「意味といって、深い意味もありません。——つまり事実なんですよ。理屈じゃないんだ」と応えるのだ。

私はこの「先生」の応えのなかにある、ここで言い表されている「事実」という言葉に、今まで出会ったことがないような深い意味がかくされていることを予感、感知し、その意味をさぐろうと考えこんでしまった。
「先生」は人間はいざというまぎわに悪人になるという意味について問いただす「私」に対して「意味といって深い意味はない。つまり事実であり、理屈ではない」と応えている。だから私もその意味について考えても無益であるかも知れない。要するに理屈じゃないといっているのだから、理屈づくで考えようとしても、なおさら無駄なことかも知れない。しかし意味を執拗に追及しようとすれば、「先生」はその考えるきっかけになるヒントらしいことをいっているかも知れない。

それをさぐろうとすると、次におっかけて「事実でさしつかえありませんが、私の伺いたいのはいざというまぎわという意味なんです。いったいどんな場合を指すのですか」という「私」の浴びせかけるような問いに対して「金さ君、金を見るとどんな君子でもすぐ悪人になるのさ。」と「先生」は応えている。

この「先生」の応えには、さきに紹介した藤原新也氏の「親の旅館が破産して、親しい人がハゲタカに変わるのを見た」という、ほとんど私観や私情を交えずに、まるで自然界の対象を観察するような突き放したような視線を「ハゲタカ」に投げかける、憮然としたような文体と非常に似通ったニュアンスを感じることができる。

そして私は漱石がここで使っている「事実」という言葉について、これは人間の倫理や道徳律といった価値体系と相関し、裏打ちされている意味とは無縁な位置にある、という思考に瞬間的にとらえられるとともに、対比的に、バルザックのある作品の一人物の形象を思い浮かべた。

それは「従兄ポンス」に登場する、情厚くお人好しの門番女のシボのおかみさんのことで、このおかみさんが突然に知ることになった、思いがけないポンスの財産に目がくらみ欲念と悪行の持主に化身するという挿話である。しかしこの物語の状況の成り立ちや進行から観察すると、シボのおかみさんのようなお人好しの善人でも、財産に目がくらむと、いかにたやすく悪行の人間に変わってしまうかという、シボのおかみさんという人物がもつ特徴的な人格にかかわる病理学的な解剖、点検による報告書というような物語形成となっており、例外、個人的な人物として小説作法上の技術的手つづきが施されている意味合いが強い。

ところで大岡昇平も「『こころ』の構造」という文章で——「先生」は「私」にいろいろなことを教えてくれるわけですね。「人間はいざというまぎわに」突然変わるからこわいんだ。非常に善人だと見えている人が突然変わることがあって、親兄弟でも信用できない。——と説明しているが、素直な感想としてこの文章を目にしたとき、その文脈の意味が現わすニュアンスについて、多少の戸惑いと違和感を覚えたことを追記しておく。

私は漱石がいい現わそうとしている「人間はいざというときにだれでも悪人になるんだ」と言う意味はバルザックがシボのおかみさんによってとらえようとした意図的試みや大岡昇平が説明している内容的な意味と同じようには解しない。漱石は人間である限りは、どのような人間でもいざという時には悪人になる運命《さだめ》からまぬがれ逃れることができない、といっているように聞こえるのだ。すなわちこれは善悪（理屈）を分かつような道徳律《モラル》、「倫理」の範囲の問題ではなく「事実」の範囲の問題なのだと――。

しかし、ここではこのような「事実」についての軽はずみな解釈をすることは誤解を生むおそれがあり自重しなければならないと思っている。というのは漱石がいっている「事実」という意味は当然により多層的で複雑な内容をともなっていると考えられるからであり、いくつかの別の視角からの追及によって、その正体に迫る必要があると受けとめているからである。そのため、この段階としてはとりあえずはここで示されている「事実」の意味についての考察はこのへんでとどめておくことにしたい。

三

「作品の表面の下にいつも、もう一つの暗い実感があることが漱石文学の特徴で、しかもそういう深層的実感に漱石は最後までおびやかされていた」という勝本清一郎の指摘にあるいは照応するところがあるのではないかと自分では考えているが、私はいつの頃からか漱石の作品について思いめぐらしている時、その評語の一つの区分け的なつかみ方として「表層的現実」と「基層的現実」いう語彙を編みだして考えるくせが生じていた。

漱石の作品を読んでいると、日常性の濃い、いわゆる目に視える、あるいは眼によってとらえる現実世界と、そのような現実世界と対峙し、凝視していると、そのような現実世界を支え、形成している、その深層部でとぐろをまいていて暴力的な力をもった非日常的現実がうごめいているのを感じることがある。滝沢克己のいっている「他律的」、あるいは「自然の意思」、そして「運命」という言葉がこれに当てはめられるのかも知れない。

端的にいえば、「彼岸過迄」の松本の観察による須永と千代子との「宿命的」な力で支配されている関係、「明暗」の津田と清子との決定的に融和することのない関係の構図などにそれはみられる。

漱石の作品のなかで「道草」の最終部に見出される有名なセリフがある。

主人公の健三が細君に向って苦々しく吐き出すようにいうセリフである。

「世の中に片づくなんてものはほとんどありゃしない。一ぺん起こった事はいつまでも続くのさ。ただいろいろな形に変わるから世《ひと》にも自分にもわからなくなるだけの事さ。」

すると細君は赤ん坊をあやしながら「おおいい子だいい子だ。お父さんのおっしゃる事は何だかちっともわかりゃしないわね」と返す。小説はここで終っている。

この小説の解説で小宮豊隆はやはりこのセリフが交わされる場面をとりあげており、この段にはいろいろ意味があると前置きして、第一にこの夫婦の間には理解がない、第二に自分たち夫婦が赤の他人のようにして一つの屋根の下に住んでいて、しかし健三は宿なしのように孤独に生きていかなければならない、そして第三に健三がもっている周囲の人間と一度結ばれた因縁は決して消え失せることがない、などをあげている。

これはこれでこの作品を読んだ読者ならば誰でもが納得できる、至極妥当な解釈である。しかし何か決定的な意味のもう一つが抜け落ちているような気がしないでもない。

小宮の解釈は、小宮自身がこの作品に対して日常茶飯の生活を題材にしていることを指摘しているのに合わせ、その日常生活の推移のなかで平衡感覚のレベルにある問題の意味を問いかけている、という設定の枠を超えているものではないことを感じさせる。

だがここであらわされている「世の中に片づくなんてものはありゃしない」という健三のセリフは、実は日常語ではなく、日常語に還元された切実な意味を背負わされた抽象思惟的な言葉であるような気がする。

この世に生きている限り、過去に一度起こったことは永遠に片づかないままに続き、まといつき、その過去の出来事は現在の進行している生活や人生のなかにしのびこみ、影響をなおあたえつづけ、それは未来の生活や人生の歩みにまでも規制的に働く。そのことから人間世界の悲喜劇が生まれ、その悲喜劇のドラマから逃れ去ることは不可避な宿命にさらされることになる。漱石のたいがいの作品の主題は過去↓現在↓未来を貫き通すこのような宿命的な構図によって形成されている。

「道草」の健三や「こころ」の先生にとって、過去は自分がたどってきた時間の歩みの背後に置き去られてきているのではない。自分が歩みつづけている現在の時間にも執拗に浸蝕し自分の前方にも、立ちふさがり、復讐のつめをみがいて待ち受けているのである。

ここで本筋からちょっと逸脱する感もあるが漱石の作品主題の時制的な問題から惹起される例題を紹介してみたい。

たとえば木田元氏は『偶然性と運命』という著書で「既往はけっして過去として過ぎ去ることなく、スタヴィローギンの現在と将来を規定しつづけるのだ。ここでも否定的なかたちではあるが、偶然の出会いが内的に同化されて運命となったのである」と書いている。これはドストエフスキーの「悪霊」のなかにでてくる、最後はマトリョーシャという十二歳の娘との不幸な出会いと、その過去の忌まわしい出来事の幻影におびやかされ自死に追い込まれるスタヴィローギンの悲劇的結末を註釈した文章である。

またこういう文学的例題もある。

これは中川久定氏がJ・J・ルソーの『告白』について言及している文章（『自伝の文学』）で、二十四歳のルソーが愛人ヴァランス夫人とグルノーブル郊外のいなか家で「生涯のつかの間の幸福」を経験した事例をとりあげている。

「若い時は常に未来に向かい、今では過去へと戻っていく私の想像力は、この時代の楽しい追憶によって永遠に失われてしまった希望の埋め合わせをしてくれる。未来には私の心をそそるものはもはやなにひとつ見当たらない。ただ過去の回想だけが私を喜ばせることができる。今私が語っている時期の回想は、あまりにもいきいきとしていて真実だから、そのおかげで数々の不幸にもかかわらず、私はしばしば幸福に生きられるのである。」

中川氏は幸福はルソーのうちに絶えず現前し、そしてこれを書いているルソーのうちにも、この時の幸福が永遠に現在として回帰している、と述べている。

くどいようだが、まだこういう例題もある。

これはマルセル・プルーストの『失われた時を求めて』の「ゲルマントの方へ」にあらわれる文章である。（吉川一義訳）

サン・ルーと娼婦で女優の恋人ラシェルの関係の一エピソードについて、プルーストはこういう風に書く。

「というのも、今さらどんなこと（ラシェルの身に関係したこと）を知っても、すでに踏みこんでいた道からサン・ルーを抜け出させることはできなかったはずで——人間の力を越えたことは、人間の意志にかかわらず、自然の大法則の働きで生じるからだ——そんな道から眺めた愛人の顔は、サン・ルーが育んできた夢を通してあらわれるほかないからである。」

文学作品における記憶と過去にかかわる時制的な問題は、漱石の作品においてはなおのこと大きな問題として考察の領域にとりこまれなければならないと思うからである。

私の母親は、自分が若かったころの初恋の経験を話すことがあった。母親はこういう風に話す。「その彼と結婚しておれば、もっと幸せな生活を送れたかも知れないのにね」。するとそれを聞いていた娘にさとされる。

「現実はそんなに甘くないのよ。本当にその初恋の人と結婚していたとしても、今頃は二人ともうんざりであきあきした生活を毎日送っているわよ」

この娘のさとす言葉は、おそらく半分は正しいかも知れないが、全的に間違っていないという保証はどこからも出てこない。

なぜなら、この時に娘が使っている「甘くない現実」の現実という中身の意味と、母親がそれなりにそれまで送ってきた長い経験的人生のなかで、継続的に現在進行し、経過的時間の組成の中で体感している形成的現実の内容的意味は必ずしも溶け合っておらず、違うからである。

ホルヘ・L・ボルヘスが「新時間否認論」(『続審問』岩波文庫)で展開している次のような文脈は、したがって多くの対象的な問題に対処する時の基本的な認識方向性を指し示しているものとして極めて示唆的である。

「多くの場合、わたしは連続性を否定する。多くの場合、わたしはまた同時性も否定する。

《あの人のいつに変わらぬ真心を思って幸せだったあの時、彼女はわたしを裏切っていたのだ》と思う恋人は思い違いをしている。われわれが生きている刻々の状態が絶対であるなら、彼の幸福は彼女の裏切りと同時的ではなかった」（中村健二訳）

今この瞬間に、このボルヘスの示唆的で眩惑的なエピグラムと向き合いながら、わたしが対象的な主題として意識に刻印づけようとしているのは、「明暗」の終幕近くの津田由雄と関清子の湯河原での邂逅の場面である。

この作品で登場する主要人物の津田は、知識人という体裁をとっているが、決断力に乏しく、態度の煮え切らない、状況便乗型の、これといって取り得のない平凡な男であるが、対して終幕になってやっと我々の前に姿をあらわす、津田のかつての恋人である清子は、「草枕」に出てくる那美さんのようなやや謎めいた、一種清涼感を感じさせる女性として描き出されている。

かつて大江健三郎氏が漱石展で記念講演会を行った際（一九八七年六月一日付）の紹介記事を目にしたことがあり、その中で中村草田男の津田は昔の恋人の清子と結ばれ津田の妻であるお延は自殺するとのこの小説の結末を予想した説（大江氏はこの説に不同意）が示され、私はこの解釈の奇想さに強い戸惑いを覚えた経緯があり、しかも中村説でもっと意表を衝かれたのは、津田が昔の恋人の清子とむすばれるという推理であった。津田と清子とはすでに余りにも疎絶された異次元の居棲者であり、どうしてもそれが現実味のある説とは受け取れなかったからである。

桶谷秀昭氏もこの邂逅の場面について「津田の心理的臭覚が追及の網をいかに広げようと、常に網の外にいるところに彼女（清子）の存在理由がある」と指摘しており、唐木順三も「何故、何故と問う津田と、事実だからと答える清子とは、形式論理と実質の持つ自然の論理との代表をしているといってよい」という見方を示している。

温泉場で、偶然に清子を津田が待ち伏せする形になった場面で、津田がそのことについて清子に釈明する時、清子は津田にその行為を疑ったのは「事実」で、いくらあやまったってどうしたって、その「事実」はとり消すわけにはいかない、という。

「だってそりゃ仕方が無いわ。疑ったのは事実ですもの。その事実を白状したのも事実ですもの。いくらあやまったってどうしたって事実を取り消すわけには行かないんですもの。」

そして津田が清子がいう事実は半分か三分の一であり、こういう「理由」があるから、そういう疑いを起こしたのだといってくれればいいのだと、なお強く詰問するのに対して、清子はこともなげに「理由はなんでもないのよ。ただあなたはそういうかたなんだからしかたがないわ。うそでも偽りでもないんですもの」という。

こういうチグハグな津田と清子の会話を設定することを通して、漱石はこの一組の男女が決して交りあうことがないであろう不均衡な関係を鮮明に描き出そうとしているのではないだろうか。

清子は疑いをもたれるような行為をする羽目になった津田を格別に人格的に責めている訳では

ない。しかし、疑いをもったのは「事実」だし、それが「事実」である限りは絶対に修正不能で取り消せないものである、ということを自分に課した倫理観として強く認知し、それほどに自分の生き方に潔白な女性なのである。

一方、津田は「事実」よりも「理由」にこだわって生きている人間であり、「理由」が明らかにされれば、自分の人格的潔白性が保証されると信じている。

津田は要するに、この社会の道徳的、倫理的規範に全的に依存し、保守すれば自分の人格的存在が保障されていると考えているのである。「あの人の変わらぬ真心を思って幸せだったあの時、彼女は私を裏切っていたのだ」と思う津田は思い違いをしていたのである。しかし清子は津田との過去の経緯はともかく、津田がそういう系列時間的価値観の世界に安住していることを本能的に感受しており、だから「うそでも偽りでもなく、私の見るあなたはそういうかたなんだからしかたがないわ」と一蹴するのである。

スピノザは人間のいかなる愚行も自然の必然的現象であるから、これを嘲笑したり軽蔑したりすべきでなく、ただこれを認識し、理解すべきのみである（『エチカ』畑中尚志訳）といっているが、清子は津田をその愚行らしき行為によって侮辱したり非難しているのではなく、ただその行為とその行為につながるであろう人格的存在をありのままに事実として認知しようとしているだけだと思う。

この「明暗」の登場人物である清子が、その人格を創りだした作者である漱石という人間の実像のある一面を具現しているととらえることができるとすれば、漱石最晩年の終章に登場する人物像として何か象徴的なものを感じさせる。

漱石の人間や人間関係についての見方で特徴的なことは、人間の関係の間で生起する問題を、その属性の問題として人称化せず、人格的モラルの問題におき替え、帰属化させなかったということが指摘できる。

問題は常に人間の関係の間にこそ存在しているのであり、このことをはっきり認知していたからこそ、その所在する問題の性質は「意味」としてとらえるわけにいかず、必然的な道筋によって導きだされる「事実」としてしか受けとめられなかったのであり、そうしたとらえ方が核となって、漱石の倫理感の骨子を形成していたのではないかとうかがえるように思う。

こういう漱石の思想観、倫理観は漱石のたどってきた生涯のどういう生活の足取りや、境遇や状況から生み出され、形成されてきたかということは、複雑な経験的要素や、情感や知性の蓄積的背景などがからみあって、具体的事例として一言でいいつくすことは到底不可能であり、この論考の目的としている方向的内容からもそれるのでとりあえず不問の形にとどめたい。

中野重治も漱石についてのある講演（岩波文化講演）で、漱石は「非常に大きな人」だから、漱石にふれようとしても一部分しかふれられない、というような趣旨の発言をしている。その中野もこの講演で漱石の作家としての成立ちには、幼児期に里子に出されたり、夜店でガラクタを並べるような夫婦の養子にやられたりしたいきさつ、境遇や、森鷗外と違ってしみたれた文部省からギリギリの生活費をあたえられただけの切りつめた留学生活でロンドンの下町を転々として住みさまよい、下宿の部屋に終日閉じこもり、必死に、そしてまじめにひたすら英文学の研究生活を送ったという経験生活の影響などをあげている。

ところで、漱石の英文学の研究生活の成果が具体的に結実した形で世に著されているのが、「文学論」「文学評論」などの著作だが、英文学者でもあった荒正人は『座談会・明治文学史』で「漱石の《文学評論》は日本人の書いた十八世紀イギリス文学論として最もすぐれたものだが、なかでもスウィフト論が一番充実していると思う」と前置きして、学問的に『ガリバー旅行記』という作品を論じているだけでなく、内面的にも深い共感を示しているが、漱石が、スウィフトのなかに自分と似た要素を発見したのかも知れないといっている。

たしかに「文学評論」は英文学に全く通暁せぬ私のような素人目から視ても、漱石の留学中の英文学の研究に打ちこんだ切実な姿勢と想いがこめられた充実した内容を持った著作だが、特に第四編の「スウィフトと厭世文学」と題する論考は100ページにもなる大分を占めており、漱石のスウィフト文学に対するなみなみならぬ情熱がうちこまれていることを感じさせる。

荒は漱石のスウィフトに対する共感的な態度を示しているものとして漱石の結論を次のように紹介している。

「スウィフトは、最も鋭い風刺家の一人で、理性の弁別にさとく、世の中の腐敗を鋭くかんじる人であった。病的に人間を嫌ったという評判をえたが、実際は深切な人である。正義の人である。見識を持った人である。見識がなければ風刺は書けない。みだりに悪口を吐いたり、皮肉な雑言を弄することは誰にもできるが、真に風刺というべきものは、正しい道理の存する所に陣取って、一かどの批判眼を持って世間を見渡す人でないとできない。」

そして荒は風刺作家としての漱石を考える場合、スウィフトの影響は無視できない要素であるといっている。

漱石がスウィフトについて述べているところによると、スウィフトについては一つの著しい事実があると指摘し、彼は孤児であるといっている。父は彼が生まれる前に死んでしまい、母は自活の途に窮して、人の補助に依って活きていた。したがってスウィフトは幼少の時から決して豊かに延び延びと生ひ立った事の無い男である、と記している。

幼少期の育った環境がどこか漱石のそれと似通ったところがないでもない。そしてスウィフトと同じように、漱石も理性の弁別にさとく、世の中の腐敗を鋭く感じとることのできる人であった。そして正義と徳義の人であり、大きな見識を持った人であった。

私は漱石を中国の偉大な国民的作家である魯迅と比較して考えることがあるが、その理由の第一にあげたいのが、「事実」に対する徹底透徹した見方を保持していたことである。魯迅は日本留学中から漱石と漱石の作品を敬愛し、愛読していたというが、強い社会正義に根ざし、決して軽はずみで出来合いの思わせぶりなヒューマニズムや道徳、倫理観に溺れさせられることのない強靭な理性的精神に共鳴していたであろうことは当然に考えられる。

中野重治はさきに紹介した漱石についての講演のなかで、その作家の言葉をはなれてその作家の文学はないが、その作家の書き残した作品を読むと、明治の東京の町の人の言葉、高い教養はあるが、一番下の町人としていきている町の人の言葉、やわらかく、中味のかみしものない、みずみずしい人間らしさをたたえた文学のことばをそこにみるといっている。

中野重治は、のちにその発言を控え目に訂正、修正することになるが（『鷗外　その側面』）、自作『小説の書けぬ小説家』の主人公片口安吉の発言を借りて、日本の漱石愛読者に放つ言葉としてあらまし次のように書いているのはよく知られている。

「てめえたちはな……日本の読書階級だなんて自分で思っているんだろう？　しかしてめえたちはな、漱石の文学を読んだことなんざ一度だってねえんだぞ。てめえたちにゃそもそも漱石なんか読めやしねえんだ。漱石って奴あ暗い奴だったんだ。陰気で気狂いみてえに暗かったんだ。ほんとに気狂いでもあったんだ。ところがあいつぁ、一方で肚の底から素町人だったんだ。あいつぁ一生逃げ通しに逃げたんだ。その罰があたって、とうとうてめえたちにとつかまって道義の文士にされちまったんだ。（後略）」

中野はこの安吉の発言について、これは作中に出てくる人物の発言であり、小説の中の人物が何をどう考えようと私の知ったことではなく、と一応ことわりをいれながらも、「読書階級」などという浅薄なことを思ったこともない素朴な人々が漱石を広く愛読しているという事実などからみても、やはり安吉の考えには誤りがあり、少なくとも混乱があると訂正している。

そしてここで発言されている意味あいでの「素町人」であったことも決してなく、「道義」ということを高い意味、真剣な意味で考えるとすれば、漱石はまことの「道義の文士」であった、とも言い直している。

そして今、私は前記のように中野が訂正発言した、その後年に（一九六五年）行われた中野重治の「漱石について」の講演記録を掘り起しながらカセット・テープで聴いているのだが、ここで中野は「漱石の作品が広く読まれることを切望し、また今、広く読まれているが、その作品、書いたものそのものがどれだけ本当に読まれているか、その作品がどう読みとられているか、ということについては、一面で読まれていることは信じてはいるが、疑っている面もあることをいっておきたい」と述べている。中野は安吉の発言に訂正を加えながらも、やはり一方では安吉の一本気な漱石と読者層との関係についての発言の内容に、全的にといわぬまでも依然として肯領している気持をもっていることがうかがえる。

そして読者は読者それぞれがその時の状況や経験、特性によって各自がさまざまにどう読みとったかが大切なことではないかと思っているとも述べている。

中野が指摘するように、たしかに漱石文学の特長的なことは、同じ作品を読んでも、二十代、三十代、五十代と時期を異にしても、その都度の意味の発見や面白さがあり、また作品世界の内容の深みや広がりをみせるということがある。

中野はまた同じ講演でこういうことも述べている。

中野は「趣味の遺伝」（中野は「琴のそら音」をその作品としてあげているがこれはおそらく中野の記憶違いである）という作品をあげ、森鷗外との比較論の範囲での話題として、この作品で日露戦争時代の乃木軍の勝利報告のための官中参代で凱旋行列が新橋の停車場の広場にさしかかる場面、見物の大群衆の前を行く壮麗な馬車行列の十二台目には森鷗外が乗っていたこと、歓迎の大群衆にまぎれて冷やしぞうりの婆さんが歩兵の一隊の中にいる息子の姿をみつけ飛んできて抱きつく、という情景を漱石が描き出している、ということもしゃべっている。

中野は鷗外と漱石がどちらがえらいか、えらくないか、という価値基準ではない話として、しかし、鷗外と漱石の違いを述べているわけで、たとえば鷗外は年齢を重ねてからますますむつかしい文章を書くようになり、漱石はますますやさしく、わかりやすい文章を書くようになってきたと言いそえている。

いってみれば、下からの目線、町人《まちびと》、あるいは庶民からの目線ということにあるいは通じることなのであろうが、そういうやさしい目線や言葉をもち、真剣に、まじめに人生の苦しさや悩みについて問いかけながら、ひたすら一人の生活者として、生きた人、しかしそういう境遇を生き抜くなかで、決着のつかない問題をかかえこみ、えらい人のみに見舞われることになる運命というものにさらされているのが漱石であったというふうに中野重治は話をはこんでいる。

長谷川如是閑に「初めて逢った漱石」（『長谷川如是閑評論集』）という文章があるが、当時（明治四十二年）大阪朝日新聞につとめ、天下茶屋の居宅に満州帰りの途中に訪ねてきた漱石と話を交わしていて、漱石からのある種の気六《原文のまま》かしさを感じ、それが自分にも馴染みの気六かしさ（如是閑は東京深川の生まれ）で、本場の江戸ッ児に共通のもので、これはせんじつめれば江戸ッ児の町人が、封建的階級制度に対する反抗からきたひとつのスタイルで、武士階級に対する腕力の反抗が不可能だから、漱石は機智と滑稽味を加えながら、智的屈辱をこれに与えて自ら慰めると観察している。そして、だから大学教授の職につくことを嫌ったり、博士号を馬鹿にしたりするのは、漱石ほど大きな力をもった人間にはことさらの反抗であるのに、実はこれが純江戸趣味を受け継いだ人間の通例であるというのが、おおよその如是閑の意見である。

如是閑は深川の材木商家の生れであり、対して名主の生まれであるといえ、やはり町人階層の生活圏を出身とする漱石の人間的体臭を瞬時にして察知したのかも知れない。

中野重治や長谷川如是閑が指摘している漱石の町人気質というか、庶民感覚は漱石の人柄に終生抜け切れず、こびりついていたものであろう。

昭和三年版の岩波書店の『漱石全集』月報に梅垣きぬという京都祇園の芸妓が「漱石先生」という談話記を寄せている。これは中野のいう「読書階級」というような片ひじ張った階級に属することのない普通の愛読者がどういう反応を示していたかをたしかめるうえでも、抜群に面白い談話記である。

梅垣きぬは祇園では「金之助」を名乗っていたが、西陣で商売をしていた父親が極道の果てにたいこもちまで身を落とした時に一人娘として生まれ、十六で芸妓に出され、男に裏切られ、捨てられした不幸な境遇の持主だが、漱石が「ほととぎす」に「吾輩は猫である」を発表した時以来からの、その作品の心酔者となった。金之助は漱石の書いたもののなかに「人にたよられても、自分は人をあてにするな」という教訓哲学を見つけだし、それが心底に沁みついて以来、神様、仏様は拝まなくても、漱石を崇拝することは切なるものがあったのである。

その漱石は大正四年に「硝子戸の中」を書き上げたあと、三月に京都に遊び、その時、津田青楓らの案内で「一力」の大石忌に行きそこで文藝芸妓といわれた磯田多佳や金之助に会う。金之助は漱石にどうにかして一度だけでも会いたいというかねてからの願いが十年目にしてやっと叶えられただけに、湧き上がる感動は想像に絶する以上のものがあった。金之助の談話記によると、矢もたてもたまらず漱石の宿泊先である「大嘉」へ野村君《きみ》と押しかけ、せめて声だけでもよいからと都合をきいてもらい、「上がってもだんない」という返事をもらうと、青楓と多佳が同席していた二階の漱石の座敷におそるおそる通った。金之助はあんなにうれしかったことはなかったと述懐しているが、その時の話が「どだい下品な汚いことばっかり」で、何かの話のつづきで漱石は「おいどの穴が乾いたら、ほろほろ粉が落ちる」といい、金之助もそうではないかと問いかけたという。金之助は「へえ、まあ、そうどっせなァ」と応えた。地元生まれだから当然といえば当然だが、この談話記は流暢で、情密度の高くつややかな京ことばの自在な駆使のもとに、嘱《しょく》目の情景として、漱石のなかなかに知られざる、いわば内向きの側面をとらえだしている。

金之助は、この邂逅以来、漱石の滞洛中に連日のように漱石のもとに御座敷のひまをぬすんでは通いつめて、いろいろ世話をやいているが、漱石の胃病の急変にも遭遇し切実に気をもんでいる。

金之助のこの間の消息については、漱石の日記断片に伝えられており、大正四年三月二五日の日記には、「金之助の便秘の話し。卯の年の話し。先生は七赤の卯だという」などの記載がある。七赤の卯については金之助は「先生はあれで七赤どっしゃろ。一白、二黒いうて、あたし教えてお上げした事がありますの。そしたらそれも、ちゃんと本にお書きやしたやろ。なんせあたしは、好きで好きでたまりまへんよって、先生がうんこでもお行きやしたら、ついて行っておいど拭いて上げたいと思ふぐらいどすのやわ」と言っている。

漱石は帰京以後、梅垣きぬに三通(うち二通は野村君と連名)、磯田多佳にも三通の書信を送っている。梅垣きぬ宛の書信には、滞在中に三味線を弾いてくれたり歌を唄ってくれたり、打ち明け話に感心して聞いたりしたお礼の意味をこめた手紙、それに依頼された画帳を小包で送った由をつたえる手紙などがある。漱石は自身の表現によると「大変時間がかかりました。出来栄丈では労力の程度はわかりません。いくらまづくても非常に手数のかかったものと思って下さい」と打ち明けているほど手間ひまをついやした画帳を三冊一緒に送っている。この画帳については梅垣きぬも大事にしたらしく「値をつけられたら一万円でも手離せん、一生も二生も大事にせんなりまへんわ」と述懐している。馴染客に千円で是非売ってくれといわれたこともあったのである。

　磯田多佳に宛てた手紙のうち、大正四年五月十六日付の長文の書信は、文学史的にもよく流布されている逸話であるが、小宮豊隆はそんな約束をした覚えがないと空とぼけている多佳を指弾しながらも「私にはあなたの性質の底の方に善良な好いものが潜んでいるとしか考えられないのです」という漱石の言葉について、相手に対する高い愛がなかったら、漱石は必ずこんなことはいわなかったに違いないと断じている。

　漱石は手紙のなかで、あの事以来（多佳が漱石を北野天神へ連れて行くといって、その日に、ことわりなしに馴染客と宇治へ遊びに行ってしまったこと）私はあなたもやっぱり黒人《原文まま》だという感じが胸のうちに出て来ました、と指摘しながら、自分が多佳が空とぼけているということが事実でないと悪人になり、もし、それが事実であるとすると、反対に多佳の方が悪人に変化すること、そしてそこが際どいところで、そこを互に打ち明けて悪人の方が非を悔いて善人の方に心を入れかえてあやまるのが人格の感化であり、自分の親愛する人に対してこの重大な点において交渉のないのを大変残念に思うとともに、それは黒人である大友の女将の多佳にいうのではなく、普通の善人としての多佳に素人の友人である自分がいうことである、と切々とさとしている。

約束した方も、約束された方も、それが反故になったからといって、それをいちいち気にも止めず、あてにもせず、忘れてしまっても、これが粋の筋というのが花柳界のおおよその常識だろうが、漱石はたとえそういう世界に身を置き、稼業している、いわば玄人筋の人に対しても、その是非を徹底的に問いつめ、倫理上の人格といった問題を執拗にただささなければ気が抜けなかったのである。

この漱石と多佳との間に生じた、ある種の誤解と往き違いによる問題については、水川隆夫氏の『漱石の京都』（平凡社）、杉田博明氏の『祇園の女』（文藝芸妓）『磯田多佳』（新潮社）等の著作で取り上げられており、そのいきさつがくわしく説明されているが、たとえば水川氏の場合は、多佳の京ことばの伝達方法による漱石の早とちり、杉田氏の場合は漱石、多佳のお互いの思いこみによる約束の日にちのとり違え、という風な指摘があり、たしかにこういう理由が相互の感情の齟齬を生む導火線になったことは充分に考えられる。だからこそ責める漱石に対して、多佳が理不尽な気の毒な立場におとしこめられたということも理解でき、こんな人格問題にまで発展している詰問のつまった手紙をもらった多佳は意表をつかれ、相当にまごついたに違いないと思う。

しかし、損な役割を与えらた磯田多佳女には気の毒というより外にないかも知れないが、そんな漱石と多佳の間におこった相互の誤解問題によって、漱石の人柄がある意味ではむき出しに現されているともいえるこのような手紙が残っていることはむしろ感謝すべきことであるかも知れない。

江藤淳はこの手紙に現れている漱石の幼さはほとんど糞飯ものだといっているということだが、私は決してそうは思わない。

漱石の、この手紙からは、こうした遊里の巷に生きる、いわば社会の底辺域に属する庶民階層の人たちに対してこそ、漱石の真摯で深い愛情がひたむきに向けられていることを強く感じるのである。

漱石は「道楽と職業」という講演録（明治四十四年八月・於兵庫県明石）のなかで、芸妓のことを話題としてふれている。ここで漱石は職業の性質というものを、「人の為にしてやったその報酬として、つまり自分の金になってかえってくる」と規定している。そしてここでいう「人の為にする」という意味は、人を教育するとか導くとか、精神的、道義的に働きかけるということではなく、人の言うがままにとか、欲するがままにというわゆる卑俗の意味に使っているのであり、だから世には徳義的にみるとけしからないと思うような職業（たとえば芸妓）、そういう職業を渡世にしている人間は自分（漱石）たちより余程よい生活をしている。道徳問題としての面からみればけしからないし、不埒であっても、事実からいえばもっとも人の為になることをしているから、これは道徳問題ではなく事実問題であるということであり、ここで漱石は道徳問題は事実の一部分に過ぎないということも指摘している。

漱石はもちろん芸妓の方が作家としての自分より、世につくすことに功があり、えらいと主張しているわけではなかろう。あくまで留保条件つきであり、その留保条件とはつづまるところ、「職業」というものは自分を曲げて人に従わなくては商売にならないこと、人のためにする結果が自分のためになるのだから、「他人本位」であるということが根本義にならざるを得ないということである。もちろん、ここで漱石が述べていることには、漱石一流の諧謔と風刺的意味が効かされており、額面そのままに受けとるわけにはいかないが、漱石は自分の文学者としての芸術業、作家業はどうしても「他人本位」でなく「自己本位」でなければ成り立たないという由縁《ゆえん》を一方では対置しながらも、こうした「職業」観を根底にすえ認識していることを伏線として明かしている。

そしてそうした「職業」観の認識の上に立っている漱石の考え方からすれば、たとえ相手が芸妓という「徳義的に観察するとけしからないと思うような」職業に就業している人に対しても、自ら彼女たちに対する世間の一般的な見方とはまたちがった対処、対応の仕方があったのではないかととらえられる。

漱石の文学作品に親しむようになって余程の年月を積み重ねた。

自分の個人的な経験史ではあるが、我が国近代の自然主義、プロレタリア、戦後の文学の潮流がたどってきた軌跡をなぞりつつ、社会科学、人文系統の研究書などにものぞき見程度に自分なりのささやかな考察を進めてみようと試行錯誤をくり返していた行程にあった二十代後半の頃、忘れもしない真夏のある暑い日にちょっとした出来事？　に遭遇したのである。皮膚を焼かれるようなうだる暑さの部屋のなかで昼寝から目覚めて、何か読み物をと枕もとに散らかっていた文庫本の一冊を頭越しにつかんで読みはじめたその文庫本が漱石の「三四郎」だった。私は暑さも忘れて一気呵成に読みあげ、改めてそのおもしろさにおどろいた。そして読み終えてから、なぜ自然主義やプロレタリア文学の作品はおしなべてあまりおもしろいといえないのだろうか、と漱石作品と比較しながら暫くの間しみじみと考え込んでしまった。

丁度その時、私は内田義彦氏の『日本資本主義の思想像』という書物に親しみ、その本が呈示する思想内容に強い関心をそそられていたが、その思想的影響との関連的考察を援用したりしながら「三四郎」の主人公や周縁部に登場する人物像、時代や社会的状況を視野にいれて考える必要性があることなどを感じていた。こうした一連の出来事や考察については、かつてつたない文章にしたことがあるので、ここではこれ以上の内容にふれるつもりはないが、ただその時の経験で感じた強く印象に残っている一～二のことを紹介させてもらうと、主人公の三四郎は、日本の近現代文学作品の主人公に多くみられる挫折型の人物形象でなく、経済的意識も適度にもち、自分を平凡な範囲にとどまる人間として自覚し、故郷から母をよびよせ、美しい細君をむかえて身を学問にゆだねるにこしたことはないという冷めた意識をもった、いわば立身出世型の人物像であること、それに広田先生の結婚観をはじめ、この作品の風刺的でユーモア基調で成立している作品世界の基層には非常に暗い悲愴な空気がながれていることなどである。

私はそれより年少の頃に読んでいた時には、ふれることも気付くこともなかった、その基層の暗い流れ、したがってその作品の作者である漱石の意識や感覚の底流にある暗い流れ、いわゆる勝本清一郎が指摘する「暗い深層的実感」にとらわれ、ひきずられてきたような気がする。

私はこれまでそれなり長い時間にわたってそれが断続的作業であったとはいえ、漱石の文学作品や、文学精神、思想に折にふれ親しみ、触れてきた。もとより、その文学研究者であるとは言い張るつもりは毛頭ないし、そのつもりで漱石文学に親しんできたわけでは決してないことも明言しておきたい。それどころか、もうよい加減に漱石関係の文学から離れてしまいたいと思ったことも再三ならずあった。

しかし、やはりその文学から離れられないほど魅入られていたのか、その強い牽引力の圏内から逃れ出ることができなかったのだといえよう。そして、その大きな理由としては、人間が生きることの意味、意思と力を感じとり、それを基調とした思想に連環した文学的テーマがさまざまな形で描き出されてくるのが可能であるという強い力、ダイナミズムをもっているからではないかということを指摘しておきたい。

一言でいって、漱石の文学がもつ力の基底には微塵もうそ、いつわりの思想、精神がないということである。

漱石という作家は強い人である。

荒正人は「漱石には挫折がなかった。最後まで作家的挫折がなかった。物の見方においても、作家としての態度でもリアルな精神に終始している」と指摘しているが、けだし漱石という人間、文学について核心を衝いた精確な見方だと思う。

漱石は現実世界の基底にある実相をほりおこし、それにたじろぎあとずさりすることなく毅然とした姿勢で視つづけ、その暗い淵にあしをすべらしたり、溺れたりすることもなく、果てしなく持続的に戦ったといえる。それは決して弱い心ではない強い心の持主であったことをあらわしている。

「こころ」の「先生」は、人間はだれでもいざというまぎわに悪人になるのだといった。そしてその意味を問う「私」に対して、それには意味はない。つまり事実であり、理屈じゃないといった。

極限状況におかれた時、私の両親や近親者をふくめすべての人間がどんなあさましい姿に変貌するか、戦争から敗戦直後の時代をかすかといえども経験した私はそのことをよく知っている。その記憶は決して消え去らない。私は今でも平時にある人間の姿は、それを本当の姿と到底信ずることは出来ないし、信じることのできない人間の姿を信じる方がはるかに不安がうすらぐ。いざという時に変貌する人間の姿がおそろしいのではなく、それが「事実」であることが恐ろしいのである。

私は漱石のいっている「道徳問題は事実の一部分に過ぎない」という言葉が骨身にかみしめる

ようによくわかる。

「事実」という基層部に底流している現実の姿を凝視し、その地盤に足を踏み据えることによって倫理観や道徳観を構築しなければ人間はいつまでも偽りの社会をつくりつづけ偽りの姿をこの世にさらしつづけることになるのだ。

当然、そんなことは自明の理で、何をいまさらという多くの人がいるだろうし、そのことに反逆し、道徳的価値観を投げうって生身をさらし体当たりで生きている作家、たとえば永井荷風や坂口安吾のような作家をあげることもできる。坂口安吾などは漱石の小説作品を読むとすべてが男女関係でありながら、肉体というものが全くないので驚いた（『戯作者文学論』）と声高に批判の側にまわっており、そういう見方があっても、よくわかるし、決して不自然というのではないが、ただ漱石の場合は、自分自身が批判する対象的な価値的世界に自分自身はあくまでも踏みはずそうとせずに軸足を置いて苦しみもがいて生きているということに留意する必要があるのではなかろうか。堕ちるより踏みとどまる方が難しい場合もある。

漱石の作品世界に接してもう一つ関心をもつように仕向けられるのは、いわゆる時制的な問題である。作品を読みつつ感じられることは、漱石は「過去」を背面にふり返る視野のなかの記憶的残像としてとどめているのではなく、自分の進む前方の視界に、有機的な時間として連続している、いわば同時進行形の溶解的記憶としてとらえていることである。

フランスの哲学者ベルグソンの「遡行的運動・効果」という言葉を木田元氏は「現在の出来事

が過去にその影を投影し、その過去にそれがもともともっていなかった意味を与えたのだと見る」事象と説明しているが（『偶然性と運命』）漱石の小説の時間は、ほとんどこのように動いていると考えられる。「須永の話」にしても「こころ」の先生の遺書、代助の身の上をおそう運命的な物語世界に流れている時間の交互的な流れもそういうふうにとらえられる。だから一度おこったことは、いつまでも途切れることなくつづき、永久に片づかない、反復運動をくり返すことになるのであろう。

周知のように漱石は明治二十九年というごく早い時期に熊本の五高の校友会雑誌に「人生」という文章を寄せている。その文章のなかで「三陸の海嘯、濃尾の地震、これを称して天災という。天災とは人為の如何ともすべからざるもの」と記し、「海嘯と震災は、ひとえに三陸と濃尾に起こるのみにあらず。亦自家三寸の丹田中にあり。険呑なる哉」と著わしている。

唐木順三は「漱石はこの険呑なる自己を抱き、険呑なる道を歩きつづけていく」とし、漱石のこの初期の短い文章のなかに漱石の全生涯を読みとることができると思っていると書いている。「硝子戸の中」で、不愉快に満ちた人生をとぼとぼとたどりつつある私、と書いた漱石は常に「死」を考えている人でもあった。しかしまたこの「生」に依然として執着し、生涯重い主題を背負い、苦しみながらよく生き抜いた人でもあった。

前世紀から今世紀にかけても戦乱や大地震など絶え間なくこの国に災厄がおそいかかった。漱石は海嘯、震災はひとえに三陸、濃尾だけに起こるものというわけでもなく、人の世の運命的な出来事に翻弄される自分の内部にも明日をも知れぬ危機的災厄を抱えこんでいる、険呑、陰呑と歎じているわけだが、私も幼少期とはいえ戦火の下を死にものぐるいで逃げのびてきた経験などをふまえると、険呑、陰呑という漱石の言葉は身にしみている。そして私は多くの人間が苦しみ、あえぎながら生き抜こうとする、その逞しい運動的な姿勢を支えているメッセージとしてある種の感動とともに受けとめている言葉がある。

「あなたの苦しみが地上における人間の苦しみの最大値である。あなたが飢餓で死ぬとき、あなたはかつてあり、今後あるであろう全ての飢餓を苦しむ。別な一万人の人間があなたと一緒に死んだとしても、あなたが一万倍空腹になる訳ではないし、一万倍長く苦しむ訳でもない。人間の苦しみの総和を思って、そのすさまじさに圧倒されることは意味のないことだ。そうした総和は存在しないのだから。貧困も苦痛も累積することはできない。」

ホルへ・L・ボルヘスがバーナード・ショーのエピグラムとして紹介している言葉である。そしてこのような緊張感をはらみながらも、いさぎよくきっぱりとした倫理的思惟、道徳的感性を受けいれる思想的素地を私に教えこんでくれたのは実は作家夏目漱石なのである。

註記＝正宗白鳥の「漱石論」については、飛鳥井雅道氏の「日本文壇の転換期と一九二八年」（岩波書店『「文学」一九七九年九月号』所収）にくわしい記載があり、白鳥の漱石評価変遷の軌跡をたどることができる。

うしろがき

ここにこのようにして、夏目漱石と、その人の文学についての私のささやかな文章をいくつか集めた一冊の本ができあがることになった。

漱石の文学作品には爾来、私の人生の長い間にわたって、その都度なじんできた。それだけに漱石文学から私は大きな影響を受けたと私自身は思っているが、ただ、ここではその文学の大きさ、深さ、強さなどについて立ちいってはあえて贅言はついやさない。

ただこれだけはいっておきたい。私は漱石文学の研究者でもないし、格別に熱心な愛好的支持者を自負しているわけでもない。かねてから時代や社会的状況との関係のなかで文学の存在的意味を問いつめたいとの私なりの営爲の過程で漱石文学に向きあうことになり、その人とその文学から多くの汲みつくせぬ課題や定義をひきだせることの可能性を感じ、その魅力にとりつかれたのである。

次に、この本をつくることにいたったいきさつについて、とりあえず説明させていただくと、今年（二〇一五年）のはじめごろ、これまでなじんできた漱石文学についての私自身の総まとめのような感想を誌しておきたいとフト思い立ち、いくらか重苦しさをそいだ、かろやかで楽しい気持につつまれながら、エッセイ風にとりとめもなく書きつづってみて、ひとつの文章ができあがってしまったことからきている。

このエッセイを「漱石文学の視界」と名づけたのだが、このエッセイ風論稿が、私のとらえ方ではこれまでの漱石文学についての幾つかの文章のつながりの果ての集大成的な位置づけとなってしまった感想が強く、その文章の成り立ちの性格上、単独で発表するわけにもいかず、どうしても一冊の本としての体裁で発表せざるを得ないと判断することになったがためである。

この本ができあがるまでについては、多くの知友たちのはげましと協力にあずかったが、なかでも長年にわたっての友人である荒牧堅太郎氏のひとかたならぬ力添えを受けたことに感謝している。

それからもうひとつ明記しておきたいのは、岩波書店の夏目漱石全集の編集者であった秋山豊氏の心あたたかいはげましをいただいたことである。

知己であった岩波書店の浦部信義氏を介して交誼を得た秋山氏とは幾度か酒場でお会いしたり、手紙のやりとりで漱石文学についての意見や感想などの交換をしあった。

秋山氏の漱石文学に対峙するほとばしるような情熱とあくなき探究心につらぬかれた真摯な姿勢に出会うたびに私は心を強くうたれた。

それだけに今年三月に氏の突然の訃報に接した時には、しばらく茫然とした状態におちいった。いずれまとまった形での漱石文学についての論稿の批評をもとめたいと切望していただけに残念でならない。

最後にこの本の編集作業に力をつくしてくれた野田映史氏にも心から感謝したい。

二〇一五年　十月記

初出一覧

「漱石・その現実と文学」「季刊評論」2号、一九七〇年二月
「『三四郎』の考察」「季刊評論」創刊号、一九六九年一〇月
「『事実』を見る思想——夏目漱石」「季刊評論」13号、一九八五年三月
「『不可能性』の文学」「季刊評論」12号、一九八一年一二月
「『関係』の問題とレアリテについてのデッサン」「点」4号、一九八八年一二月
「漱石文学についての覚え書的感想——UN HAPPY LIFE」「点」18号、二〇〇三年七月
「漱石と天下茶屋についてなど」「点」10号、一九九一年一月
「漱石・雑記——『明暗』についての覚え書的雑感」「点」20号、二〇〇六年七月
「『それから』評価の一視角——ドン・キホーテの不幸は彼の空想ではない。サンチョ・パンサである。」「季刊評論」5号、一九七一年一二月
「『事実の論理』——漱石『こころ』について」「早稲田文学」一九八二年一一月号
「MとW——明治作家の周辺」「図書」一九八八年四月
漱石文学の視界「書き下ろし」二〇一五年四月

解説

喜多哲正

著者は二十歳代から七十歳代の今日まで五十年以上もの間、折に触れ漱石文学に馴染んできた。なぜそれほどまでに漱石文学に親しめたのか、それは初めに出会った漱石の小説が「三四郎」だったからである。著者は本著の中でも幾度かその辺のいきさつをこう述べている。

「……部屋の中央に寝転がり何でもよいから後ろ向きに手を伸ばして触れた一冊の古ぼけた文庫本を引っ張り出した。その文庫本が漱石の「三四郎」だった。何気なくその本の活字を眼で追いはじめたが、暫くすると身をこがすような暑さも忘れ、熱中して読みはじめた。そして読み終わった後、……なぜこんなに面白いのだろうとぼう然としたあとで考え始めた」

もちろん著者は以前から「三四郎」を初め漱石のいくつもの著書を読んでいた。それでいてその時の「三四郎」に出会った感興は身を焦がす暑さも吹き飛ぶほどだった、と述懐している。普通に考えればその思いはただごとではない。

もし著者が身を焦がすような暑さを忘れるほどに出会った最初の小説が「三四郎」ではなく、

大方の漱石愛好の読者がそうであるように「それから」や「こころ」だったら、著者は五十年もの間、漱石文学の虜にならずに済んだかもしれない。

周知の如く「三四郎」は、かなり気ままに筆を振って書いた「草枕」や「虞美人草」などの前期と作家自身の内面と作品世界が緊張感に彩られていく「それから」以後の小説とのちょうど中間の位置を占めている。著者は漱石文学を辿って行く中で次第に自覚するようになったと書いているが、まずこのことが著者の覚醒を促した。それは著者がそれまで読んできた近代文学史上の青春小説と画然たる違いを持っていたからである。例えば『浮雲』（二葉亭四迷）の文三、『破戒』（島崎藤村）の丑松、『田舎教師』（田山花袋）の清三、『暗い絵』（野間宏）の進介などは心情的にも物質的にも挫折して敗北を強いられ、それでも青年らしい正義感で自己を変革・超克していこうとする群像である。しかし漱石の「三四郎」の主人公は違う。これら社会から逸脱したアウトサイダーではなく、立身出世を夢見、故郷から母をよびよせ美しい細君を迎えて学問に身をゆだねるといった典型的なインサイダー的青年である。「三四郎」を手にして著者に震えるほどの感銘を与えたのは、このありふれた青年を一方の主役として登場させ、あらゆる面で対比的な明治期後半の近代的自我の萌芽ともいえる広田先生や美禰子を三四郎の眼から語らせていく小説作法の驚きにあった。

当時文壇を席巻していた自然主義文学、その典型であった『蒲団』（田山花袋）『春』（島崎藤村）『耽溺』（岩野泡鳴）などの私小説と比べ、「三四郎」は、作家と作品との距離がまるで違っていて、漱石はなぜこんな小説が書けたのか、その疑問に著者は釘づけになった。近代的自我という時、明治期では、いや今でもそうだが作家自身をモデルとしてその煩悶や苦悩を描くのが最も近づきやすい。近づきやすくはあるが、「三四郎」を軸に据えて見る時、それは極めて安易な創作方法ではないか、と著者は看破した。例えば三四郎が留守居を頼まれた野々宮の家宅で、鉄道自殺をする直前の若い女性が「あゝあゝ、もう少しの間だ」という呟きをはっきり耳にして、この自殺は自覚的な死だと理解する。なぜ自覚的な死と理解したのか。その自殺に「近代死」として のイメージが籠められていたからである。「近代死」はそれまでの日本文学がひきついできた義理や情実、物質的不足などにからむ死とははっきり異なっていた。三四郎はその死に立ち会いながら自身の煩悶や苦悩と同化することなく冷ややかに距離を置く。漱石がこうした冷淡ともいえる形象を語り手として据えたのは、作品の主人公を作者としての自己の立場から突き放して描こうとしたからである。それほど三四郎と漱石の間は思いのほか絶望的な関係にあった。絶望的な関係にあるからこそ、共同体から切り離された個としての近代的自我は見えてくる。

漱石は「三四郎」を描くことで近代的自我とは、自身の苦悩を作品の主人公に投影すれば描けるといった甘ったれたものではないと見抜いていた。そんな底の浅いものではなく、近代的自我という限り従来の共同体から切り離された個として恐ろしい程の孤独を背負った自我でなければならない。「三四郎」で自殺する寸前の女性が「あゝあゝ、もう少しの間だ」と洩らす言葉には生の終焉を冷厳に見つめる内面の恐怖が滲んでいる。「三四郎」の全編を貫く近代的自我の苦悩はこのシーンに象徴的に描かれていると見た著者は、そこに漱石の事実上の作家的出発をみつめ、漱石の作品の奥深い深淵を覗いたのである。

同時に社会的状況のなかで、文学を視るのに漱石が最も適切な存在であったのを今更の如く理解することが出来た。

著者の「『三四郎』の考察」と題したこの評論は、一九六六年の新日本文学評論部門の佳作に選ばれた。新日本文学編集部からは書き直しのうえ転載したいとの要請を受けたが著者は断った。『ゲッベルス』（クルト・リース）の翻訳者・西城信や劇作家・別役実などと発刊の準備を進めていた同人誌「季刊評論」創刊号に掲載するためだった。以後著者はこの「季刊評論」を中心に漱石文学の研鑽を深めていく。

本著に収められた漱石に関する著作の中で最も力のこもった評論は、「『それから』評価の一視角」である。著者は「それから」がその前に書かれた「三四郎」と以後の「門」とを合せて前期三部作とされている定説に異議を唱えている。「それから」の主人公長井代助と「三四郎」の主人公はほとんど正反対の形象であり、「三四郎」ではまだ見えなかった「それから」の最も重要なモチーフ、男女の三角関係が正面から捉えられているからである。

この三角関係こそは漱石が近代的自我を掘り起す手法として辿りついた世界であった。以後漱石は「門」「こころ」「行人」「明暗」などことごとくあらゆる角度から三角関係を取り上げつづけた。

著者は「それから」論の中で、吉本隆明の次の指摘に強い衝撃を受け、漱石が如何に三角関係に拘ったかを論じている。

「この作品（「それから」）の文体のなかに自己表出として漱石の現実社会と相渉る根源の暗い奥がこめられており、その社会的意味を抽出するとすれば筋がきでなく、この漱石の根源的な現実性こそ問題にすべきである。……それは漱石が死ぬまで執拗にこだわった《三角関係》である」

相変わらず吉本隆明の文章は読み取るのに苦労するが、多分いいたかったことは、漱石の内にあった社会と交わる現実の根源的な問題は三角関係にある、ということなのだろう。ここで吉本がいう三角関係は単なる「愛」の問題としての三角関係ではなく、個が社会とかかわった中での三角関係であった。社会とかかわらない三角関係であれば、一人をさしおいた駆け落ちか情死で済むが、社会がかかわればそうはいかない。ヨーロッパ近代からもたらされた一夫一婦制という戒律から処罰を受けるからである。「それから」はまさにそのものずばりのモチーフで描かれ、代助はこの戒律の具現者である肉親たちから追放される。そこにこそ近代的自我の果てしない孤独の本質が露呈していると、著者は本著で詳細に説いている。

「それから」の三角関係の構図は、有夫の女性・三千代を中心とした代助・平岡という男性ふたりの関係から成り立っている。「それから」以前の、有妻の男性を中心とした三角関係に比べれば、封建制の遺制が濃厚だった明治期では恐ろしい指弾に晒される関係であり、有夫の三千代以外誰一人支えのない孤立の世界である。当然この孤立は破滅へとほぼ直線に繋がっていく。しかも代助にこの孤立への途を促したのは三千代の次のセリフである。

「しようがない。覚悟をきめましょう」

「それから」がそれまでの男性中心の小説と如何に違っていたか、三千代の、このセリフ一つ取って見ても明らかである、と著者は強調している。

著者が漱石文学で着目したもう一つのキーワードは、後期の小説に頻繁に使われた「事実」という語彙である。確かにこの「事実」は「こころ」から最後の「明暗」に至るまで繰り返し使われていて、読者はもちろんだが漱石文学に言及した多くの識者がほとんど困惑の体でさまざまに述べている。しかも小説の核心部分で使われているから始末が悪い。著者もまたこの著作の、『『事実』を視る思想」「事実の論理」「『明暗』についての覚え書的雑感」などはほとんど漱石が作品中につかった「事実」という語彙だけに絞って論究している。果して「事実」という語彙は漱石文学を理解する上でそれほど重要だったのだろうか。著者の論攷を見る限り重要だった、と言い切ることができる。

著者が「事実」の重要性にふれて取り上げた漱石作品中の場面を二つほど見てみよう。

一つは「こころ」で私と先生とのやり取りのシーンである。

私が先生に向かって「人間はいざというまぎわにだれでも悪人になる、それはどういう意味か」と尋ねる。すると先生は「意味といって深い意味はない。つまり事実なのだ。理屈じゃない」と応える。

もう一つは「明暗」で、津田由雄が関清子と湯河原の温泉場で対面した時、清子が津田に発するセリフである。「だってそりゃ仕方が無いわ。疑ったのは事実ですもの。その事実を白状したのも事実ですもの。いくらあやまったってどうしたって事実を取り消すわけにはいかないんですもの」

どちらも「事実」という言葉が断定的に使われている。もはやこの言葉の前にはどんな弁解も、精密に解明した説明も一片の効果すらもたないといえそうだ。もしかしたら漱石は、面倒な論理を省きただ一言のもとに相手をねじ伏せるために「事実」という語彙を使ったのではないか、と疑いたくなるほどだ。

しかし漱石の真意は恐らくそうではあるまい。先にくどいほど近代的自我に関わる問題を取り上げたが、この「事実」という語彙もそこに起因していたと思えるからだ。近代以前に、相手を説得するのに「それは事実なんだ。理屈じゃない」と語る必要があっただろうか。明治以来、ヨーロッパ近代の風波を浴びて初めて眼前にどんな事情を突きつけられても、それを信じないという人々が現れ、ついには返す言葉に窮した我々は「理屈じゃない、事実なんだ」と説明しなければならなくなった。互いが通じ合う言葉を失って孤立し、最後に見出した言葉が「事実」という語彙だったといっても過言ではない。

漱石は我々が落ち込んでいく孤立する恐怖の世界を見ぬき、思弁が何の役にもたたないことを「事実」という言葉で警告し続けたに違いない。この「事実」という語彙の前には、彼の全人格、彼の生き様、彼の全生涯の全てが白日の下に晒される。漱石もまたこの「事実」を小説の重要な局面で使うことによって、決して明るくはなかった自身の生涯を読者の前に晒しつづけた、と著者は断じている。いいかえれば漱石のいう事実とは、自身が処罰される戒律のことであった。

最後に著者は漱石文学を研鑽し続けた集大成として「漱石文学の視界」をまとめた。この論文は様々な資料を駆使しながら著者が漱石文学にどう関わり、それが自身の生涯にどんな光と影をもたらしたかを総括的に論じている。

（きた・てつまさ）

[著者略歴]
有馬　弘純（ありま　ひろずみ）
1937年、大阪市生まれ。早大文学部中退。1970年、別役実、喜多哲正らと同人誌「季刊評論」創刊。「幻化論（梅崎春夫）」、金鶴泳に関するエッセイや映画評論を発表。主な評論として「漱石、その現実と文学」、「事実の論理」、「時空間劇詩への探索行」（佐々木基一「停れる時の合間に」解説）などがある。「杉並シネクラブ」運動に参加し、機関誌「眼」の編集などに従事。「佐々木基一全集」の編集委員を務める。

[解説]
喜多　哲正（きた　てつまさ）
1937年、熊本県天草市生まれ。1981年、「文学界」に転載された「影の怯え」で第86回芥川賞候補となり、のちに文藝春秋より刊行。著書に『挑発の読書案内』、『天草・逗子・鶴岡、そして終焉』、ともに論創社刊。2015年、責任編集した『早大劇団・自由舞台の記憶』（同時代社）を刊行。

[企画]
野田　映史（のだ　あきひと）
1949年、東京生まれ。2010年、文藝春秋を退職。現在フリーの編集者。主な刊行作品として論創社から、碑文谷創著『キリスト教会と東神大闘争――碑文谷創全発言録』、喜多哲正著『挑発の読書案内』、『天草・逗子・鶴岡、そして終焉』などがある。

漱石文学《そうせきぶんがく》の視界《しかい》

2016年2月10日　初版第1刷印刷
2016年2月15日　初版第1刷発行

著　者　有馬弘純
発行人　森下紀夫
発　行　論 創 社
〒101-0051 東京都千代田区神田神保町 2-23　北井ビル
tel. 03（3264）5254　fax. 03（3264）5232　web. http://www.ronso.co.jp/
振替口座　00160-1-155266
印刷・製本／中央精版印刷　装幀／宗利淳一＋田中奈緒子
ISBN978-4-8460-1480-3